イレーヌ・ネミロフスキー

秋の火

芝盛行訳

未知谷

目次

主な登場人物

ブリュン家
ロザリー・パン（祖母）
アドルフ（父）
テレーズ（ヒロイン）
マルティアル（従兄）

レイモン・デタン（従兄の友人）

ジャックラン家
ジャックラン氏（父）
ブランシュ（母）
ベルナール（息子）

ウンベール家
ジェルメーヌ（未亡人）
ルネ（娘）

秋の火

第一部（一九一二〜一九一八）

1

机の上に瑞々《みずみず》しい菫《すみれ》の花束、水を注《つ》ぐとアヒルの嘴《くちばし》がちょっと音を立てて開く黄色い水差し、〝万国博覧会記念　一九〇〇年〟の銘（十二年経って文字は色あせ、半分消えていた）が入ったピンク色のガラスの塩入れがあった。金色の大きなパン、ワイン、それにメインディッシュ――素晴らしい仔牛のシチューがあった。柔らかい肉の一切れ一切れがクリームソースの下に慎ましく身を潜めていた。香ばしい新鮮なシャンピニオンと黄金色《こがねいろ》のじゃがいもを添えて。お慰《なぐさ》みのオードヴルはまるで無かった……食事は真剣なもの。ブリュン家の人たちは食事の初めから主菜に取りかかった。素朴で厳格な決まりに基づき、昔風にあぶった肉はなかなかのものだった。お母さんはありとあらゆる注意と愛情を注ぎこんで、じっくり巧みに煮込んでいた。ブリュン家では義母の、パン老夫人が料理をした。

ブリュン一家はパリに住むつましい金利生活者だった。妻を亡くしたため、食卓を取り仕切り、一人一人に給仕するのはアドルフ・ブリュンだった。彼は今でも美男だった。禿げ上がった広い額、小さな反った鼻、豊かな頬をして、長い赤髭を指で捩《ね》じり上げると、その細い先端がほとんど目に入りそうだった。正面にいる彼の義母は丸々として小柄で血色が良く、ふわふわした白髪は海の泡のように見えた。彼女はまだしっかり揃った歯を見せて微笑《ほほえ》み、小さなぽっちゃりした手を振って讃辞(「素晴らしい……断然これまでで最高です、お母さん……おいしいですね、マダム・パン!」)をかわした。

彼女は控え目を装ってちょっと顔をしかめ、プリマドンナが舞台で受け取った花をパートナーに捧げるふりをするように呟いた。

「そうね。今日は肉屋さんがいいのを出してくれたわ。すばらしいお肉だったわね」

アドルフ・ブリュンの右手に三人の客たち——ジャックラン家の三人——左手に甥のマルティアルと、自分の若い娘、テレーズがいた。何日か前に十五歳になったばかりのテレーズはカールした髪をお団子に結っていたが、滑らかな房はピンで留めても思い通りの形にならずばらばらな方向に逆立った。そのせいで、恥ずかしがり屋のマルティアルが真っ赤になって小さな声で褒めてくれても彼女は憂鬱だった。

「とってもきれいだよ、テレーズ。君の髪型……金の霧みたいだ」

「この子は私の髪をしているのよ」

ニース生まれのパン夫人が言った。パリで店を開くリボンとヴェールの商人に嫁《とつ》ぐために十六歳で故郷を離れても、彼女は歌うようなよく響く優しいお国言葉のアクセントを持ち続けていた。黒い目はとてもきれいで、眼差しは明るかった。彼女の亭主は彼女を無一文にしていた。彼女は二十歳の娘

――テレーズの母――を失っていた。娘婿の世話になって暮らしてきた。だが、何事も彼女の気立ての良さを変えることはなかった。

デザートになると彼女は進んで甘いリキュールをちょっぴりやり、口ずさんだ。


楽しいタンバリン、ダンスにしてね……


ブリュン家の家族と招かれた客たちは陽光がいっぱいのとても狭い食事部屋にいた。家具――アンリ二世風の食器棚、四脚式の籐椅子、黒地に薔薇の花柄模様が入ったくすんだ布張りの長椅子、縦型のピアノ――が所狭しとひしめき合っていた。壁にはルーヴル百貨店で買い求めた子猫と遊ぶ少女たち、ヴェスヴィオ山を背景にナポリの羊飼いたちを描いたデッサン、それに「捨てられた女」の複製が掛かっていた。秋、ナポレオン軍の軽騎兵が枯葉の中を遠ざかっていく中で、明らかに妊娠している女が大理石のベンチで泣きぬれている胸を打つ作品だった。

ブリュン一家は、リオン駅に近い、民家の密集した地区の真ん中に住んでいた。郷愁を誘う長い汽笛が聞こえてきた。聞き取れない叫喚が溢れていた。だが彼らは一定の時刻に、大きな鉄橋をメトロが通ると洩れてくる澄んで、軽やかで、響きのいい振動音には敏感だった。その時、地底から姿を現したメトロは、一瞬空に向かうように見え、こもった轟音とともに消え去った。通過中は窓が震えた。

バルコニーでは籠のカナリアが歌い、もう一つの籠の中ではキジバトがクークー鳴いた。開けた窓越しに階下の日曜日の物音：それぞれの階のグラスやお皿のかちゃかちゃかちゃ鳴る音、通りの子どもたちの楽しそうな声が聞こえてきた。家々の灰色の壁は光を浴びてピンク色に見えた。冬の間中汚らしく黒ずんでいた真向かいのアパルトマンのガラスさえ、最近洗われて、お浄めの水のように陽光にきらきら輝いていた。十月から栗売りが焼栗を温めていた一隅では、彼が姿を消し、代わりに菫売りの赤毛の娘が登場した。その薄暗い片隅自体、金色の靄《もや》に満たされていた。太陽が埃《ほこり》を照らしていた。白粉《おしろい》と花の粉でできているような（糞《ふん》の臭いが分かるまでは）この幸せな季節、春のパリの埃を。

美しい日曜日だった。マルティアル・ブリュンは若いベルナール・ジャックランが嬉しそうに目を輝かせるモカケーキをデザートに持ってきていた。皆、黙々とお菓子を食べた。お皿に当たる小さな匙《さじ》の音と、クリームの中に隠れたリキュールの香りがするカフェの粒が同席者の歯に当たる音だけが聞こえた。夢中になった時間の後で、湯沸かしの音と同じくらい平穏で、同じくらい熱の無い会話がまた始まった。マルティアル・ブリュンは二十七歳の医学生だった。先がいつでもちょっと赤らんだ尖った長い鼻、女鹿のようなぱっちりしたきれいな目をして、長い首をまるで打ち明け話を聞くように傾《かし》げるのがご愛敬だった。彼は間近に迫った試験の話をした。

「男の人は大いに勉強しなくちゃね」ブランシュ・ジャックランはため息まじりにそう言うと自分の息子、ベルナールを見やった。

彼女は何でもかんでも息子に結びつけるほど、この子を愛していた。パリでチフスが流行《はや》ると言えば彼が罹《かか》るか、もしかしたら死んでしまうとさえ思わずにいられず、軍隊の音楽を聴けば兵士になった彼を想像せずにいられなかった。彼女は悲しげで深みのある眼差しでマルティアル・ブリュンをじっと見つめた。ぱっとしないその顔の代わりに自分の目に素敵に見える息子の顔を思い描き、彼が優秀な成績で大学を出る日に思いを馳《は》せた。

マルティアルはちょっと得意げに、自分の徹夜の勉強ぶりを語った。彼は度を越えて控え目だったが、ちょっと飲んだワインのせいで急に自慢話がしたくなった。演説中、彼はきつくて煩わしい高い襟に人差し指を当て、鶏《にわとり》のように胸を反らせた。玄関先のベルが鳴り響くまでは。テレーズは立ち上がって開けに行こうとしたが、若いベルナールが先に行き、直ぐに恰幅《かっぷく》のいい髭面の青年を連れて戻った。マルティアルの友人、法科の学生のレイモン・デタンだった。このレイモン・デタンはその活動力、雄弁、美しいバリトンの声、女たちにもてることでマルティアルに羨望と悲しい憧れの念を抱かせた。彼を見たとたんマルティアルは黙り込み、そわそわしたしぐさで自分の皿のまわりに散らばったパンくずを拾い集めた。

「君たち若者の勉学について話していたんだ」アドルフ・ブリュンが言った。

「君も直《じき》だな」彼はベルナールの方を向いて言った。

ベルナールは何も答えなかった。十五歳の彼は大人たちの集まりではまだ気おくれした。半ズボンを穿《は》いていた。(「でも、今年が最後ね……もうじき大きくなり過ぎちゃって」彼の母は未練がましくも誇らしげに言った)美味しい食事を終えて、彼は頬を火照《ほて》らせ、ネクタイをぐるぐる回した。それをぐいっと跳ね上げ、額にかかるカールした髪の毛を後ろにかき上げた。

彼の父親が声を低めて言った。

「この子は理工科学校(Polytechnique)を優等で出なきゃいかん。教育のためならわしは何だってやりますよ。最高の家庭教師だろうと何だろうと。だがこの子はやらなきゃならんことを知っています。理工科学校を優等で出なきゃいかんってことをね。もともとこいつは猛烈な勉強家です。クラスでトップですよ」

皆《みんな》がベルナールを見た。誇らしさが彼の胸にこみ上げた。ほとんどこたえられない心地よさだった。彼は一層赤くなり、甲高くほとんどつんざくようになったり、穏やかで低くなったりする声変わり中の声でやっと言った。

「ああ、そんな、別に何でもありません……」

彼は挑むように顎を上げた。こう言わんばかりに。

〝今に分りますとも!〟

そしてちぎれるほどネクタイの結び目を引っ張った。偉いエンジニア、数学者、発明家、もしかしたら探検家か兵士になる、行く先々で輝く女たちが列をなし、熱い友人や弟子たちに囲まれる、そんなとりとめのない夢想が彼を揺さぶった。同時に彼はお皿に残ったお菓子に目をやり、皆がじっと自分に目を向ける中でそれを食べるにはどうしたらいいか考えた。幸いにも父親がマルティアルに話しかけ、皆の関心が彼から逸《そ》れた。彼はこれ幸いとモカケーキの一片をぺろりと食べてしまった。

「何科の専門医になるつもりですか?」ジャックラン氏がマルティアルに尋ねた。

ジャックラン氏は酷《ひど》い胃病に苦しんでいた。黄ばんで干し草のように色あせた髭、灰色の砂でできたような顔をしていた。肌は海風に吹かれた砂丘の表面さながら皺が走っていた。彼は食い入るように、悲痛にマルティアルを見た。単に将来の医者に話しかけることが、恩恵に浴せない何かの効能を秘めているように。窪んだ胸のちょうど下の患部に無意識に手をやりながら、彼は何度も繰り返した。

「まだ医師免状をお持ちでないとは残念ですなあ。残念ですよ。診ていただくのに。残念だ……」

彼は苦い物思いに耽《ふけ》った。

「二年のうちには」マルティアルがおずおずと言った。

質問されて、彼はモンジュ街に目安のついているアパルトマンがあることを打ち明けた。知り合いで引退したがっている医者がそれを彼に譲ってくれそうだ。話しながら彼は自分の前に広がる穏やかな日々を思い描いた……

「あなた結婚しなきゃね、マルティアル」

ちょっとからかうように微笑みながらパン老夫人が言った。

マルティアルはせかせかと手の中でパンを丸め、こすったり伸ばしたりして下手な人の形を作り、デザート用のフォークをぐさっとそれに突き立てた。そしてぱっちりした目をテレーズの方に上げ、引き攣《つ》った声で言った。

「ええ、そりゃ考えてますよ。十分考えてますとも」

テレーズはその時一瞬それが自分に向けられた言葉だと思った。にっこりしたかったが、同時に皆の前で服を脱がされたように恥ずかしかった。じゃあお父さんやお祖母さんや寄宿舎の友だちが言うのは本当だったの？　髪を持ち上げてからすっかり女らしくなったって。でもこのお人好しのマルティアルと結婚する……彼女は伏せたまつ毛の下からしげしげと彼を観察した。子どもの頃から彼を知っていた。とても好きだった。きっと自分の両親が、若い母が死んでしまう日までそうしたように、私は彼と一緒に生きるのかしら。〝気の毒な青年だわ。孤児ですもの〟彼女は突然そう思った。もう母親のような優しい気づかいをしていた。〝でもハンサムじゃないわ〟こうも思った。〝植物園にいるラマに似てる。優しくていじめられたみたい〟

クスッと笑うのをを堪《こら》えると、パリ娘のちょっと青白い頰に二つのえくぼが浮かんだ。すらりとして魅力的な娘だった。生真面目で優しい顔立ち、灰色の目をして髪の毛は煙のようにふんわりしていた。〝私、どんな、旦那様がいいかしら？〟彼女は考えた。夢想は甘くおぼろげになり、正面に飾られた複製画のナポレオン軍の軽騎兵のような美青年たちで溢れた。金色にきらめく軽騎兵、硝煙と血にまみれ、枯葉の中でサーベルを引きずる兵士……彼女は食器を下げるお祖母さんを手伝おうとして飛び上がった。それで夢想から現実に戻った。奇妙なちょっと悩ましい体験だった。誰かが力づくで自分の目をこじ開け、あまりにも強烈な光を放つ火を目の前に通過させたような感じだった。

〝大人になるのっていやだわ。ずうっとこのままでいられたら……〟彼女はそう思った。ちょっといい娘《こ》ぶってため息をついた。若い男が自分にのぼせるのに悪い気はしなかった。それがお人好しのマルティアルであっても。ベルナール・ジャックランはバルコニーに出ていた。彼女もカナリアとキジバトの籠の間で彼と一緒になった。鉄橋が振動した。メトロが通ったところだった。しばらくしてアドルフ・ブリュンが子どもたちのところに来て言った。

「ウンベールの女性方がお見えだ」

ブリュン家の友人で、未亡人とその娘、十五歳のルネだった。

ウンベール夫人は早くに輝かしく魅力的な夫を失っていた。悲しい話、だが若者には良い教訓、と言われていた。気の毒なウンベール氏（才能ある弁護士）はあまりにも仕事と享楽を愛し過ぎ、二十九歳で亡くなっていた。アドルフ・ブリュンが指摘したように、二つは両立しなかった。「彼はドンファンでなあ」彼は讃嘆、非難、それにほんのちょっぴり羨望を添えて、頭を振りながら言った。髭をひねりながらもの思わしげな眼差しでこう続けた。

「おしゃれになっちまって。ネクタイなんか三十六本も持ってた。（三十六という数は誇張された数字の象徴だった）贅沢に慣れて、毎週施設で入浴する。シャワー施設から出る時かいた汗が冷えて風邪を引いたのが命取りになったんだ」

未亡人は財産もなく残され、生計を立てるために婦人帽子デザインのアトリエを開くことにした。ゴブラン街の空色に塗装された小店は棟の天辺《てっぺん》に金色の飾り書きを添えて〝ジェルメーヌ、モード〟という看板が掲げられていた。ウンベール夫人は自分の創作品を自分と娘の頭に載せていた。彼女はブルネットの美女だった。この春売り出したばかりの満開の造花のケシを飾った藁の帽子の一つを陽光にさらしながらおごそかに進み出た。娘はチュールとリボンの乙女風の帽子：ランプシェイドのように硬くて軽いシャルロットを被っていた。

彼女たちが来たら、直ぐ皆で外出して、日曜を終日屋外で過ごすことにしていた。そこで一行《いっこう》はメトロのリヨン駅に向かって歩き出した。子どもたちが先に歩いた。ベルナールは二人の娘に挟まれて。彼は半ズボンをひどく気にして、逞しい足に光る金色の毛を心配そうに、恥ずかしそうに見たが、こう考えて自分を慰めた。〝今年で最後さ……〟そして自分に甘い母親が買ってくれた金の柄のついた籐のステッキを気楽そうに振り回した。運悪くアドルフが彼に目をつけ口ずさんだ。〝きざな奴だね。杖なんか手に……〟それで彼の楽しみもしぼんでしまった。元気で、スリムで、活発で、きれいな目をした彼は母親の目に男の美しさを絵に描いたように見えた。彼女は嫉妬に胸を締めつけられて思った。〝二十歳《はたち》になったら奪い合いだわ〟彼女はそれまでは、しっかり彼を捕まえておくつもりだった。

娘たちは黒いコットンの靴下の中に膝が慎ましく隠れるスーツを着ていた。ウンベール夫人はテレーズのためにルネと同じ帽子を作っていた。モスリンと小さなリボン飾りをあしらった立派な作りだった。彼女は言った。「あなたたち二人は姉妹みたいね」だが彼女は思っていた。〝娘のルネの方がきれいだわ〟さらに思った。〝金髪で緑の目をしたお人形、猫よ。もうご年配の方々が見てるわ〟実際彼女は野心的な母親で将来を睨《にら》んでいた。

地底から現れた一行はメトロのコンコルド駅を出てシャンゼリゼ通りを下った。ご婦人方はスカートの縁《へり》をそっと持ち上げ、ジャッククラン夫人のドレスの下には品のいいグレーのポプリンのフリルが、パン夫人のドレスの下には赤いサテンがはみ出て見えた。一方豊満な胸をしたウンベール夫人は〝イタリア風に〟黒目を動かし、優しい衣擦《きぬず》れの音のする玉虫色のタフタ織がうっかり覗《のぞ》いた。ご婦人方は恋の話をしていた。ウンベール夫人はこんな話を聞かせた。彼女はある男に肘てつを喰わせた。絶望した男は彼女を忘れるために植民地まで逃げ出し、そこから、彼女に書いてよこした。黒人の少年を毎晩寝入り際にテントに来るようにしつけた。〝ジェルメーヌはあなたを愛してる、あなたのことを思ってる〟と言わせるために。

「男心ってたいてい私たちよりデリケートよね」彼女はため息をついた。

「あら、そうかしら?」ブランシュ・ジャッククランは声を上げた。彼女は鍋で煮立っている牛乳を雌猫が見守るように、取りすまして鋭く耳を傾けていた。(雌猫は足を進め、むっとしたように一声

鳴いてその足を引っ込めた）

「そうかしら？　下心なしに献身するのは、私たち女だけでしょ」

「下心ってなんのこと？」ウンベール夫人は問いかけた。顔を上げ、鼻孔を膨らませて、雌馬のようにいななきそうだった。

「まあ、あなたならよくご存じでしょうが」ジャックラン夫人は嫌悪をこめて言った。

「でも、あなた、それは人の性《さが》……」

「そうそう」造花の菫で覆われた黒い縁なし帽をかぶったパン夫人はうなずきながら言った。だが彼女は話など聞いていなかった。

彼女が考えていたのは今夜出すつもりの仔牛肉（シチューの残りの）のこと。そのままか、それともトマトソースで？

後ろから大きな身振りで長口舌をふるいながら男たちが来た。

日曜の穏やかな人の群れがシャンゼリゼ通りを歩いていた。腹ごなし、早くもきた暑さ、のんびりした気分のせいで足取りはゆっくりしていた。穏やかで快活で慎ましい小市民の群れだった。下層民もここでは危ないまねをしなかった。上流階級はシャンゼリゼにはきれいなリボンをつけたばあやが守る一番幼い家族しか送り出さなかった。通りでは、二列に並んだ椅子の間を、善良なお祖母さんに腕を取られた陸軍士官学校生、心配する家族が愛し気に見つめる青白く鼻眼鏡をかけた理工科学校生、ダブルの上着を着て制帽を被った中学生、髭をたくわえた紳士たち、白いドレスを着た少女たちが凱旋門に下っていくのが見えた。二列の椅子にも他の陸軍士官学校生、理工科学校生、紳士たち、淑女たち、子どもたちが坐っていた。衣類も、目つきも、微笑みも、誠実で、好奇心が強く、親切そうな雰囲気も通行人たちと同じだった。まるで一人一人の通行人の傍らにその兄弟がいるようだった。全ての顔が互いに似ていた。青白い顔色、輝きのない目、上を向いた鼻。

一同はもっと下へ、凱旋門を抜けて、ブーローニュの森通り、ボニ・ド・カステラーヌホテルまで下って行った。リラの花の色をした絹のカーテンがバルコニーで微風にそよいでいた。遂に遂に、華々しく埃を立てながら競馬場から馬車に乗って戻るセレブリティのご一行が姿を現した。

家族たちは小さな鉄の椅子に陣取った。女たちは外国の王子たち、億万長者たち、お偉い宮廷人たちを眺めた。ウンベール夫人はバッグから手帳を取り出し、熱心に帽子をスケッチした。子どもたちはうっとりして眺めた。大人たちは平静で、満足していた。羨望はなく、誇りに溢れていた。〝ニスーの椅子とメトロの料金でこれが全部見られるんだ〟パリジャンたちは思った。〝こりゃご機嫌だぜ。わしらは芝居の観客だけじゃないぞ、役者でもあるんだ。(一番の端役だけどな)なんせ口は達者だし、陽気なことは折り紙つきだ。新しい帽子を被って着飾った娘たちもいるしなあ〟パリジャンたちは考えた。〝つまり、わしらだって他所《よそ》で生まれてたかもしれん。生まれのいい連中が切手でシャンゼリゼを見るだけで胸をときめかす国にな!〟

人々は椅子にゆったり坐り、ちょっとその場の主《あるじ》風に批評した。

「ピンクの日傘を見たか、シャンティのメダルを飾った? ありゃ豪華すぎる。わしゃ好かんな」

彼らは通っていくセレブリティを知っていた。

「ああ、モナ・デルザだ。*誰と一緒だ?」

＊　本名マルグリット・ドゥラサル（一八八二～一九二二）二十世紀初頭の高名な舞台女優

父親たちは昔を思い出し、子どもたちにレストランの窓ガラスを示した。

「五年前ここでキャヴァリエリがカルーソー＊と食事しているのを見たぞ。周りに人だかりができて珍しい動物みたいに見てたが、平気で食べてた」

＊　Enrico Caruso（一八七三～一九二一）イタリアのオペラ歌手

「キャヴァリエリって誰？　パパ」

「女優さ」

夕方になると子どもたちが足をぶらぶらさせ始めた。ゴーフルの粉砂糖が空気中を飛んだ。埃がゆっくり空に昇った。歯に当たって音をたてる金色の埃が。それはオベリスクを半分蔽《おお》い、マロニエのピンクの花を侵食した。風がセーヌの方に運ぶと、埃は少しずつ舞い降りた。最後のご一行が遠ざかり、パリジャンたちが家路につく間に。

ブリュン一家、ジャックラン一家、ウンベール母嬢、レイモン・デタンは一息入れるためにカフェテラスに腰を下ろした。彼らは注文した。

「ザクロのシロップ二杯とワインを八杯」

一日に満足した一同はちょっと疲れ、ぼおっとして飲んだ。レイモン・デタンは二本の指の間で薄い髭をいじり、隣の女に向かって胸を反らせた。暑かった。街灯に最初の火が灯り、空気がしゃぶりたくなる菫の砂糖漬けのボンボンのように甘やかな薄紫色になった。女たちはため息をついた。「ああ、気持ちいいわね……戻りたくないでしょ？　ウージェーヌ」だがウージェーヌかエミール（夫）

は首を振り、腕時計を見てすげなく答えた。「飯時《めしどき》だぜ」もうじき七時、パリの小世帯は皆ランプの下でテーブルに着くだろう。ポトフと新鮮なパンの香りが、少しの間、高貴な女性方が通りがかりに残してくれた馨《かぐわ》しい粉の匂いと戦い、最後にそれを飲み込むだろう。

ブリュン一家と友人たちはメトロのエトアール駅で別れた。勘定も済ませた。「ギャルソンのチップの二スーをあんたに払わなきゃね……そうそう、借りを払う者は金持ちになるってな……」

そしてそれぞれが自分の家に戻った。

2

一九一四年、マルティアル・ブリュンはモンジュ街の将来の住まいの扉のために、この言葉を彫り込んだ銅板を注文した。

医師　マルティアル・ブリュン　**耳鼻咽喉科**

アパルトマンは十月の末まで空かなかった。七月十四日、マルティアルはまだそこに住んでいる友人の医師を訪ねた。友人に別れを告げた後、彼は階段で、銅板をポケットから取り出し、ピカピカに磨いた。忍び足で階段を上り直し、木の扉に一瞬それを当て、長い首を一段と傾《かし》げながら思った……〝いいじゃないか〟それから深い物思いに耽り始めた。踊り場には磨いたオーク材のベンチがあった。ステンドグラスの窓から教会のような半透明の光が階段室に射し込んでいた。マルティアルはブリュン医師の診察を受けに来る患者たちの行列を想像し、小さな声で言った……「素晴らしいお医者様のブリュンさん……マルティアル・ブリュン、高名な医師……君はブリュン先生を知っているか？　あの人は家内を治してくれたんだ。あの人は娘の扁桃腺の手術をしてくれた」自分の診察室から洩れる新鮮な消毒薬とリノリウムの匂いがもう感じられるような気がした。勉強は終わり！　免状は取った！　フランス人がこう思える祝福された瞬間……〝十分に種は蒔《ま》いたぞ。さあ収穫だ〟そして、心中、将来を整理した。これからの歳月の中でそれぞれの出来事の日付けを定めた。……〝十月に入居しよう。結婚しよう。息子を作ろう。二年目には海に行けるだろう……〟彼の人生は予《あらかじ》め作られ、成功まで、老年まで、死まで線が引かれていた。実際、当然、死はある。それは家庭の計算の中に入っている。だがそれはうずくまって、飛びかかる機会をうかがう野獣ではない。今は一九一四年、とにかく！　科学、進歩の世紀だ。死そのものがこの光の前では小さくなる。それは頃合いの瞬間を待つだろう。自分の運命を全うし、十分に充実した長い人生を生き、子どもを作り、田舎に小さな家を買った白髪のブリュン医師が安らかに眠りにつく瞬間を。この人生の伴侶として、ブリュン医師は心の中でテレーズを思い描いていた。彼は彼女をずっと……〝愛した〟という言葉の前で彼は立ち止まった。どういうわけか、それが無作法な気がした。ずっと彼女を自分の妻に、自分の子どもたちの母にしたいと願ってきた。彼女は十八、彼は三十、似合いの年恰好だ。彼女は金持ちではないが、ちょっとした持参金はある。絶対に安全なロシアの債権で。こうして準備万端整った。家、金、妻。我が妻……だが彼はまだプロポーズしていなかった。ほのめかし、嘆息し、讃辞を送り、こっそり手を握っただけだった。だがそれで十分だった。〝彼女たちはとても賢いからな……〟

改めて、マルティアルは断固として自分に言いきかせた。

〝今日と言う今日は彼女が僕と結婚してくれるか、聞かずにおかんぞ。アドルフ叔父さんと直接話すほうが簡単だろう。でも、近代的にやらなきゃ。決めるのは彼女なんだ〟

正に今夜、彼は彼女に会うはずだった。彼らは一緒に外出する。七月十四日［フランス革命記念日］だ。レピュブリック広場でダンスを見物する。アドルフ・ブリュンは何であれテレーズが見たり読んだりするものにとても厳しかった：連載小説を読むのを許さなかった。長篇小説も丹念にチェックし、芝居といえばフランス座の古典劇のマチネしか許さなかった。ところが彼にしてみれば、パリの通りは何の危険もなかった。その情景、雰囲気、楽しさ、熱気を、老いたインディアンが子どもたちを草原で遊ばせるように、テレーズに許した。よそ目には危険がいっぱいの野蛮な場所でも、彼にとっては一番平和な田舎だった。

オーケストラの音の中、メリゴーラウンドの前で、もしかしたら家に帰る薄暗い途上――若者たちが前、両親が後ろ――で彼は彼女に言うだろう……どんなふうに？　〝テレーズ、ずっと前から僕は君を愛してる……テレーズ、僕を最高に幸せな男にするか最高に不幸せな男にするか、君一人にかかってるんだ〟彼女は言うかもしれん。〝私もよ、マルティアル、あなたを愛しているわ〟

こう考えるとマルティアルは胸がどきどきした。近眼の彼は、ポケットから小さな鏡を取り出し、ほとんど長いまつげで払わんばかりに首を精一杯傾けて、不安げに自分を眺めた。

自分をありのまま映すため鼻眼鏡は外していた。〝彼女は僕の目を見てくれなきゃ〟彼は思った。〝ほんとに目が一番の取り柄《え》なんだから……〟彼は一瞬自分のたじろいだ目、赤くて尖った鼻、頬をおおう黒い髭を眺めた。それから悲しげにため息をつき、ポケットに鏡を戻してゆっくり階段を下りた。

〝真面目な娘だ。まともな女なら見た目の美しさなんか求めないもんさ。僕らは家庭を築く……趣味が合うことが必要なんだ……〟

それから彼は弱気になった。

〝僕は物凄く彼女を愛すだろうな〟そう思った。

彼はブリュン家で夕食をとった。その家は何も変わっていなかった。決して何も変わるまい。普段着姿の父親がテーブルの先のいつもの場所で新聞を読んでいた。マルティアルが見慣れた禿げ頭で、青い大きな目をして、長い赤ひげを生やした同じアドルフ叔父さんが同じテーブル、同じ肘掛け椅子で、同じ新聞を。お祖母さんは台所にいた。テレーズは食器を並べていた。この先、この食事部屋に妻と子どもたちと一緒に来るかもしれない。彼は自分をとても幸せに感じた。彼がテレーズの手を取ると、彼女はそっとその手を引っ込めた。だが彼に微笑んだ。その安心して、ちょっとからかうような親しみのこもった微笑みが彼の心を希望で満たした。勿論、彼女は全てを見抜いていた。

食事がすむと、テレーズは帽子を被りに行った。

「一緒に来ますか？　お母さん」アドルフはそう尋ねて、次の言葉も聞くように甥にいたずらっぽく目くばせした。「疲れちゃうのがご心配では？」

「私が疲れるですって？」老夫人は憤然と抗議した。「ご自分の静脈瘤の話をしたら！　足が丈夫なんですよ、私は、おかげさまでね！　それに誰かがテレーズを見張らなきゃいけないでしょ」

「おやおや、じゃわしは？　それにマルティアルは？　わしらはまるで当てにされてないんですか？」

「あなたはね……あなたは紙提灯《ちょうちん》を見るとその場で子どもみたいになっちゃうんだから、口をポカンと開けて。それとマルティアルは娘を安心して任せるには若すぎます」

「おお、若すぎるとは」嬉しくなったマルティアルは抗議した。彼は平静を装おうとして、叔父が落としたばかりの新聞を拾い上げた。ニュースは何もないか？

「カイヨー裁判＊、月曜に開廷」
＊　当時現職の蔵相夫人アンリエット・カイヨーによる殺人事件に関する裁判
マルティアルは『プチパリジャン』のページをそっとめくり、小声で読んだ。

〝モーリス・バレス氏、愛国者連盟の党首に選出さる〟〝サラエヴォでは暗殺以降、反スラブ運動が……〟

彼は新聞を折りたたみ、手の平で丁寧に撫でつけた。寒気を感じたようにちょっと肩をすくめた。彼は思った。〝やれやれ、どうしたんだ？　悪寒《おかん》がするぞ。今年はフラノの腹巻をあんまり早く止《や》めすぎたか……〟彼は八月十五日まではそれを着けると決めていた。実際夏も初めの頃は、安心な季節じゃあない。安心……そのちょっとした言葉が突然彼の心を照らした。彼を震撼《しんかん》させたもの、それはひき初めの風邪ではなく、何か内部の、体とは何の関係もない……一つの不安。いや、その言葉は強すぎる。一つの悲しみ……そう、突然彼は悲しくなった。一日中浮き浮きしていたのに、突然……今この時、全てのヨーロッパの大使館を揺るがしている災厄について、一個人が分かることは何もなかった。だが彼はその上層に、時に自分を悲しませる一種のざわめき、熱気、相反する電気の衝突を感じ取った。家畜小屋で安全に保護されている羊が、遠くで嵐が吹くと不安そうに頭をもたげるように。オーストリア皇太子の暗殺……前々日、ストラスブールの銅像の前で群衆がデモを……言葉、風聞、陰口、言葉……一つの言葉……だが僕らの世紀の言葉じゃない、ありがたいことに。

「きな臭いですね」彼はアドルフに新聞を見せながらつとめて冗談めかし、声を上げて言った。「戦争を感じます……」

「仕方ない、もし戦争なら、戦ってやるさ」アドルフは髭をひねり、ふんぞり返って言った。「ネズミを食ってやる。攻囲戦の時[*]みたいに」

＊一八七〇〜七一年　普仏戦争時のプロイセン軍によるパリの攻囲。

「さあ、来るんでしょ？」

彼は女たちを振り返ってせかせかと付け加えた。

「花火が見られなくなっちゃいますよ」

〝今晩、間違いなく、僕はプロポーズするぞ〟マルティアルはそう思った。不思議なことに、今度こそ自分がそれをやり遂げる、尻込みはしないと分かっていた。

悲しみはまだ彼の心の中に残っていた。そして単なる悲しみではなく、全身全霊をかけた一種熾烈《しれつ》な関心も。一人で部屋にいて、外の一つの足音に聞き耳を立てるように。

テレーズは狭い玄関ホールに立っている彼を見た。彼は首を前に差し出して扉を見ていた。一点を見つめ、鼻を赤くし、額に汗が滲《にじ》んでいた。彼女は吹きだした。

「あなた怖いわ。そこで何してるの？ さあ、来て。パパは階段を下りてるわ。扉を締めて。私のスカート踏まないでね！ 不器用なんだから。フリルが破けちゃうわ」

四人は揃ってもうお祭りの物音で賑わっている通りに出た。交差点ではヴァイオリンの調音をしていた。小さなカフェの前の舗道はダンスのために四角に線が引かれ、ベネチア風のランタンと月光に照らされていた。木立の影が地面で揺れるのが見えた。夜には若者を酔わせる優しく、魅惑的で、官能的な何かがあった。カンカン帽を被って白いブラウスを着た小娘たちがふくらはぎの上までスカートをたくし上げながら走り過ぎた。兵士たちがメードと踊っていた。レピュブリック通りは市《いち》、露店、熱した油の臭い、スパイスのきいたパン、白粉、動物小屋、騒音、叫び声、銃声、爆竹《ばくちく》に溢れていた。

マルティアルはテレーズの腕をつかんだ。

〝さあ、今だ、直ぐに〟彼は思った。

彼は彼女の耳に叫んだ。後々、彼女は囚われたライオンの咆哮、『ラ・マルセイエーズ』の一節、メリーゴーラウンドのうなりに混じった、しゃがれて不安に震える彼の声音を思い出すに違いない。

「テレーズ、君を愛してる。僕の妻になってくれないか？」

彼女にはよく聞こえなかった。彼女は彼に黙るように合図を送り、微笑んで周囲の人たちを示した。彼はたじろいだ目で彼女を見て、激しい不安に息を詰まらせた。彼女は彼が可哀そうになり、優しくその手を握りしめた。

「いいってこと?」彼は叫んだ。「ああ、テレーズ……」

それ以上彼は何も言えなかった。彼女の肘に手を当て、敬意と限りない注意を払ってそれを支えた。まるで大群衆の中で大切な壺を持つように。彼女はこのしぐさに打たれた。そして思った。〝この人、私を守るって、いつまでも私を愛すって私に分からせたいのね〟彼は美男ではなかったし、口もうまくなかった。だが、誠実な青年で、彼女は彼に愛情を持っていた。結局は彼の妻になることが、彼女にはずっと分かっていた。そう、まだ私がとっても幼い娘で、彼が背中におぶって散歩してくれた時……九つだったある日、七月の記念柱の天辺《てっぺん》まで運んでくれた。彼の腕の中にいるのが気持ちよくって、しょっちゅう片目を開けて遥か下の広場を眺めた……そうあの日、彼女は思ったのだ。〝大きくなったら、私、マルティアルと結婚する〟と。

＊　パリのバスティーユ広場にある革命記念柱

彼らはもう大通りを離れ、もっと静かで、もっと薄暗い小道をたどっていた。セーヌを渡った。後を歩む親たちは言った。

「彼はプロポーズしましたね。熱く語ったもんです、手を差し延べて。あいつは何も言わずに聞きました。さあ、やりましたね。大丈夫。彼は誠実な青年です。——結婚式でまだちゃんと踊れますか?　お母さん」

アドルフは膝の裏側をぴんと張って義母に言った。

パン夫人は目を拭《ぬぐ》った。自分の娘を思い出していた。だが、束の間の感傷に過ぎなかった。死んだ者のことを長く思うには、彼女は年を取り過ぎていた。老齢になれば、死者は忘れてしまうほど自分の身近にいた。人は遠くにいる者しか心にしっかり思い描けない。彼女はテレーズの結婚を想像した。結婚式、素晴らしい食事……生まれてくる子ども。

彼女は頷《うなず》いた。声は震え、目にはまだ涙が溢れていた。彼女は思わず口ずさんだ。

楽しいタンバリン、ダンスにしてね！……

彼らはトゥルネル橋に着いた。セーヌの上空の花火、照らされたノートル・ダム、水、空を眺めた。黒い水、真っ赤に燃えて脅迫するような空を。

マルティアルはフィアンセのそばにいた。二人は婚約したのだ。心をざわめかせ彼は思った。

〝僕はページをめくる。新しい人生を始めるんだ。以前、僕はどんなだったか？　孤独な男。一人の不幸な男。これからは、何があろうと、僕らは一緒だ。何者も僕らを引き離せないぞ〟

全てが良かった。全てをやり遂げていた。

3

十七歳の少年――ベルナール・ジャックランは――短く窮屈な服を着て（なにしろ彼の成長は速すぎた）帽子を被らず、髪を後ろにかき上げ、喉に込み上げる嗚咽《おえつ》を抑えるために歯を噛み締め、拳《こぶし》を握り締めながら、路上で行進する連隊を追った。一九一四年、七月三十一日のパリだった。

時折ベルナールは初めて劇場に連れて行かれた男の子のように、興味津々で、探るような、たじろいだ目で周囲を見回した。なんという光景だろう、この開戦前夜は。戦争にはならない、ヨーロッパの殺戮の責任を前にして政府連中は最後の瞬間に尻込みするなんて言い張るのはアドルフ・ブリュンみたいなぼけた間抜けか、さもなきゃマルティアル・ブリュンみたいな……だけなんだから……（彼はちょっと前に学校で教えられたばかりで、すごく新鮮味のある痛烈な悪態をさっと呟いた）一体彼らはここに何か崇高なものがあるのが分からないのか？　ベルナールは思った。一つの言葉、一つの行為で戦争が、英雄的な冒険が、ナポレオンの大騒乱のような何事かが始まるんだ。それが分かってる。分かっていながら尻込みするなんて！　血が通ってないに違いない。一瞬彼は皇帝、共和国大統領、大元帥になった自分を想像した。彼は目に涙を滲ませて呟いた。

「進め！　国旗の名誉のために！」

〝そうだ、戦争になるんだ〟彼は改めて思った。〝そして僕、このベルナール・ジャッククランはオーステルリッツみたいな、ワーテルローみたいな英雄的な時を生きるかもしれん。僕は自分の子どもたちに言ってやろう。〈ああ！　お前たちが一九一四年のパリを見ていたら〉彼らに叫び声、花、喝采、涙を語ってやろう！〟

現実に、それらしいものは何もなかった。通りはしんとして、商店の鉄のシャッターは下りていた。荷物を載せた荷馬車が通るのが見えた。だがベルナールは、正に今朝、首都のあちらこちらで愛国的な宣言がなされたことを知っていた。それ以外に、彼は話をふくらませ、心のうちで見えないアパルトマンの中に侵入し、パリ住民の魂の奥底を探った。

〝兵士たちを見て泣いてる女の人がいる。可哀そうに……夫を、息子を思ってるんだ。もう一人はすごく悲しそうに兵士たちを目で追ってる。あの人はママに似てるな……何て言うだろう、ママは？　僕が「召集に先だって」志願するつもりだって知ったら。ほんとに僕は決心したんだ。順番なんか待たない！　誰もが思ってるぞ：三か月で終わるだろうって。だったら、何をするんだ？　この僕は？　学校に残って、馬鹿みたいにがり勉して、がきみたいにせっせと宿題をやるなんて。こんな事態が、こんな栄光が、こんな血が、こんな戦争があるって時に。ごめんだ！　ごめんだ！　ごめんだ！　僕は発ちたい、直ぐに、遠くに、全てに向かって！　神よ、なんていい天気、なんて熱い太陽！　あの兵士の軍服、あの赤い乗馬ズボンはなんて美しいんだ！　それにあの馬たち！　跳ね回り、くつばみ*を噛み、鼻腔に泡を立てたあの逞しい動物より美しい何がある？

＊　手綱をつけるために馬の口にくわえさせる金具

僕は騎兵、竜騎兵になりたい、兜を被って。ああ、兵士たちにキスを送る娘たち！　彼らはどんなに誇らしいか。兵士は女に愛される。僕も愛されたい、でも一人じゃないぞ、たくさんの女たちに。その女たちが僕の好意を争ってくれたら。それで、僕は美しい軍服姿で彼女たちの中に登場する、そして彼女たちに目をやる……その眼差しに、彼女たちは自分の支配者を感じるだろう。でもそんなの、全部子どもだましさ。僕はもう女たちには興味ない。そうさ！　階段で僕に目くばせした五階の若い女中だって。僕は硝煙の匂い、戦争、そして栄光のために生きたい！　あれはきっと七十年の攻囲戦を戦った老人だぞ。あの人だって感動してるに違いない！　ご心配なく、ムッシュー、僕がここにいます、この僕、若いベルナール・ジャックランが。そして僕は請け合います。我らが旗の下で「勝利」を持ち帰ることを！　ああ、歌いたい、叫びたい、飛び跳ねたい！　さあ、言いたい奴はなんとでも言え。そうだ、僕は志願する。僕は志願する。決めたぞ。あと三か月で十八。いくつで志願できる？　でもうまい手を必ず見つけてやる。ああ、音楽だ！　あそこで演奏してる。ラッパが鳴って、太鼓が……ああ、なんと美しい！　この音楽に乗って進行、それから突撃！　サーベルを抜け！　銃剣を着けろ！〟

興奮と疲労で息が切れた。実際彼はパリの半分を歩き回っていた。一瞬立ち止まって、壁にもたれずにいられなかった。軍楽隊の音楽が彼の背中に戦慄を走らせ、目に涙を溢れさせた。突然、生身の皮を剥《は》がれ、むき出しになった筋肉、神経が全部ラッパの音にさらされ、一つ一つの音が彼の上、彼自身の肉の上で奏でられるような気がした。太鼓の一打一打が骨を叩きつけた。〝正にこうだ〟彼は思った。〝少なくとも、兵士になったらこうなる。僕は連隊の一部になるんだ、ちょうど……ちょうど一滴の血が僕の心臓の中を流れている全ての赤い流れの一部であるように〟

彼は傲然と胸を張った。気をつけの姿勢のまま、遠ざかっていくファンファーレを聞いた。ヴァイオリンの弦《つる》のように、まだ空気が震えていた。ベルナールの耳に、何もかもが歌っていた。川も、古石も、家々も、群衆も。今、群衆は密集し、新聞の売店の周囲でひしめき合っていた。男たちは大仰なしぐさで、杖を振り回しながら、長々と議論していた。

「ツァーが……カイゼルが……*」どの顔も蒼ざめ、引き攣《つ》って、不安そうだった。ベルナールは侮蔑をこめて彼らを眺めた。

＊　Le tsar……Le Kaiser　ロシアとドイツの君主名

〝年寄どもが！　口だけだ。僕は、行動するぞ。僕は、僕は志願する〟彼は思った。肘をぴしっと体につけ、顎を上げ、駆け足で進み、広げた国旗を背中にしょった自分を想像しながら、ベルナールは道を横切り、お菓子屋に入り、菓子を二つ買い、立ったままむしゃむしゃそれを食べ、それから家に帰るためにメトロに乗った。今夜直ぐに自分の決意を家族に告げたかった。〝ママは泣くだろうけど、パパはきっと同意してくれる。あの人は愛国者だ。ママもそうだけど、女って弱いから。肝心なのは男に言うことだ。こう言おう。〝パパ、僕はあなたが好きで、尊敬しています。あなたにずっと従ってきました。でも今度は、あなたより強力な何者かが命じています。それは、「祖国」です、パパ、それは「フランス」の声なんです！〟〟

彼が階段に身を躍らせると管理人が引き留めた。両親は近所のブリュン家にいて彼を待っていた。

〝ようし〟ベルナールは嬉しさに身震いしながら思った。〝みんなに言おう。ブリュン一家の前で…

……みんなびっくりするぞ……〟

テレーズを驚かせるのが彼には特に嬉しかった。このところ、彼女はほとんど彼に注意を向けなかった。彼女は婚約した……〝婚約か〟彼は肩をすくめて呟いた。〝同い年の娘が結婚して、妻として生きるのは当たり前だって皆が思う、ふん……なのに、この僕が志願したいって言おうもんなら、わああ泣き出すんだ。でも、結局、彼は発つんだな、彼女のフィアンセは！　婚約は無期延期か。だけど、そんなこと知らんぞ！　いやいや……女たちは！……〟

彼はずっと駆け通しで、ブリュン家に着いた。鍵は玄関マットの下にあった。彼は入った。自分の両親とマルティアルが食事部屋にいるのが見えた。母親が彼を見て、怯えたようにごく小さな声で言った。「どうしたの？　汗びっしょりじゃないの」

彼は「何でもないよ」と答えた。だが誇らしく思った。

〝きっと僕の目の中に何か異様なものがあるんだな。僕は男だ、戦士なんだ〟

彼はこの女と年寄（マルティアルの三十歳は彼には老いが近いと思われた）の集まりに、保護者のように会釈《えしゃく》した。

彼は興味深くマルティアルを見た。食卓の前に坐ったマルティアルはテーブルクロスを押しやり、正面の小さな古鞄を開けて手紙類を取り出し、より分けていた。高校を出て以来、マルティアルはブリュン家に住んではいなかったが、学生の小部屋には置く場所がない大きなトランクや身の回りの物をそこに残していた。彼は細心の注意を払って書類を分類し、あるものは破り、その他のものはそれぞれ違った色のファイルに収めた。

「アドルフ叔父さん、ここに家族写真があります。これはテレーズが四つの時僕がトレポールで撮ったスナップですよ。僕の免状。それにあなたもご存じの銅板を作った時の彫版師の請求書です」

彼は口をつぐんで物思わし気にため息をついた。

「ブリュン医師。耳鼻咽喉科。銅板の料金は封筒に入れておきました。アドルフ叔父さん、どうか彼に渡していただけませんか。支払いが遅くなってしまったのを詫びて。僕はほんとに全然時間がなかったんです。これは僕の母の思い出の品です。イニシャルが入った時計、僕はテレーズに受け取ってもらいたいんです」

「私たちが結婚した後で頂戴ね」テレーズが穏やかに言った。

彼女が皆の前で結婚の計画をほのめかしたのはこれが初めてだった。彼女は頬を染めて彼が差し出した大切な品を押し返した。長い鎖がついた旧式の金の懐中時計だった。

「あなたたち、戦争が終わってから結婚するんですよね、僕が思うに」

ベルナールが若い雄鶏のようなしゃがれ声で言った、図《はか》らずも残酷に。

「僕らはそれまで待たんよ」マルティアルが言った。

「僕はすぐには発たん。少なくともあちらには……」

彼は遠くのあいまいな地域を手で示した。

「恩師のフォーレ先生がご自分のそばに僕がいられるようにしてくださった。地方に傷病者用の新しい汽車を配備するんだ。整備が終わり次第――二十日か二十五日はかかるな――あちらに発つが……」

彼は繰り返した。

「あちらにな……僕も一緒に。だがおかげで僕らが結婚式を挙げる時間はあるんだ」

「二十日か二十五日ですって！」ベルナールが叫んだ。「それじゃ何もかも終わってしまいますよ！」

マルティアルは首を横に振った。

「いや、これは長い、ひどく長い戦争になる」

パン老夫人はそれまで何も言わなかった。お腹の上で両手を組み、じっともの思いに耽っていた。

彼女が口を挿《はさ》んだ。

「私なら待つわね、あなたたちの立場だったら……それは結婚じゃありませんよ、そんなのは。新郎は遥《はる》か遠くに行って、妻はパリだなんて！　結婚したって一緒にいられるのは八日がやっと……」

「八日もですか？　マダム・パン、二十四時間だって素晴らしいですよ！」

「おやおや、お分かり？　二十四時間、それでお別れ。六か月になるかもしれないわ、誰が知ります？　あなた、自分で長い戦争になるって言ったじゃないの！　だめ、だめよ、あなたたち、成り行きにお任せなさい。皆散々戦ったら、うんざりして普通の暮らしに戻るわ。今はね、皆気が狂ってるみたい。でもこんなことは続きゃしませんし」

「僕はテレーズが望むようにします」マルティアルはきっぱりと言った。

「もし、彼女が兵士と結ばれるのを望まないなら……兵士の妻になったら、ひどく辛い、僕が彼女のために夢見ていたのとはまるっきり違う運命をささげてしまうことは分かっています……」

「でも、マルティアル」テレーズが言った。「私たち、もう結ばれているわ」

「それは同じじゃないわ」パン夫人は呟いた。

「全然同じじゃないの。あなたは子どもね。自分が言ってることが分かっていないわ」

だがテレーズは答えず、唇をきっと結んで、頭《かぶり》を振った。パン夫人がよく知っているきっぱり決意した様子で。

「自分の意志に従うしかないわね」マダムは小さな声で言った。「とにかく、マルティアルは酷《ひど》く危ない目には会いそうもないしね、お医者ですもの」

「その通り」ベルナールが見下すように言った。

「僕が言うことをしっかり覚えておいてください――そもそも、この人が十分整備されたきれいな傷病者列車で着く頃には、我々他の者たちがもうベルリンにいるでしょう」

彼は真っ赤になり、インクの滲む手で逆毛を後ろにかき上げた。

「パパ、ママ、僕を引き留めようとしないで。これは揺るぎない決意です。僕は召集の前に行きます。僕は志願します」

「馬鹿者、黙れ！」父がかっとして叫んだ。

「パパ、ママ、僕は何度でも言います。これは揺るぎない決意なんです」

「でも、あなたまだ十七じゃないの」ブランシュが泣き声を上げた。

「あと三日で十八です」

「でもただの子どもだわ！」

「敵もそう思うでしょうね」ベルナールは答えた。そして思った。

〝さあ、言ってやったぞ！〟

その時、アドルフ・ブリュンが話に割り込んだ。片手で食卓を叩き、もう片方の手でよじれた髭をつかんで怒りをこめて捩《ね》じり上げた。

「笑わせてくれるね、諸君！　君らは政治を知らん。田舎のお人好しさ！　わしは老練なるパリジャンだ。そうはいかんぞ。君らの戦争は尻つぼみで終わる！　予言しよう。とんだ空騒ぎだ。サーベルを振り回した挙句、外交で合意してお終い、それでそれぞれおうちに帰るんだ。何故かって？　何しろいつだってそうなんだから！　そりゃわしだってよく知ってる。百年戦争も、ナポレオンも。だがそいつは歴史の話さ。わしらの時代は必ず終《しま》いにゃ折り合いがつくんだ。それで歌でも作って、年の瀬に風刺劇をやって、はいこの通り！　分かるな、このわしの目はごまかせんぞ」彼は自分の正直な顔に、彼の考えでは、生粋《きっすい》のパリジャンだけに似つかわしい訳知りの表情を与えようとしながら繰り返した。

彼は何度も瞬《まばた》きした。

「来年の今日、この話を、君らの戦争の話をもう一度しようじゃないか。そうすりゃ皆で笑えるさ」

彼はそう締めくくった。

皆が押し黙った中で彼は繰り返した。

「皆で笑えるさ」

この瞬間通り過ぎる汽車の音が聞こえた。鋭くつんざくような汽笛が鳴り響く間に、怒り狂った家畜の群れのようなうなり声、喧騒、しゃがれてぜいぜいした息づかいとともに貨車が駅から外に突き進むようだった。こんなにたくさんの汽車がこんなに速く走る音は、誰も決して聞いたことがなかった。

「軍用列車じゃないか？　たぶん」

「もう？」

「勿論、昨日から乗り込んでる部隊がいるはずですよ」

「もう三晩になるわ」テレーズが言った。「ずうっと走ってるのが聞こえたわ」

ブランシュ・ジャックランがわっと泣き出した。一方すっかり蒼ざめたアドルフ・ブリュンは機械のように繰り返した。

「言っとくぞ。皆で笑えるってな」

4

ベルナールが非戦闘員の目と純真無垢な心で見られた催しがまだあった：マルティアルとテレーズの結婚。

一九一五年の初めだった。「新郎は戦場から戻って来る」アドルフ・ブリュンは披露宴に友人たちを招きながら言った。「一日だけパリにいるんだ。起こってることをわしらに話してくれるだろう」

現にその頃兵士たちは恐るべき秘密を背負った強国の外交使節のように人々から迎えられた。ただ規律への配慮だけがその秘密を近親者に明かすことを阻《はば》んだ。末端の一兵卒やマルティアルのような大隊の軍医補でも〝事情は知っている〟と市民たちは思った。軍の指揮官の策謀、次の攻撃の日程、敵のおぼろげな計画について彼らには知識があった。

「で、いつなの？　いつ？」ウンベール夫人はブリュン医師を見るなり、せっつくように尋ねた。彼女は言外に言っていた…〝「勝利」は、「勝利」はいつ？〟そしてマルティアルが答えずにいると、陽気に指で脅した。

「隠し立てして。この人、何も私たちに話そうとしないわ」

彼女は作り笑いを浮かべたが、また真顔になった。

「とにかく、軍隊がやってることくらい話せるでしょ。なんで前進しないの？」

マルティアルは一輌に八床あり、全部で百二十八人まで傷病兵を収容できる、と新聞が誇らしげに書き立てた後方のきれいな傷病者用列車に長くとどまっていなかった。それは見せびらかし、市民を慰め、中立国を教化するために使われていた。傷病兵たちは貨物車と家畜車で運ばれ、血を流し、苦しみ、地方の小路線沿いに死んでいた。惨憺《さんたん》たる最初の日々から、マルティアルは前線の救護部署に赴《おもむ》く許可を得ていた。〝英雄だな。誰も疑えん〟憧れと羨望をこめて彼を見ながらベルナールは思った。自分はまだ留守部隊にいたから。彼は…ただの子どもだった。軍服は身に着けていた、確かに。だが勲章、名誉の負傷は他人のもの。腕を包帯で吊っているレイモン・デタンを見ながら彼はそう思った。レイモン・デタンは療養休暇で結婚式に出席し、今はブリュン家の家具が詰まった狭い食事部屋で一緒に夕食を摂っていた。雨が降っていた。暖炉に置かれたストーブからちょっと息のつまる穏やかな熱が広がった。皆が新郎新婦の健康、「連合軍」、「勝利」のために乾杯した。ベルナールは好き勝手に飲んで父母に叱られるのが未《いま》だに心配だった。彼は二人の兵士の間に坐っていた。痩せて、日焼けして、頬がこけ、細く尖った鼻をしたマルティアルは黒い髭をしきりにひねくった。太って血色のいいレイモン・デタンは髭を剃り、女たちはそれを大いに誉めそやした。レイモン・デタンはその押し出しといい、口ぶりといい、市民たちをくすぐって安心させる善良な雰囲気といい(〝ご心配なく。彼らはもうだめです。私に言わせりゃ何か月かの問題ですよ〟)戦地のお話といい、きさくな態度といい、無口なマルティアルよりもはるかに、市民たちが心に描いている戦士の理想像に相応《ふさわ》しかった。

「そいつぁいいな」もの思わし気にシャンパンを飲みながら彼の話を聞いていたアドルフ・ブリュンが言った。「そいつぁいい。わしらの兵士たちはどんな時だってユーモアを忘れん。砲弾で両脚を吹っ飛ばされた奴がいたそうだ。そいつは言ったさ。〝こりゃ幸運だ! もう足を洗わんですむ〟ってな。それで、そいつぁ死んだ。それがフランス兵ってもんだ……」

「デタンさん、塹壕《ざんごう》をまあまあ快適にできたって本当ですの?」ジャックラン夫人が尋ねた。

その間、ベルナールはシャンパンのせいで妙に明敏になっていた。だが明敏さは時々思い出したように現れ、すぐすっぽり霧に蔽《おお》われてしまった。若いベルナールはこの二人の男(マルティアルとデタン)の間に家族のように奇妙に似たものを見つけた。それがどこにあるのか彼はじっくり探した。〝二人は熱があるみたいなんだ〟とうとう二人の深く窪んだ目を見ながら、彼は思った。そうだ……

レイモン・デタンの目にさえ不安な光があった。二人とも身を強張《こわば》らせ、気をつけ、のようにちょっと度を越えて姿勢を正していた。彼らの筋肉、彼らの神経が知らぬ間に、待ち伏せ、警戒し、張りつめたままになっていた。〝この人たちは僕らとまるで違うな〟ベルナールは自分が見た前線からの帰還兵たちを思い浮かべながら考えた。帰還兵は少なかった。戦場が男たちをぱっくりくわえ、ばりばり噛み砕いていた。まだ食われていない者たちも戦場は戻そうとしなかった。定期的な帰還許可がじきに与えられるという話だった。だが、今のところ、人々は伝説の英雄、死地からの生還者、兵士たち、こんな下品な言葉を使うのをはばかり、謝りながら呼ぶ〝ポアリュ〟*（女たちはピュピュの方を好んだ）の一人が道を通ると興味と敬意と愛をこめて振り返った。

＊ poilu　第一次大戦の際、フランスの民間人が自軍の兵士を呼んだ愛称。Poil（毛）が語源。

〝僕も、何日かすれば、あの人たちと同じになるんだ〟ベルナールは考えた。〝僕と両親、友達との間には計り知れない隔《へだ》たりができるだろう。マルティアル……デタン……僕にはマルティアルが極めつきの馬鹿に、デタンがつまらん二枚目に見えたんだ。だが、二人はたくさんの事をやった、たくさんの物を見た。人だって殺した。デタンは銃剣で敵を捕らえ、一人を鶏みたいに突き刺したって言う。マルティアルの方は、勿論、そんな役目じゃない。だけど銃撃、砲弾のさなかで兵士たちの手当を……それに後方に残れたのに、もっと奉仕するためにそうしなかったんだ、結婚を延期したんだ、あんなに結婚したがっていたこの人が……〟こんな気持ちをどう表せばいいのか分からず、ベルナールはおずおずとテレーズの腕に触れた。

「君は僕のこと、少しは考えてくれる？　僕が発ったら」彼は尋ねた。

そしてすぐに自分を叱りつけた：こんなこと言うなんて馬鹿か、泣き虫め、戦士らしくもない。だが突然、心が優しい思いに満たされるのを感じた。自分を取り巻く全て、おなじみの顔ぶれ、とても温かくとても落ち着いた狭い食事部屋、その上でテレーズとすごろくやトランプで遊んだテーブル、小さい頃大好きだったアヒルの嘴《くちばし》の水差し、正面にあるピンク色のガラスの塩入れまで、何もかもが彼には優しく、大切な深い意味に満ちているように思われた。

〝それにしても、これが最後かも知れないな、暖かくって、心地良くって、満ち足りてるのは〟彼は思った。〝あっちに着いたとたんに、殺されるかも知れないんだ。おお寒い、そんなことを思ったせいか、変だな……〟

寒風がさっと肩の間を吹き抜けた。あまりに冷たくあまりに唐突だったので、彼は誰かに背中に息を吹きかけられたように振り向いた。

〝もし殺されたら、僕はこれよりいいものをまるっきり知らないままだな。パパ、ママ、家族たち、友人たち。全然旅もせず、恋もせず……〟見事死にたし、おお女神よ、ただその前に恋をせずには*……〝マルティアルか……愛する妻、その妻との一夜……テレーズは……ああ、こんなこと考えちゃいかん。僕はテレーズに敬意を払わなきゃ。あっちに着いたとたんに殺されるなんてあるわけないか？でも、もしそうなったら、なんたる栄光だ！　みんなが僕を愛し、憐れんでくれるな。僕は人々の記憶の中に生きる、英雄として生きる。そうだ、あっちで、戦場で、敵前で倒れたら、僕は愛の波が自分の方に押し寄せるのを感じるだろう。それが僕を慰めてくれる。安らかにしてくれる。何だろう？「栄光」とは。それはできるだけ多くの人に愛されること……両親や友達だけじゃなく、見知らぬ人たちからさえ。そして僕だって、その人たちのために死ぬのが幸せなんだ。勿論、僕みたいに護ってあげる大胆な奴がいなけりゃ、あなたたちだっておちおちできませんものね、女性の皆さん〟心の中で誰もが愛らしく、善良で、優しく思える女たちに向かって彼はこう締め括った。

＊ ヴィクトル・ユゴーの詩集「諸世紀の伝説」中「サラミスでのソフォクレスの歌」の最終行

〝彼女たちは僕を思ってくれる。憐れんでくれる……プレゼント、手紙、お菓子を送ってくれる。そしてもし僕が戻ったら……軍の勲章を着けて……ここでお祝いだ。乾杯だ。僕だってデタンみたいに言えるぞ……〝俺は銃剣で敵を捕らえた。バン！ そいつを蝶々みたいに壁に打ちつけてやった〟そう、だけど、もしそれをやるのが敵だったら……ああ！ そんなことは考えまい。全てはその時だ。とにかく今、僕は幸せだ〟彼はそう思い、杯を重ねた。古参兵のように足を開き、手をポケットにつっこみ、どっかりと椅子に腰をおろしていた。良いお行儀とは言えなかった、しようがない！ これが英雄《ヒーロー》の傍若無人……皆はやらせておくしかなかった。デタンが彼に葉巻を差し出し、彼は目の隅で母親をうかがいながら火をつけた。つまり僕は一人前の男、戦場に赴《おもむ》く前夜、男に葉巻を禁じるもんじゃないとママは分かってくれるかな？ いや駄目だ！ そうはいかなかった。彼女は子どもの彼がマッチで遊んでいるのを見た時のように、手を組み合わせた。

「まあ、ベルナール！」

〝やれやれ、何だ？ まあ、ベルナールとは……女ってどうしようもないよ、まったく〟彼は思った。

「あなた、気分が悪くならない？」

「いや、そんなことないよ。まあまあ、ママ、そんなことないって」彼は優しく大様《おおよう》に答え、つけ

加えた

「分かるでしょ。僕はいつも吸ってるんだ」人生で初めての葉巻だったが。

彼は重々しい様子で一服ふかした。

テレーズには白いドレスも、百合の花束も、オレンジの花の冠も無かった。グレーのスーツ、黒い帽子姿の戦時の花嫁だった。

〝二十四時間か〟マルティアルは思った。〝二十四時間、そのうちもう六時間経ってしまった。一昼夜！ それが全て？ ああ、それが全てなのか？ そしてもし俺が戻らなかったら？ 五十年前か……二十五年後、もう戦争のない時に生まれていたら……ああ、運がないなあ！ デタンはコネを使えば後方に戻れるって言う。だがそりゃ真っ当じゃあない。前線じゃ救護に当たる人間があんまり少なくて学生たち、義勇軍の古参兵が一番恐ろしい責任を負わされているんだ。他所《よそ》でもやっぱり俺が役に立てるのは事実だが……いや！ 駄目だ！ 俺はごまかしてる！ 妥協はせん、義務は怠《おこた》らん。中途半端にはやらんぞ。全てを、命も、仕事も、愛する何もかも捧げるんだ〟

彼は傷病兵たちを収容する半分水浸しの地下室を心の中で思い浮かべながら、瞼《まぶた》を伏せ、ゆっくり手でこすった。あそこが彼の住み家《すみか》だった。これから長い間あれ以外の住み家を知らずにいるだろう。彼はあの日、七月十四日を思い出しながら苦笑した。あの時、モンジュ街の階段で自分の将来の計画を立てた。それを思うと悲しく滑稽だった……〝ああ、いやな戦争だ〟彼はため息をついた。

アドルフ・ブリュンが憤慨したように彼に目をやった。そう、彼はゲームの規則を忘れていた。ここ、市民たちの間では、戦争を悪く言ってはならなかった。美しく、野蛮、だが高揚させるものとして見なければ。ああ、そんな面だってあるにはある。だが、医師として、彼は特に戦争のもう一つの顔、恐ろしく歪《ゆが》んだ顔を見てしまった。戦争は若いベルナール・ジャックランにどんな姿を現すのか？　十八歳、広やかな胸、丈夫な筋肉、機敏な反応、刺すような眼差し……なんていい鴨なんだ！　戦争には。彼はベルナールを憐《あわ》れんだ。だがその憐れみは医師の憐れみにとどまっていた――明晰で冷静な。外科手術では体を救うために手足を犠牲にする：男たち――ベルナールもその中の一人――が引っ張り出され、火に投じられる、国が生きるために……彼はそれを受け容れた。心は痛んだ、だが受け容れた。〝ごまかさんぞ〟心の中で繰り返した。

その間、彼はじりじりした思いに苛《さいな》まれていた。時間を見て、いつ妻と一緒にきちんと席を立てるか考えた。目の前の暖炉の上に金の小さな掛け時計があった。恐ろしい速さでカチカチ時を刻んでいた。鼠が少しずつ家具を齧る音を立てて。もうじき三時だ……三時にはブリュン家をお暇《いとま》しよう：テレーズを腕に抱いて階段を降りよう。ヴェルサイユに向かおう。そこの知っている小さなホテルで二人の初夜を過ごそう。そして翌日、彼女がまだ眠っている間に（……妻は……その首、その肩にほどけた髪が広がっている。子どもの頃のように。あのふわふわした香《かぐわ》しい髪が……あの金色の霞《かすみ》が……）彼女は眠っている。そして彼は、彼は本当にそっと彼女と別れるだろう、さよならも言わず、キスさえしないで、もし最後のキスをして彼女のこぼれる涙を見たら、心が溶けてしまうから。

食事がやっと、終わった。ブリュン夫人は空いたお皿を台所に運んだ。彼女の傑作にして十八番、チェリーのクリームが詰まったサヴォアケーキが乗っていたお皿を。一片の食べ残しもなかった。彼女はあまりにも料理作りに精魂をこめ、それ以外のことは全て眼中から消えていた。結婚も、テレーズの出発も……でも何も変わらないでしょ。だって、明日《あした》マルティアルが前線に戻ったら、すぐテレーズは自分の部屋と自分の暮らしに戻るんだから。何事もなかったようにね。ブリュン老夫人は子どもじみた老人の穏やかな皮肉をこめてそれを喜んだ。

食事部屋では、男たちが順々に黙り込んだ。アドルフ・ブリュン自身、女たちのコンサートの中で持ち場を失くしていた。ウンベール夫人の甲高く響きわたる声がオーケストラのバスドラムのように全体を支配し、愛国的な長口舌になると横笛の鋭く悲痛な響きが入った。一方ルネの声はその傍らのフルートで、ジャッククラン夫人はマンドリンのようなため息を洩らした。テレーズは明らかに快活に見せようとして語り、笑っていた。彼女はこの時、兵士の妻の見習いを始めていた。めそめそせず、みんなの前で不平をこぼさず、自分のことはほとんど、〝あちら〟にいる人のことは絶対に語らず、皆が待つのを止めてしまった時も夫を待ち、回りのみんなが忘れてしまった時も覚えていて、あらゆる希望に向かって希望する兵士の妻の見習いを。

女たちは戦争の話をしていた。

それから芝居についてのおしゃべりになった。パリの劇場は十二月に再開していた。ジャッククラン夫人はそれは冒瀆《ぼうとく》だわ、と金切り声を上げた：「親愛なポアリュたちが大変な目にあってるのにどうして夜に外出できて？　私なら、そんな度胸ないわ……」

だがウンベール夫人の意見は違っていた。

「あら、あなた、全てはお芝居の選び方よ。コメディーフランセーズでオラース*をやったわね。マルト・シュナルがオペラ座で『ラ・マルセイエーズ』を歌ったわね。さあ、いかが？　炎と熱狂を掻《か》き立てるにはああいうのが必要でしょ。市民にはああいうのが必要なのよ」

＊ Horace ピエール・コルネーユ（一六〇六〜八四）の悲劇。祖国愛と友情、恋愛の狭間で起こる悲劇を描く。

「私たちは若いのよ。気晴らしだって必要だわ」ルネが言った。

彼女はデタンに長く、挑発的な笑みを向けた。母親と彼女はずっと裕福な夫を見つけ出すことを夢見ていた。だが戦争は男たちに恐ろしい被害を与えた。

「もうじき選んでる場合じゃなくなるわ。八月から、肉屋じゃ手に入るもんならなんだって買わなきゃならない。そんなふうになっちゃうのね」ウンベール夫人は夜、ランプの下で、帽子を縫いながら白けた顔でため息をついた。

「戦争が片腕、片足を奪って返すありさまじゃ、デタンみたいな財産もなけりゃ将来もない青年だって、どんな青年だって、じきに貴重品になるわ」

「彼は馬鹿じゃないわ」ルネは母親に言った。「彼はちょうど必要なだけ熱くなるの。凄く面白いわ…絶対に無駄な動きをしないのよ。人に話をさせるのね。彼自身もいっぱい話すけど、結局は何も言ってないのよ。本当のミディ（南フランス）気質《かたぎ》。彼、私に言ったの。もし生きて帰ったら、政治をやりたいって。私、いいと思う。彼なら成功できるわ」

「そうね」母は答えた。「でもようく気をつけなさい。ほんのちょっぴりでも身を任せたらだめ。あれは最後の最後まで結婚しないタイプよ。私はあの手の男たちを知ってるの…あなたの父親がそうだったんだから」

「あなた、パリの商売のことなんか考えてないでしょ」彼女はもう一度ジャックラン夫人に声をかけた。「商売が元気でなくちゃだめよ。おかげさまで女たちはまた装い始めたわ。凄い帽子のモデルを作ったのよ。ご時世から思いついてね。警官の帽子よ。とっても威勢がよくって、堂々として、凄く粋だわ。ざくろの刺繍をして、金の縁取りと房、それか羽とリボンの花飾りもいいわね、この冬あれ以外の帽子を被る人なんかいないわよ」

うなりを上げる会話の中で、暖炉の掛け時計が金属的な響きを立てて、小さく三回鳴った。出発の時間だった。マルティアルは身震いし、立ち上がった。明日発てば、友にも家族にももう会わないかもしれない。キスと握手が始まり、ジャックラン夫人が小さな哀願するような声で言った。

「もしうちの息子があなたの側に送られたら、面倒を見てくださるわね？」（彼女は前線を大人たちがドイツの不当な攻撃から子どもたちを守って保護する一種の学校のように思い描いていた）ジャックラン氏はこもったしゃがれ声で言った。

「わしのことも考えて……」実際彼は夕食の間もマルティアルから医療の忠告をもらおうとし〝自由な時間ができ次第〟胃病のための食餌療法を書くことを約束させていた。

マルティアルは頷《うなず》き、いらだたし気に白い筋が現れた髭を引っ張った。テレーズは彼と同時に立ち上がっていた。

「あっちじゃそんなに自由ではありませんよ」彼は穏やかに念を押した。

だがジャックラン氏はまるで信じようとしなかった。

「しかしちょっとした休みくらいあるでしょう。四六時中手術はやらんでしょう。そりゃあ無理ってもんだ。新聞じゃ病人は少ないし、傷病兵も志気盛んなおかげですぐに治ると言っていますよ。そりゃほんとですか？」

「ふうん……志気ですか……確かに……」

だがアドルフ・ブリュンが甥を引き寄せ、抱きしめた。それから彼を離し、涙が溢れる大きな澄んだ目で見つめた。彼は話したかった、冗談を飛ばしてやりたかった……マルティアルが他のポアリュたちに繰り返し語って聞かせ、彼らに「やっぱり古いパリっ子だな……くよくよせんもんな。まだ笑うことを知ってるんだ」と言わせるような何か気のきいた冗談を。

だが何も見つからなかった。医師の肩、軍服のごわごわしたラシャの下の瘦せて曲った肩を叩きながら、これだけやっと呟《つぶや》いた。

「行け……お前は勇敢な奴だ」

5

救護部署は地下室内に設けられていた。がっしりした、古めかしい屋敷はしっかりと土台の上に建っていた。ドイツ軍の塹壕から三キロ、フランス領フランドルの中にあるブルジョワの住いだった。錆びた大釘が打たれた低い門を頑丈な柱が縁取り、どっしりして、頑健で、頼もしい佇《たたず》まいだった。

建物の一部はまだ健在で、かまち窓の上の石に、面長で、神秘的な、鉢巻きをした女性の顔が彫られていた。一九一四年秋の戦闘中、この村は両軍の手から手へと渡り、目下のところ、フランス軍が占領していた。数か月前に始まったこの膠着戦《こうちゃくせん》では、一つの泉、一つの森、一つの墓地、一つの崩れ落ちた壁を激しく争った。もう敵の躍進を恐れるものではなかった。だが、爆撃は日増しに恐るべきものになった。瓦礫に残骸が重なった。晴れた日、かつての美しいフランスの小村（それぞれの門に薔薇の花が飾られた）は取り壊された作業場のように見えた。晴れの日は珍しく、雨、霧の中で、それは屋敷たちの墓場であり、心を絞めつける光景だった。だが救護部署はずっと耐えていた。

「建物が崩れても、地下室は揺るがん。だから勿論、持ちこたえる」マルティアルは言っていた。

彼は地下室の堅牢さをとても誇りにしていた。分厚い壁、頭上の石の円天井、岩に穿《うが》たれた一種の窪みを楽しそうに眺めた。窪みの一つが彼の手術室になっていた。もう一つが寝床で、三つめは負傷した高級将校の慰安室にとってあった。マルティアルは彼の地下室で、生い立ちが決して満足させてくれなかった所有本能を存分に働かせていた。八歳で孤児になった彼は、リセの共同寝室から安宿の一室、それから学生用の貸し部屋で過ごしてきた。どこにいても、勉強を始めたばかりでサンジャック街の陰気なホテルにいた時でさえ、彼は力をこめて語った通り〝自分の室内を創ろう〟とした。ぼろぼろになっていた壁紙を貼り直し、幅木を洗い、びっこのナイトテーブルを艶出しワックスで磨き、書物と家族の写真を棚に並べた。モンジュ街の将来のアパルトマンに思いを巡らすと、彼にとってどれだけ幸せな時間が流れたか：黄色いソファーを置いた客間、ピアノの上の緑の植物……自分の部屋（大きなベッドと鏡のついた洋服ダンス）、診察室。その全てが彼から奪われ、北部の他人の屋敷の地下室が取って代わっていた。まずいことに、床の何か所から出水があった。近くの運河が何か所も爆撃でやられ、決壊して何もかも水浸しにする恐れが絶えずあった。天候は思わしくなく、軍のいる全域が雨と泥に埋め尽くされていた。兵士たちはぴちゃぴちゃ音を立てて絶えず移動する白茶けた深いぬかるみの中で眠った。雨水が混ざったスープを飲んだ。スープより雨水の方が多かった。彼らは戦い、斃《たお》れ、泥の中で死んだ。

地下室から外に上るとても便利な階段があった。不揃いで、ざらざらした大きな踏段の上で男たちが休んでいた。包帯を巻かれたばかりの彼らは、野戦病院への避難を待っていた。頭を布カバンに載せた者たちもいれば、石に載せる者たちさえいた。ヨードフォルム、血の臭いと湿気が壁から浸みだした。むっとする甘ったるいクロロフォルムが空気中を吹き抜けた。働いている一隅から、医師は直近の戦いで新たに吐き出された傷病兵たちが下りてくるのを見た。先ず、黄色い粘土がこびりついたぼろぼろの大きな靴が、一緒に運んできた粘っこい土、切り裂かれた大地のはらわたを払い落そうと空しく床を叩いた。それから汚れ、破れ、濡れ、一種泥の甲羅をかぶって強張った外套が、それから目まで髭に覆われた痩せこけた顔が見えた。長靴を履き、ヘルメットを被り、泥の仮面をつけた者たちは異形《いぎょう》の泥の塊が歩くように現れた。髭の一本一本まで粘土に蔽われていた。自分たちの死体も敵の死体も見分けがつかない戦場——泥がそれらを同じ屍衣《しい》で覆っていた。

担架が降ろされた。流血し、ぴくぴく動き、うめき声をあげる体が手術台に使う木の台に載せられた。台が足りなければ地面に置かれた。間に合わせの衝立《ついたて》で閉ざされた片隅があった——庭の地面に打ちこまれた二本のレーキに布のシートを被せてあった：それが死者たちの部屋だった。

最初の頃、医師を一番へとへとにさせたのは、周囲の絶え間ない動きだった。通り過ぎ、また現れ、消えていく全ての見知らぬ顔、フランスの兵士、ドイツの捕虜、金髪、黒い髪が入り混じった人の群れ、瀕死《ひんし》の人たちの引き攣《つ》った顔、強がり、しゃんとして、笑みを浮かべようとする初めて怪我をした子どもたちの驚いて蒼ざめた顔、〝ちくしょう、ちくしょう〟とうめき、ぬかるみに潜った鋤《すき》の刃を引っこ抜くように自分の体から痛みを引き抜きたがっているような農民たち、女みたいにめそめそする弱虫ども、静かな者たち、勇気ある者たち、臆病者たち、それに〝ありがたい傷〟を負って、臆面もなく〝ついてるぜ！　俺はおしまいだ〟と言ってのける者たち、それに群衆の愛国心を掻き立てる使命を負った新聞のように、痛みに蒼ざめながらも〝ああ、大したことない！　こんなのは治してくれるさ〟と呟く者たち。

どれだけ彼がそうした者たちを見たことか！　短かい眠りさえ数知れぬ群衆に溢れていた。眠りにつくと四方八方から未知の人間たちに責め立てられる夢を見た。彼らは彼の歩みを遮《さえぎ》り、手をつかみ、煙草と安ワインの臭いのする息を顔に吹きかけ、四肢を切断した血まみれの切り口を彼に差し出し、彼を呼び、泣き咽《むせ》んだ。彼は彼らをそっと押しのけた。だが、彼らは彼の服にしがみつき、一人一人が自分の方に引っ張ろうとした。彼らは彼を後ろに引っ張り、よろけさせ、倒した。それから大きな靴で突撃するように彼を踏みにじった。彼らは叫んだ。その鋭く胸を引き裂くような声の響きで医師は目覚めた。すると自分がうめき声をあげる負傷者たちに囲まれていることに改めて気づき、また仕事に取りかかった。

雨が降っていた。雨は塹壕に、穴を穿《うが》たれた野原に、灰色の屍《しかばね》あるいは青い地平線に、廃墟の上に降り注いだ。大地はひどい悪臭を放つ沼地に変わった。雨は遂にまだ無事だった下水道を破裂させ、水がどっと地下室に流れ込んだ。水は換気窓から降り注ぎ、滝のように流れ、二本の足をもがれた男を降ろしたばかりの担架にはねを飛ばした。灯りは消えていた。同時に屋敷の階段も水浸しになった。叫び、嘆き、呪いながら、軽傷の兵士たちは外に駆け出した。夜だった。砲弾が落ちた。時折敵の前線から放たれた照明弾が星のように一瞬空に残り、それから崩れ落ちた壁面と石の間をうろつく猫の黄色い目を照らしながら落ちた。人々は地下室を退去した。それを決意する前に、医師は一瞬首を傾《かし》げ、一つの手術の決断を迫られた時のようにもの思わし気に立ち尽くした：〝耳鼻咽喉科〟の専門医は切迫した状況の中で、緊急時の外科医に変わっていた。一瞬野戦用の大鍋と帆布製のバケツで水を汲みだそうと考えたが、水は絶えず上がってきた。

そこで彼は男たちを出発させることにした。屈強な男たちが他の男たちを支えた。担架係が担架を運んだ。最初に脚をもがれた男が地下室の外に運ばれた。担架係は腿の半分まで水に浸かりながら階段を上り、屋敷を横切った。無傷な部屋が一つあった。きれいな寝室で、白鳥の首を飾った大きなマホガニーのベッドがあり、はぎとられたきれいなシーツが床に垂れていた。

外でマルティアルは一番近い野戦病院に発つ一隊をまとめることができた。銃弾と砲弾の下で道は危険だった。彼らが到着した時、夜は終わっていた。荒れ果てた野原の上に、光線が現れるのが見えた：十一月の夜明け、鳥が飛ぶ赤く鮮烈な朝だった。

マルティアルは担架にじっと目を注ぎながら歩いた。一番深手を負った男で、マルティアルはこの男を救いたいと思った。それができることを願った。負傷者は農夫で、大柄で、太って、重たく、強健だった。もうしゃべれない農夫はマルティアルを苦しめる激しい希望に満ちた眼差しをじっと彼に向けたのだ。それから歯を噛みしめ目を閉じた。気を失ってはいなかった。水がはね掛かっても叫び声をあげなかった。うめき声一つ洩らさず運ばれて行った。今は担架の上で二人の運び手に挟まれ揺れながら進んでいた。マルティアルは出発の前に、出入り口で彼にカフェインの注射をしていた。

野戦病院に着くと、彼は男たちの点呼をした。担架が自分の脇を通ると、身を屈めて負傷者の顔にかかった毛布をとった。

「何だ！　おい、これは彼じゃないぞ！」

それは違う男だった。黄ばんだ顔をした陰険そうな小男で、人が近寄ったとたん耐えがたい大きく甲高い声でうめき始めた。大腿骨《だいたいこつ》をやられていた。

「だが、くそ、もう一人はどこにいるんだ？」マルティアルは叫んだ。

二人の運び手はうろたえて顔を見合わせた……二人は患者を間違えていた。医師が注射をしてから担架に載せた足をもがれた男は救護部署の中に忘れられたに違いない。たぶん放棄した屋敷で死にかけている。

マルティアルは憤激に駆られた。これも軍隊生活で生まれた彼の新しい心性、実に容易《たやす》く彼の魂をとらえる怒りだった。市民生活ではあれほど礼儀正しく、あれほど小心な彼が兵士になって以来、炸裂する怒りに身を任せた。それが過ぎ去ったとたん、彼は恥ずかしさと、後悔、それに一種の誇らしさを感じた。最も心優しい男さえ自分の同類を震え上がらせることを嫌わない。彼の言葉を聞き、振りかざした拳、痩せた長い腕の先のきゃしゃな拳を見た二人の担架係は震え上がった。

「大馬鹿者が！　とんちき野郎……貴様らみたいのが最低の……」

彼は二人に向かって知る限りの罵詈雑言《ばりぞうごん》を浴びせかけた。知らない言葉まで発明して罵った。

「こうなったら、彼を探しに行かなきゃならん」彼は断を下した。

「探しに？　ああ、そりゃひどい、真昼間ですよ！」兵士たちは抗議した。

マルティアルは耳を貸そうとしなかった。彼にはあの負傷者が必要だった。自分を見上げた眼差しを思い出していた。たった一つの大切な命を自分の手にゆだねた男のあの眼差し。勇敢な男だ！　うめき声も漏らさず、わめかず、強がりもせず、堂々と静かに耐えていた……なんて奴だ！　なのに、見棄てたのが正にあの男だとは。

二人の担架係とともに、マルティアルは道をたどり直した。砲弾が炸裂した。マルティアルは地面に転がった。再び起き上がった時、彼は無事だった。だが兵士たちは姿を消していた。担架は路上に残っていたが、男たちの形跡がないので、マルティアルは彼らが逃げたと思った。泥だらけの外套を無意識に払い、また歩き始めた。激しい嵐に向き合う時のように頭と肩を撓《たわ》め、這っては前進した。当り前のように、雨が降っていた。砲弾の轟音と銃弾の炸裂音の向こうから、近くの川の轟《とどろき》が聞こえた。雨で水嵩《みずかさ》が増した川は氾濫し、霧の中を奔流が駆け巡った。

ようやくマルティアルには村の家々が見え始めた。少なくとも残っている何軒かが。霧の中で水蒸気の真ん中に噴水が漂っているように見えた。崩れた農家の大きく開いた門だけが、廃墟の上に開かれた凱旋門のようにポツンと立ったままになっていた。マルティアルはそちらに向かった。あったぞ、屋敷が。石に彫られた神秘的な優しい女の顔があったぞ。その顔の周りで濁った水がぴちゃぴちゃ音を立てていた。

〝彼を地下室から出す時間があって良かったなあ、あの二人の底抜けの阿呆どもに〟彼は思った。〝気の毒な。死ぬにしたって水から出てた方がましだ。だが彼は死なんぞ。強情で頑丈そうだったからなあ〟

彼は屋敷の中に入った。ほとんどすぐに重症を負った大きな体にぶつかった。担架に横たわり、頭を後ろに投げ出し、頬にはまるで血の気がなかった。だが彼は生きていた。彼は見た。マルティアルを見た！　マルティアルはその手を握った。

「よかった。あんた、ああああんた、置き去りにされちまったな？　ひどいもんだ。でも、俺がここにいるぞ、あんたは忘れられちゃいない……心配するな、俺があんたを治してやる、さあ……」彼が口ごもりながら言うと、負傷者は微笑んだ。少なくとも唇がかすかに引き攣り、マルティアルには両足をもがれた男が微笑もうとしていることが分かった。

〝担架係が俺たちを探しに来るだろう〟医師は思った。〝今頃あいつらが戻って、誰かをよこすだろう〟

もし通行できたら担架係が昼の間に負傷者たちを引き取りに来て野戦病院に連れて行く。さもなきゃ夜を待たねばならんが、この季節はあっという間に夜になる。この雨じゃすぐ真っ暗になり、暗闇のぴちゃぴちゃした水音、めくら滅法の暗闘があるだけ――とにかく、比較的安全だ。

「二人で一緒に戻ろう、なあ？」

彼は男にほとんど愛情をこめて語りかけた。この兵士に今まで誰にも感じたことのない父性的な何か、男らしく、逞しく、いきいきした同情を感じていた。彼は包帯を巻き直してやり、飲料を与え、待った。

ところが誰も来なかった。

「あんたがこんなに太ってなけりゃ、二人で切り抜けてやるんだが、なあ？　だが俺はあんたをおんぶはできんよ……見てみろよ……蚤と象だぞ」マルティアルは軽口を叩いた。「普段の仕事は何だ？　農民か？　ブドウ栽培か、うん？　ブドウ栽培の顔だな。自分の家で白ワインをぐっとやってるほうがいいよな？」

答えを待ちも望みもせずマルティアルは彼に語りかけた。負傷者にとっても自分にとっても、気がまぎれ、時間をやり過ごせるように。

爆撃は止まなかった。時折、本当の激震が廃墟を揺るがした。ずっと前から窓には一枚のガラスもなく、雨風が入り放題部屋に入って来た。もうじき夜になったら、表に出て助けを見つけよう。一日の終わりに、無人に見えるこの廃墟が活気づくことをマルティアルは知っていた。第一線から兵士たちが傷ついて戻り、担架係がレンガやモルタルから姿を現す。男とマルティアルは寝室の白鳥の首のベッドの側にいた。壁には小さな花柄の黄色い壁紙が貼られていた。暖炉の上に枝葉模様の傘をかぶったランプ、額縁に入った写真があり、片隅にブロンズの足がついたマホガニーの小さな丸テーブルがあった。何はともあれ四つの壁に囲まれ、屋根の下にいるのは慰めだった。勿論、忘れなければならないものはあった。砕けたガラス、所々崩れ落ちた天井、絨毯に落ちた漆喰と瓦礫、浸水した地下室、こもって深い爆撃音。だがちょっと想像を働かせ、大きなベッドをじっと見詰めると――彼は垂れ下がったシーツを引き上げ、整え、厚くて柔らかなマットレスの縁《ふち》に織り込んだ――ほとんど幸せを感じた。

「戦争が終わったら、俺が年をとったら、俺が引退したら、テレーズと俺は……」

彼の思いは決して最後まで行き着かなかった。眩《まばゆ》い閃光がナイフのようにそれを断ち切った。一〇五榴弾砲が部屋の中で炸裂し、一撃でマルティアルを殺した。床の一部が丸ごと叩き潰され、砕け、崩れ、屍《しかばね》もろとも地中に沈んでいた。だが担架の上の負傷者には届かなかった。ちょっと経ってから、任務を解かれたばかりで休息のために第一線を離れた小隊に発見され、野戦病院に運ばれ、両脚の切断手術を受け、彼は生きた、なおも生きた。

6

ベルナールは負傷し、死屍累々《ししるいるい》のエーヌ河畔から後方に逃げる路上を歩いていた。男たち、馬、トラック、大砲の動き、家具でいっぱいの荷車を曳く避難民の行列、担架に繋がれた女たち、裸になった木々の断面まで――何もかも逃亡中に見えた。木々は四年前に砲弾か毒ガスにやられて枯れ、秋風か散弾の嵐が敗走する方向に強引に捻じ曲げていた。

フランスの第六師団は、ドイツの第七、第一師団によってエーヌの北からモンターニュ・ド・ランスまで攻撃されていた。敵はエーヌ川を突破し、ヴェール川に到達した。五月二十八日の夜半にヴェール戦線は破られ、イギリス軍は撤退し、ソワッソンは奪われたと言われていた。そんなことを、ベルナールは何一つ知らなかった。攻撃の初っ端《しょっぱな》で負傷していた。今は、最近の戦闘で傷ついた一群の男たちとともに、救護部署を探していた。だがもうそんなものはなかった。大砲で破壊されたか、前進する敵の波に呑みこまれたか。ベルナールはもっと遠くに行かねばならん、と言われた。トラックに乗ろうとすると、追い払われた…あまりにも負傷者が多過ぎた。彼は進んだ。一種血の霞がかかって目が見えず、肩が痛み、頬には砲弾の破片が埋まっていた。道の両側、あるいはむしろ破壊された道についた踏みあとから、荒れ果て、穿《うが》たれ、掘り返され、めちゃめちゃにされた平原、小石、ねばねばした黄色い粘土、砲弾の穴、十字架（それさえ割れ、銃弾で穴があき、大砲に引っこ抜かれて一つ一つ折り重なっていた）、空き缶、ヘルメット、長靴、衣類の切れ端、鉄屑、木屑のカオスが広がっていた。所々にまだ立っている壁、あるいは三つの積石、あるいは軽い盛土、瓦礫の山が見えた——それが屋敷の、村の、教会の残骸の全てだった。ひっくり返り、半ば泥に埋まった戦車から、すっかり埃を被った鋼鉄の破片が空に向かって差し出されている場所もあった。それが大いなる戦争の日々の雑踏、三つの軍隊の運搬が作り出す動く潮《うしお》だった。弾薬運搬車、鉄道修復用トロッコ、糧食運搬車、救急車、ガソリンと新しい地点にむけて後退する部隊を載せたトラックがベルナールの周囲を灰色の鉄の河のように流れて行った。地雷が道を裂き、橋板が裂け目に投げ出されていた。

時折横転した自動車が道をふさぎ、悲劇的な渋滞の中、激しい砲火の下で、行列全体が足止めをくった。時折逃亡中の村人に追われた家畜の群れが現れた。怯え切って、うなり声を上げ、狂った雌牛たちがトラックに向かって突進するか、野原の中に逃げだした。

窒息しそうな春のひどく暑い日だった。男たちは埃の中を歩き、それを呑み込んでは吐き出した。埃は彼らの汗と血に混じり合った。

〝ああ、ああ〟ベルナールは夢の中を進んでいるような気がした。道に上ったり、荒れた地面に下りたりしながら思った。〝ああ、やめてくれ、終わりにしてくれ！……休ませてくれ……〟

彼は二十二歳になっていた。宣戦布告の時は十八歳、アルゴンヌで十九歳、マルセイユの病院で二十歳、ル・モール・オムの頂上で二十一歳を迎えた。成熟する間もなく年老いてしまった。歯を立てても、硬くて渋い果肉しかない早生《わせ》の果物のようなものだった。四年！　彼は疲れていた。

〝休みたい〟悲痛な執念をこめて、彼は埃の中で独り言を呟いた。〝俺は休みたい、今日だけじゃなく、ずっと、ずっと。死にたかない、だけど目を閉じると、何もかもどうでもよくなっちまう。進もうが、ずらかろうが、勝とうが負けようが、どうでもいい。もう何にも知ったこっちゃない。俺は眠りたいんだ〟

だが、時折ちょっとでも元気を取り戻すと考えた。〝いや、ずっと休んでなんかいるもんか。こっから脱出さえさせてくれりゃ、俺は得られなかった全てを楽しんでやる。金も女も手にしてやる、楽しんでやるぞ、そうとも……〟

決して以前はそんな思いはなかった。戦争の初めの頃、彼は真剣で、自分に厳しかった。同時に若々しく快活だった。生き抜いて勝つというヒロイックな意志が全身に漲《みなぎ》っていた。自分の力を過信していたのか？　肉体的に、彼は強健で、痛みにも疲れにも強く、肩幅は広く、姿勢が良く、活動的で、機敏な男になった。精神的に、彼はこの先何をもってしても癒すことができず、日増しに大きくなりそうな傷を負っていた。一種の倦怠、挫折、信念の喪失、疲労、そして生きることへの狂おしい欲望。〝そうだ、自分だけのために生きてやる。自分のために。俺は奴らに四年くれてやったんだ〟そしてこの言葉に彼は自分と激しく敵対する世界の全て――上官、敵、友、市民たち、未知の者たち、それに自分の家族たち――を暗《あん》にこめていた。〝市民どもだ、特に！ あいつら……〟それは決して贖《あがな》えず、決して止められない流血の犠牲、悲嘆はもう十分、と後方部隊が判断した瞬間だった。悪徳商人ども、政治家ども、あらゆる種類の利権屋ども、高い給料で甘やかされた労働者どもは自分たちのために生きてる。前線があえぎ、血を流し、死んでいくのをほったらかして。〝いったい、何のためだ？ 無駄骨じゃないか〟ベルナールは思った。〝誰も勝ちゃしない。誰もが限界なんだ。結局どの国もしまいにゃ空っぽになって、精魂尽き果てて、死んで国境に戻るんだ。待ってる市民どもは生きる。俺たちゃこの穴倉で腐っていく〟彼は思い出した。塹壕の夜、歩哨の夜、あるいは戦闘の前の瞬間…ぞっとする忘れがたい数分間。

彼は路上でなおもそんなことを思った、自分と同じように先を急ぎ、同じように苦しむ全ての兵士たちの中で。誰も彼を助けられなかった。彼の十字架を軽くできる者はいなかった。

「重い」一種の錯乱の中で、傷を負った肩にまだしょっている装備品の重さにふらつきながらベルナールはため息をついた。〝哀れな連中だ！ どうしてあいつらが俺を助けられる？ 俺よりまいってる奴だっているんだ。俺は、俺は……そうだ、俺は何でもありゃしない。生きようと死のうと何の意味もないんだ。市民どものデマだぜ。〝英雄たち、栄光……祖国に命を捧げる〟なんざ……現実に、俺なんか必要ともされちゃいない。近代戦に必要なのは機械なんだ。英雄たちの戦隊は鋼鉄で覆われた優秀な機械に見事に取って代わられる。愛国心も、信念も、勇気も持たん機械が一番たくさん敵をやっつけられるんだ。しかも、市民どももそいつに気づいてる。口先じゃ俺たちを愛する、俺たちに憧れるなんてまだしきりに言うが、俺たちが役立たずで、盲目の機械の方が俺たちより大切だって誰もが思い、知っていやがるんだ。深刻なのはそれだぞ。人間だったもんが……機械にゃなれん、もう人間でもないとなりゃ、未開人にまで、動物にまで退行する気がするぜ。あいつら何て言いやがる？分かろうとするな。考えるな。呆《ほう》けていろか、何てこった！　こうなれってことか〟彼は死んだ馬を見ながら言った。

長い歯を剥きだした馬の屍《しかばね》、傷ついた馬たち、くたびれ果てた馬たち、爆撃で腹が裂けた馬たち、敗走したイギリス軍の残滓《ざんし》、それらが道の両側に沿って並んでいた。ベルナールの周囲の、人種、血、言語のなんたる混沌！　スコットランド人、ヒンズー教徒、黒人、ドイツ人捕虜を彼は見た。こんなに様々な顔が全て同じ表情を浮かべていた：若い顔に死が見える一種疲れた笑い。〝地獄だ……ここから何キロかでパリ……〟いや！　パリは爆撃されてる、奴らも苦しんでる……、でももっと遠くの街……カンヌか……きれいな涼しい家……ジュネーヴで……マドリッドで……合衆国で、屈託ない若者たちが海水浴をして、冷えたパンチを飲んで……ああ、アイスクリームを食べて……傷口に陽《ひ》が、なんて責め苦だ！　それにヘルメットに陽が……脳みそが限界だ。最後の許可休暇でおやじは何て言いやがった？〝扱いにくくないさ、戻って来る連中は。彼らはちょっとのことで満足するんだから！〝何て言いぐさだ！　ほんとに奴らが言うことは何でも馬鹿げてる〟彼は怨念をこめて思った。〝馬鹿が、馬鹿が、馬鹿が……〟

彼はよろけた。足を失くしたような気がした：戦闘中、衛生兵が急いで巻いてくれた包帯から血が噴き出した。熱い血が体の上を流れた。動物を解体する時のすえた悪臭が、死んだ馬のものか自分自身のものか、彼にはもう分からなかった。彼は倒れ、そして思った。〝誰も俺を運んじゃくれん、歩くかくたばるかだ、な〟彼は超人的な頑張りで再び立ち上がり、また進んだ。負傷兵の小さな集団が彼の後ろについた。誰もが歯を噛みしめ、疲れた足を引きずっていた。それから負傷兵を載せた担架が一つ、もう一つには死体が載っていた。そして怯えた大きな目をくるくるさせる黒人たち。そして長い外套を着た陰気な兵士たち。そして小さな黒馬に乗ったヒンズー教徒が一人。それからまたトラック、戦車、大砲。ベルナールはずっと進み続けた……

7

戦争は続いていた。長距離砲がパリを爆撃していた。連合軍は〝必要とあらば、三年、十年、二十年の戦争〟に備えていた。だが誰もが（ドイツ人も）平和が来ると分かっていた。どうやって、どんな足取りで来るかは想像がつかなかった。陰険な外交の忍び足か、勝ち誇る戦士の傲慢な足取りか？いかなる名で？　勝者も敗者もない平和か、勝利か敗北か？　だが何か不思議な兆しから人々はそれが間近なことを感じ取った。人々は口癖のように繰り返していた：「こいつが終わる理由《わけ》がない。皆が死に絶えて終わるんだ」だがそっちこっちで、まだおずおずした声がほのめかした：「いずれにしたって、永遠に続くもんじゃない。結局は終わるさ。何事にも終わりがあるんだから」若者たちはずけずけと言い放った。「もう皆たくさんだから終わるんだよ」非難が巻き起こった：「臆病者！　敗北主義者め！　お前らなんかほんとの愛国者じゃない」だがそれは口先だけだった。真実はここにあった：もうたくさん。人々は武器がたてる音に悩まされ、栄光にも血にもうんざりしていた。

パン夫人は果物屋から戻り、野菜でいっぱいの袋を台所のテーブルに降ろしながら言った。

「こうなったらもう長くないわ。待つだけね！」

〝そりゃこの人はがまんできるでしょうよ〟ジャックラン夫人は不安に胸を締めつけられながら思った。〝あっちに誰もいないんですもの〟

各人が皆のために苦しみ、全てのフランス人の間で栄光と死が公平に分担されていた最初の日々の聖なる団結は終わっていた。四年経った今、それぞれに自分の運命があり、それがフランスの運命と混じり合うことはなかった。マルティアルは死んだ。皆が彼を語り、彼の肖像写真は食事部屋の名誉な場所に置かれていた：トリコロールのリボンと喪章を飾った額縁に入って。軍服姿の彼は実際より大きく、堂々として見えた。普段は髭をしごくか、疲れた目をこすりながら竦《すく》めていた首を、カメラのレンズに向かってすくっと掲げていた……一風変わった、思慮深く、思いやりがあり、穏やかな表情で前を見ていたが、そこにほんのわずかな冷淡さ、一種の無関心が読み取れた。まるで死の一週間前、後方の村で写真を撮られたその日、彼は皆に永遠の別れを告げたように。テレーズはその肖像写真の前に毎日新しい花を置いた。

ジャックラン夫人の顔は蒼ざめ、やつれ、引き攣《つ》っていた。彼女はもう眠れず、食事もほとんど喉を通らなかった。ベッドの中では、ソンム*の泥濘《ぬかるみ》かフランドルの砂の中に横たわるベルナールを思った。食べると腹を空かせたベルナールを思い、休むと疲れている彼を思った。

＊ Somme　第一次大戦中最大の会戦が行われたフランス北部の地方

死者の名簿を読みながら、彼女は思った。〝明日はあの子かも知れないわ〟――自分の友人の息子が殺された時、彼女は若い死者の面影に自分の息子を見て泣いた。反対に、一人の兵士が救われて避難所に入ったと知った時は、息子は未だに危地にいるのに――一体いつまで？――ときつく神をなじった。

ベルナールはエーヌで戦っていた。

レイモン・デタンはウンベール嬢と結婚した。彼は自分がパリに残れるようにうまく立ち回っていた。

ブリュン家の生活費はもうテレーズの恩給しかなかった。相変わらず楽観的なブリュン氏は言った。

「だがロシアの債権についちゃわしは心配しとらん。ロシア人たちは最後には払うさ。彼らは本当の友だ。ツァーは立派な人物だった。あの人は惜しまれるが、共和制になったってやっぱりわしは腹を立てんよ。彼らの政府のシステムが時代遅れだったんだ。だからわしは何も心配しとらんよ。彼らは負債を払うさ。だが、待つ間、待つ間が、難しいなあ……」

それが難しかった。彼らは以前のように暮らしていたが、微風が吹く晴れた午前、日傘を持って麦藁帽で出かけ、突然天候が変わって、嵐が吹き、モスリンのフリルが濡れるのに気づく人たちのようなものだった。

何もかも調子が狂い、歪み、奇妙だった。最早一九一四年の戦争とかけ離れたこの戦争は、戦車、航空機、装甲車、ガス除けのマスクを着けた兵士たちを伴った戦争の工業化、流れ作業、大量生産式の殺戮事業に他ならなかった。世界のあらゆる言語が響き渡るパリ、フランス人にはもう我が家にいると思えないカフェで、眉をひそめながら興味をそそられたフランス人の耳に、どんどん増えていく数字がこだました。「あいつは軍需品で百万もうけやがった。百万だぜ……二百万、一千万、二千万……何百万もうける奴がいるんだぜ、俺たちの息子が……してる間に。そんな連中はいいフランス人じゃないな……愛国者じゃない、だが……金は……」まだ「快楽は……」とは言わなかった。敢えて言おうとしなかった。だいたい、それは小市民にはいつも耳障りな言葉と思われた。人は快楽に走らず、楽しまない。〝然《しか》るべき〟人たちの〝善良な〟世界では。いかん！　誰も敢えて快楽を語ろうとしなかった。それでも、パリでさえ、砲撃の下、ある地区のメンバー制の地下室では、帰還中の軍人たち、女たち、外国人たちがタンゴや野卑な名前の激しく淫らなダンスを踊っていると口伝で囁かれた。夜ごと、酔っぱらったアメリカ人がカフェ・ウェバーのガラスを割った。飛行士たち、戦争の〝エース〟たちが時速百キロで車をぶっ飛ばし、歩道に乗り上げて女たちを轢《ひ》き殺した。こんな風聞は奇怪だし、ほとんど理解できないし、一種不気味だと、アドルフ・ブリュンは思った。こうした全ての中に、彼を怯えさせる何かがあった：彼にはもうフランスの庶民の見分けがつかなかった。彼らはもう一九〇〇年頃の好ましい通り言葉ではなく、アングロサクソンの言葉が氾濫する新しい言葉を使っていた。気質も変わり、特にある種の言葉はもう以前と同じ反応を引き起こさなかった。最も聖なる言葉〝節約……夫婦間の信義……処女性……〟は少しずつ古ぼけ、ほとんど滑稽な言葉になっていた。彼が街中やメトロや商店で見聞きするものは新聞で読むものとひどく対照的で、シルクハットを被った裸の男の大群が登場する悪夢のようだった。彼は思った。〝奴らは自分の姿が見えているのか？　いったい誰を欺《あざむ》いてるつもりだ？〟

一方で、ブリュン氏は定期的な爆撃には動じなかった。サイレンが鳴ると寝間着姿で窓辺に立った。この警報に彼は一種の誇らしさを感じた。それは民族全体の歴史の高貴な危機として彼が既に見知ったものだった。

テレーズはルネ・デタン同様、看護婦になった。二人の女は同じ病院で働いていた。ルネはしょっちゅう若いアメリカ兵たちと連れ立って外に繰り出し、テレーズが一緒に行くのを拒むと軽蔑して笑った。

「あなたはなんて小市民、なんて所帯じみてるの、おかわいそう！　だけど、あなたは自由じゃないの。私だって……」

彼女はハンドバッグから小さな鏡を出し、猫のような鼻、緑の切れ長の目をした自分のきれいな顔を眺めた。金属のように硬い金の小さな巻き毛が看護婦のキャップから覗いた。

「私、人生は短かいし、楽しまなきゃいけないと思うの。ちっとも悪いことじゃないわ――違う？」

テレーズが誰かを馬鹿にすると、目がきらっと光り、鼻のそった丸顔に率直で大胆な表情が現れた。

「私は楽しむわ」ルネが言った。

「ようく分かったわ。私はそんなのいや」

「おかしいと思わない？　あなたみたいな人生。病院、それから家、鉄のたわしで床を磨くの？　お鍋を磨くの？　なんでよ？　もうご主人はいないじゃないの。制服に着けるためにきれいな襟を作るの？　日曜日に。なんでよ？　恋人もいなくって。全然そんな気にならないの？　テレーズ」

「ええ」テレーズは小さな声で言った。「ならないわ。全然」

とは言え、彼女が耳にする言葉、吸い込む空気の中には、一人の女性を取り巻く誘惑が漂った。街中で軍服姿の大柄な美青年に微笑みかけられれば思う。〝明日、この人発つのね。誰にも分からないわ。いけないかしら？〟ラ・ペ通りのブティックの宝石、香水、装い——私はヨードフォルムと血の臭いが浸みこんだ髪をして、地味な制服を着て、ヴェールで顔を隠して、僅かなお金しか持っていないというのに。戦時代母*になって、選んだ農民がクリスマスに〝我が親愛なる恩人へ、新しいセーターとパイプとても感謝しています。私は妻にどれだけ嬉しかったか話しました……〟なんて手紙をくれたっていうのに、女ともだちがアメリカ人たちと出かけるのを見るなんて……誘惑ね、で、それが何より危険……夫が死んだのに恋に未練が……でもそんなこと誰も問題にしないのね。

＊　第一次、第二次大戦中、特定の兵士と文通し、慰問袋を送った女性

「私、あなたの言い分が分からない。私はいっつも忙しいの。全然退屈なんかしていないわ。床を磨く？　いいじゃない、私そうするの好きだわ！　ピカピカに磨いた洋服ダンス、じっくり煮込んだシチューの匂い、一輪の花とリボンを飾った新しい帽子が好きなのよ」

「四つの壁の中に閉じこもってたらご亭主見つからないわよ」

「私、亭主なんて探さない。でも、ねえ、あなたのご亭主は？　彼は何にも分かってないの？」

「何にも分かってないわ。だいたいあの人はやきもちを焼かないし」

「変な話。私だったら……」

「あなたならやきもち焼く？　テレーズ。へえ！　力づくで愛を繋ぎ留めるなんて、骨折り損よ」

「そうね。でも私は骨を折るのが好きなの」

「シチューや帽子のためみたいに？」

「その通りよ。私は自分を苦しめるのが好き。そこから楽しみを引き出すの。私が恋したら……」

「じゃ、恋はするのね？」

「しちゃいけない？　私は二十二よ。結婚してたのは二か月。私、心から夫のために泣いたわ。彼がとても好きだった。でも決して彼に恋してはいなかったわ。恋って……だけどね、あなたが恋ってよぶものは、私には恥ずかしいしそれにちょっと怖いわ」

「一九一八年にそれ以外の恋はないのよ」ルネは立ち上がりながら言った。

二人は別れを告げた。正門の前で雨が止むのを待っていたのだ。そして別れた。蒸し暑い日だった。驟雨でほんの少し埃が湿っていた。もう一度驟雨が来て、空気が霞み、その向こうに真っ赤な最後の夕陽が輝いた。アメリカ人の大男の将校がベルトまでしか届かない小柄でふっくらした可愛い女にのしかかりながら通り過ぎ、後ろのもう一人がテレーズを見て唇で音を立ててキスを送った。彼女が顔を背けると、彼はこれ見よがしにポケットからしわくちゃで値打ちの怪しい百フラン札や千フラン札を一握り取り出した。エッフェル塔に近いシャン・ドゥ・マルス広場の周辺で、オリエントの絨毯商人、ピーナッツと猥褻な絵葉書の売り子が客を探していた。女学生の一団がテレーズとすれ違った。若々しい声がさざめいていた。

「昨日の地下室の大騒ぎ、凄かったわね！」

喪章をつけピンクの靴下を履いた娘たちがうろついていた。それが戦争だった。毎週爆撃を受けていた。また受けることだろう。ドイツ軍は前進を続けていた。それが戦争だった。世界の巨体の傷口からどくどく血が流れていた。今はもうそれを塞ぐのが難しく、傷跡がきれいにならないことを人々は見抜いていた。

8

〝あの子、嬉しがるわ〟翌日の公演の桟敷席を予約したばかりのサーカスを出ながら、ジャッククラン夫人は思った。馬鹿みたい……なんでもひどく高かった。しようがないわ！　ベルナールはエーヌの戦場で傷を負い、療養休暇中だった。その最後のパリの夜、ベルナールは甘やかされてよかった。

〝どんなに喜んでくれるでしょ。あの子はサーカスやお芝居が大好きだったもの。八日も前から夢に見てたわ、フランスの素敵な古典劇のマチネ……わくわくどきどきで蒼ざめて舞台を見ながら〝ママ、なんてきれいなんだろう！　三人相手に彼、どうしたらいいの？　あいつ死んじゃえ！　あれこそ男たちだったねえ、ママ！〟いつだってあの子は気高い心を持ってたわ。それにサーカス！　馬たち！　前足で地面を蹴る馬も、跳ね回る馬も、音も、光も何もかもあの子は好きだった。あの怪我で疲れちゃったのね〟彼女は改めて思った。

〝あの子は……ひどく変わったわ。何って言えないけど、物腰も、言うことも……あんなに天真爛漫だったのにもう……でも、やっぱり、あの子が今でもまるっきり坊やだって、私が忘れてるんだわ。二十二歳といったって〟彼女は優しく大らかに考えた。〝八歳、巻き毛を切ったわ。でもまだ赤ん坊よ〟そして〝十五歳、一人前気取りね。でもまだ乳臭いわ〟と昔思ったように。ああ、お終い、お終い、戦争はお終い！　愛しい我が子を生きて返して、かすり傷だけで。得意の涙を流して、甘やかしてやれたらそれで十分……そうよ、子どもを返して、元の暮らしをまた始めさせて。あの子は食事部屋のランプの下で本を読んで、私は靴下を編んで。あの子、失くした時間を取り返すために猛勉強するでしょ。息子のために彼女は大きな望みを抱いていた。高等専門学校にトップで入ってその後は、ああ、その後は！　素晴らしい人生になるわ。結婚して、子どももできて。天国だわ……〝でも、それだって全てじゃないのよ〟彼女は舗道に立ち止まって考えた。〝そうだわ、まだ桟敷に二席あるわね。テレーズとお祖母ちゃまを呼んであげましょう。何を着ようかしら？　私のポアリュに自慢させてあげなきゃ。薄茶色のタフタ織のドレスにエマ叔母さんのカメオを着けて〟

忙しそうに、楽しそうに、彼女はもう遠ざかっていくバスの後ろを走った。

〝ブリュン家に寄って女性陣をお招きしなくちゃ〟彼女は思った。

テレーズは若い兵士と再会するのが嬉しく、喜んで受け入れた。サーカスの入り口の前で待ち合わせることにして、ジャックラン夫人は細々《こまごま》と気を配った。

〝着いたら男たちは案内嬢とプログラムの支払いをしなくちゃ。お金がかかってもその方が楽しめるわ〟

テレーズはお祖母さんと一緒に人込みの中で待ちながら、一九一五年の休暇期間中に会って以来の軍服姿の美青年を探した。実際病院がひどく忙しくなってから、彼女は彼がパリにいる間も会えなかった。笑みを浮かべて正面を見ていた彼女は、突然驚いて叫び声を上げた…長身で痩せ、薄いきっとした唇の上に小さな黒い口髭を生やし、目が落ち窪み、頬に傷跡のある若者がジャックラン家の人たちに挟まれて進んで来た。あれが幼なじみのベルナール？

「まあ、お祖母様、彼を見て……」

だがパン夫人は周囲の動きから黒い艶消しの絹のドレス――テレーズの初聖体拝領のために作ったドレス（テレーズがそれに手を入れ、丈を詰め、今風に直していた）を両手で守るのに大わらわで、何も見ていなかった。

一同は桟敷席に陣取った。テレーズはお祖母さんとジャックラン夫人の間に坐った。夫人は蒼ざめ、浮かない顔をしていた。テレーズは思った。明日の出発がもうこの人の喜びを台無しにしてるのね。可哀そうなお母さんたち！　四年の間にどれだけ涙が、どれだけ眠れない夜が、どれだけひどい不安が！　彼女は自分に囁いたジャックラン夫人の手を優しく握り締めた…

「私ショックだわ、テレーズ。主人とベルナールが喧嘩したの」

「喧嘩ですって？　何のことで？」

「それがね、私、息子がびっくりするのを凄く楽しみにして帰ったら、この子、私にキスして言うじゃないの。〝とっても優しいね、母さん、でも僕、自分の夜は決めてあるんだ。友人たちとまた会わなきゃ〟——あなたの夜ですって？　あなたの最後の夜よね？　ベルナール。あなた、そんなことできるの？　あなたがここにいるほんのちょっとの時間は、私の、あなたの母のものだわ！　あなた、そうしなきゃだめ、私、辛すぎる。それで私、泣き出しちゃったの。この子も心を動かして、折れるところだった。ところがまずいことに父親が割りこんだの。あの人、器用な方じゃないでしょ。息子とぶつかって、それから……」

彼女は黙った、気が重く、出来事の一番重要で、一番辛い部分を隠しながら：ベルナールは金を必要としていた。昨日の晩、彼は外出してポーカーをやり、五千フランすっていた。手術とか学業を続けるとか、つまり真剣で、正当で、理に叶った出費なら出してやろうかという額だった。だが賭け事のためとは！

「博打《ばくち》うちか、お前は、ベルナール！」

彼女は息子が出来心で良からぬ連中と付き合っただけだと夫に話したが〝おやじ〟は聞く耳を持たなかった。

「その年で、二十二で……がきが……ポーカーで五千フランすっただと！……第一その遊びは何だ？　一種のバカラだろ。ディエップの小さな競馬で初めて五フラン賭けた時、わしは四十だった、禿げてたんだ。おまけに今日は両親や友だちとまともな娯楽に行く代わりにそこに戻るつもりだと？」

それにしてもベルナール……ああ、ベルナール……一体その人たち、わたしの可愛い息子に何をしてくれたの？

ベルナールは一種皮肉めいた恨みをこめてため息をついた：あなた方のためなら見事死にたいもんですよ。でもうんざりさせなさんな！

彼女は間に入って、怒ると胃に悪いことを夫に思い出させたかった。だがなんという罵声、なんという喧嘩騒ぎ！

「お前は自分の父親を尊敬せんのだな、このがきが。家族の原則を根っこから覆《くつがえ》すんだな」

ベルナールは無表情な冷たい顔、一種憐れみをこめた目をして聞いていた。ああ！　明日、この子が二度と戻らないかもしれない地獄に発つ時にけんかなんて！　彼女が紙のわっかをくぐる女曲馬師を眺めていると、きらめく光の周囲で涙が一種のプリズムになり、走路上の何もかもが踊り、揺らめき、飛び跳ねた。

「ジャックランの奥様、心配しないで」テレーズは優しく言った。「仕方ないでしょ？　この人たちはいっぱい恐ろしいものを見てしまったのよ。見たものを忘れさせてくれる見世物が必要なんだわ」

「そうね。その通りだわ」ジャックラン夫人は目を拭《ぬぐ》いながら言った。

「気分を変えるのにサーカスよりいいもんが何かある？」

「そうね、確かに、だけど、この年の若者には、ちょっと……子どもっぽいかもしれないわね」

「でも、それじゃ、あなたはこの子たちが集まって何をやると思うの？」

ジャックラン夫人は憤慨と大いなる興味をこめて尋ねた：

「酔っぱらって。女たちを呼ぶの？　でもどうして？　私、言いたいの：どうしてこの子はこんなに変わっちゃったの？　って」

彼女はベルナールの方を振り向き、心配そうに期待に声を震わせながら尋ねた。

「楽しいでしょ、ねえ？　ちゃんと楽しんでる？」

「ああ、そうだね、母さん」

彼は思った。〝こいつらが理解できないなんておかしいぜ。四年間激情に揺さぶられた心臓は以前より強く打って、がきとは違うリズムを刻む必要があるんだ。ポーカーとか……〟いや、彼は博打好きではなかった。だが彼は金を投げ棄てたかった。金を投げ棄てる！　この小市民たちの目には、何たる冒瀆《ぼうとく》か！　それは一つの嗜好《しこう》、もっとも、最近の休暇以前は知りもしなかった嗜好だった。新しいたくさんの嗜好が彼の中で目覚めていた。全て下劣ではなかった。書物、例えば……ドストエフスキー、アンドレ・ジッド、ランボーとアポリネールの詩。彼の中の何かが磨かれ、気難しくなり、得体の知れぬ官能性を帯びていた。ポーカーですった金なんぞ……四年間両親に大した金を使わせなかったんだ。おやじは薬代を減らして返しゃいいんだ、それだけのことさ。

父は苛立たしげに髭を舐め、母は泣いていた。だがこの二人どう思ってるんだ？　俺が発った時のままで帰って来るとでも？　四年戦争をやって、昔通りのうぶながきだとでも？　四年だぜ……彼の味覚は強烈なアルコールにやられたように蝕《むしば》まれていた。何もかもがまずく、味気なかった。だいたい大切なものが何一つなかった。この人たちと彼の間に深い溝を穿《うが》ったのはそれだった。こいつらは糞真面目だ、気の毒に。俺は……ああ、俺は何にも気にかけん。何だってどうにかなる、大切なものなんか何もありゃしないんだ。今日は生き、明日は死ぬ。ところがこっちじゃポーカーで五千フランすると、一家の主《あるじ》のごもっともなお怒りか、笑わせてくれるぜ！　彼は半ば目を閉じ、あくびを噛み殺した。まずまずの女もいやしない……女たちか……彼が会って、やったこと……後方の病院で、ものにならない女はいなかった。戦争以来、女たちは尻が軽くなったと言われていた。だが女たちがそうでなかったことなんかあるもんか、と彼は思っていた。それがあいつらの本性さ。男は殺すためにできてる。そして女は……人生の露《あら》わで単純な姿。露わ過ぎる、単純過ぎる？　実も蓋《ふた》もない？　そうかも知れんな。だが俺は間違っちゃいないぜ。それに、どうだっていいさ……視線がテレーズに落ちた。ここにも手の届く奴が一人……だが彼に攻撃を始める時間はなかった。明日発つ。彼は尻尾の長い仔馬たちがだくを踏む走路を眺めた。母親が嬉しそうに微笑んで彼を振り向いた。

「思い出した？　ベルナール、あなたどんなにあれが好きだったでしょ。お休みの木曜日に、思い出した？」

彼は母親が自分に蘇らせた記憶を冷ややかに思い起こした。家族の暮らしのこの上ない喜び！　パリの小市民のつましい楽しみ！　雨の日はデパートのゴーフルとアーモンドシロップの無料サービス、晴れた日はシャンゼリゼの鉄の椅子に坐ってきれいな車に乗ったこの世の幸せ者たちを眺める。渇望がさっと彼の心をかすめた：〝いつまでも鉄の椅子に坐っちゃいないぜ、なあ？　ああ、どんなに金持ちになりたいか！〟あちら、彼がそこから帰って来た場所ではそんな気にならなかった。戦争を前にすれば誰もが平等だった。だが後方では……どんな酒宴が用意されてるんだ！　戦争の苦しみの後の再生、モラルの復興だと！　一体奴らはあらゆるばねが緩《ゆる》んじまったこと、皆ととことん食いまくって満腹したがってることが分からんのか？　勝者も敗者も、それについちゃ何も変わらん。ふんぞり返ろうがへこもうが、人は獣を放つんだ、四年の間自分の中に抱え、押さえつけていた獣を。

公演が終わるとジャックラン夫人は夫にココアをご馳走してと頼んだ。彼女は是非ともお祭りを全うしたかった。実際息子が不平を洩らすはずがなかった：両親は彼のためにできるだけのことをしてくれた。彼はベネディクティン*を飲むこともできた。

＊ benedictine　ブランデーをベースにする甘口のリキュールのブランド

アルマンティエールとソアッソンは奪われていた。ゴー将軍のイギリス第五師団は撃破されていた。パリに爆弾が落とされた。だがシャンゼリゼの地下に設《しつら》えたそのカフェはテーブルの順番を待つほど賑わっていた。ブリュン家、ジャックラン家の人たちもパリジャンらしく笑みを浮かべ、辛抱強くじっと待った。パリジャンたちは楽しみに金を払うのは好まなかったが、手に入れるための労はいとわなかった。雨の中で劇場の券売所の前に行列して並び、メトロの通路で足踏みし、海辺で二時間過ごすために満員の三等車で旅行した。同時にそれはスポーツだった。先客が勘定を済ませたテーブルに目を走らせ、グループの中に割り込み、のろまな連中を尻目に見事場所を奪わなければならない。ようやく腰かけた。女性陣はココアを、ベルナールは何も入れないカフェを頼んだ。ジャックラン夫人はひどくがっかりして小声で言った。

「ねえいいじゃない、ベルナール、いいじゃないの、ベネディクティンをお飲みなさいな……」そしてさらに声を潜めて「パパは何にも言わないから」

「でもね、ママ、ベネディクティンは気持ちが悪くなるんだ」

ベルナールはぎこちなく微笑んで逆らった。母は悲しそうに黙り込んでしまった。隣のテーブルにお化粧したとてもきれいな娘たちを連れた一人の兵士がいた。

「まあ、デタンさんじゃないの！」パン老夫人が叫んだ。

彼はそれを聞いて振り向いた。太って以前にも増して血色がいい彼は上唇が特別に反り返って狼に似ている、とテレーズは思った。彼は好青年で〝政治の道に進む〟と言われていた。「彼は大臣たちとツーカーの仲よ」ウンベール夫人はそう打ち明けていた。「凄く有能で将来のある青年だわ。それに親切なところもあるわよ」

ウンベール夫人はジャックラン夫人に彼のコネと力でベルナールを後方に回せるかも知れないとほのめかしていた。だがジャックラン夫人の古いフランスの血は激しく反発した。

「私たち、そんなパンはいただきませんわ」彼女は昂然と答えた。

「我が息子は後方勤務には回りません」

この言葉は二人の婦人の関係をいくらか気まずくしたが、レイモン・デタンは誰に対しても最高に温かみのある笑み、真心のこもった応対、〝メルバの桃〟というデザートの中の氷のような冷たさを隠した南仏（ミディ）男の熱さを持ち合わせていた：メルバの桃の表面は滑らかで温かいチョコレートで、中に、歯に当たると痛い一種の氷の粒が入っていた。

「テレーズ！　君は聖なる病院の休みを取ったのか？　こっちはもう女房に会ってないぜ……なんだ、お前かベルナール、どうしてる？」

「まあね。で、あんたは？」

お前呼ばわりされてむっとしたベルナールはあんたで問い返した。

だがレイモン・デタンは四年前彼を〝レイモンさん〟と呼んだ小僧にあんた呼ばわりされて気にする風もなかった。彼は機嫌良く答えた。その上、親し気に話しかけ、手を握り、気軽に長口舌を振るった。直ぐにとても大きな声で、最近の戦況について詳しく鋭くとうとうと語り始めた。見知らぬ人たちは敬意をこめてその話に耳を傾けた。誰かが呟いた。

「凄いぞ、この人は。大変な事情通らしい」

「で、あんた、パリで何をしてるんです?」ベルナールが尋ねた。

デタンは謎めかして声を潜めた。

「俺は任務を負ってる。もうじき合衆国に長期滞在することになる。これ以上言わんが、ささやかな立場ながら、二つの共和国間の強い絆を築き上げるのに貢献したいんだ。実際、戦争の終わりは近い。誰しも感じてることだ。今から平時に備えて一番重要な政治的経済的問題を解決しておくべきだな」

「運がいいね」若者は呟いた。「花とファンファーレと凱旋門のご旅行ってわけだ。こっちはあさってからまた仕事だよ。〝フランスのどっか〟でね」

レイモンは目を細めて彼を見た。鋭い目の隅に黄色く細い皺の複雑な網目が現れた。

「気の毒にな、まあ……」

彼らの周囲は人込みでがやがやしていた。ベルナールは侮蔑と好奇の眼差しを人込みに投げた。

「今のパリは妙だよな」

レイモン・デタンは言った。支配人が舞台上の端役たちを指さすのと同じ仕草で、ベルナールと女たちに芝居を見せているようだった。

「ここでどいつが闇商売をやってるか、悪だくみしてるか知れたもんじゃない。時々頭を抱えて思うんだ。〝戦争をやってるのはこのためか？　マルヌ、ヴェルダンで我らの若者が死んだのはこんなことのためか？　悪徳商人、戦争成金、後方勤務兵、アメリカの弾薬の売人、ボルシェヴィキのスパイのごたまぜを作るためか？〟ってな。だが一方じゃ、パリは生きてる、面白い。下劣だけど生きてるんだ。それには逆らえん。それになんてチャンスだ！」

彼はベルナールの耳に顔を屈めてつけ加えた。

「どうだ女は？」

「ああ、女ね……有り余ってるよ。それより、事業だ。ああ、資金さえあればなあ……」

ベルナールは一瞬夢想した。その手がぴくりとし、獲物に引き寄せられるように伸びた。——彼は手入れが行き届いて、見ごたえのある、実にきれいな手をしていた。指は繊細で先が反り、自分が装う率直さにそぐわない知的で不安げな手だとベルナールは思った。

「あんたならそれを見つけてくれそうだな。間違いなく」ベルナールは呟いた。

二人は騒音の中で声を潜めて語りあった。その間テレーズはずっともの思いに沈み、他の人たちは口をぽかんと開けて人込みを見ていた。

「だが俺は金ずくの人間じゃあないぞ」レイモンは好青年の嘲笑的な態度を取り戻しながら言った。「フランスの本当の息子なんだ、俺は。敏感で、寛大で、空想的さ。何か偉大なアイディアならいつでも一番それに相応しい関心を捧げる用意がある。だから、アメリカで、今、金が雨みたいに降ってる時でも、俺の帽子にゃ一文たりと落ちてこない。俺の心は人類全体を潤《うるお》す広大な計画でいっぱいなんだ……俺には文字通り、自分のことを考えてる時間はない、残念ながら、残念ながらだぞ、何故って、何度も言うが、チャンスは現にあるし、金を軽く見ちゃいかんのだから。金って奴はいっぱい悪いこともいいこともやらせてくれる強力なてこで道具なんだ」

彼が美声を張り上げて叫ぶと人々の話し声もグラスやお皿の音も簡単にかき消えた。

「今度、いつ出発するんだ？　ベルナール」彼はいきなり尋ねた。

「明日だよ」

「だが、おい、お前は英語を話すな？　お前は物知りじゃなかったか？　子どもの頃は賞を総なめしてたな。覚えてるぞ、俺は何だって覚えてる。えらく記憶力がいいんだ」

「英語は話すよ、ああ」

「そうか、だが念のため：日常や商売でちゃんと役に立つ英語だな、シェークスピア時代の代物じゃないな？　だったら、お前USAで俺の秘書をやれんか？」

「馬鹿な！　明日また発つって言ったじゃないか」

「いやいや、何だってうまくやれるんだ。この世に不可能なんぞないっていう原則から出発しなきゃいかん。いいか、俺は何も約束はせん。だが俺にはコネと力がある……」

彼は満足げにちょっと笑った。

「確かな力だ」彼は繰り返した。「お前は恐ろしく幸運だぞ。ちょうどあっちで仕えてくれる頭のいい青年を探してたところだ。実際俺は――本当にフランスの息子で――奴らの聖なる外国語はからきし頭に入らん。そいつが悩みの種だ、だからお前みたいなまともで気の利く奴と契約したい、ほんとだぞ、それにお前の役にも立ちたいしな。お前の母さんは心配ですっかりやつれちまったじゃないか。十八前に自分から志願して、二度負傷して、ずっと戦場だ、ちょっとは休んだっていいだろう。それに母さんだって……」

〝笑わせるぜ〟ベルナールは思った。〝誰が簡単にはいって言うもんか……こいつの魂胆はよく分かってるんだ。きっと軍隊のための弾薬か靴のいんちき商売を助ける口が堅くて律儀な馬鹿を探してるんだ。ああ、ゲス野郎ども……合衆国、結構な暮らし、金、女、こっちときたら……〟

同時に彼は誰かにピンタを喰らったような気がした。いや、それどころじゃない！　大量の泥を顔にぶちまけられたようだった。

「ありがたいけど、無理だね」彼はそっけなく言った。

太った男は心底驚いたようだった。

「なんだ、いいと思わんのか？　ほう、そうか、分かった、お前は感心な奴だ、いやまったく！俺はお前に後方支援に回れと言ったんじゃないぞ。いいか、お国への奉仕を続けろと言ったんだ。現にお国に必要なのは俺たちの血だけじゃない。俺たちの知力、俺たちの優れた才能が必要なんだ。だが、まあいい、俺はお前に敬意を払おう。美しい、勇ましい、フランス人だ、なんと！　こんなポアリュを見ると俺の愛国心がくすぐられる。お前はちょっとした英雄《ヒーロー》だぞ」

彼はジャックラン夫人に振り向いた。

「奥さん、あなたは息子を誇れますね」

「そうでしょ?」ジャックラン夫人は目を潤ませて言った。だがベルナールは憤然と抗議した。

「いや! たくさんだ! あんたは俺を馬鹿にしてる!」

「俺が?」デタンは叫んだ。甲高い声が涙で翳った。

「お前は俺をひどく誤解してるぞ。じゃあ、今この時、フランスの若者が見せてくれた素晴らしい光景を見て魂が高揚しないと思うのか? 自分の義務を果たすだけ? よかろう。俺たちはそれぞれ自分の義務を果たそう。俺は、姉妹国の挨拶をアメリカに届けるために不確かな流れに漕ぎ出す。お前は、塹壕に飛ぶ。この瞬間、フランスで生じる美はさっきお前に言った腐敗と、金ずくの土台の上で一段と照り映《は》えるんだ。お前は正しい。完璧に正しいぞ! 一兵卒たれ、ひたすら、自分の任務のみを思え。一層困難かもしれんが、未来の平和への糧を俺たちに残してくれ。お前の健康を祈って飲ませてくれ」

彼は父親のように破顔一笑して締めくくった。

彼はシャンパンを注文し、皆散々断った末に飲んだ。愛、誇り、不安、ジャックラン夫人はグラスに顔を伏せてすすり泣いた。

〝あの子、なんて変わっちゃったのかしら〟ジャックラン夫人はため息をついた。

暗い通りをたどって家に帰ってきた。一週間、警報は鳴っていなかった。だが地下室に下りる用意は全て整っていた。——ジャックラン氏の肩掛け、少量のベラドンナ、家計の貯え、いくつかの小さな宝石、家族の思い出の品、それらが全部目につくように、暖炉の上の小さな鞄に収まっていた。

隣の部屋ではベルナールが家族の屋根の下で最後の夜を過ごしていた。こんな休暇の最後の時間は母にはあまりにも辛く、彼女は時折思った。〝あの子来てくれない方がよかったのに。こんなに直ぐ取り上げるくらいなら、あの子に会わせて欲しくなかったのに〟そして今度は、いつもの苦しみに、重苦しく思いがけない、更《さら》なる苦しみが加わった。本当に、あの子、おかしくなっちゃったわ。彼女にはもう彼が分からなかった。彼女は思い始めていた。本当に戦争が終わったら（息子が生きて戻っても）、本当にこの戦争が終わったら、不幸も全部、同じように、お終いになるのかしら？

〝あんなに手のかからない子だったのに〟ジャックラン夫人はため息をついた。

彼女は床に着く前に灰色の薄い髪を梳《と》かした。サイレンが鳴ったらすぐ地下室に一緒に運べるように、篭の中に老いた雌猫のムームーを寝かせた。身繕《みづくろ》いして夫の傍らで横になった。夫は眠っていなかった。暗がりの中で胃が痙攣して痛む時に彼が洩らすため息、こもって苦しそうな呻き声が聞こえた。煎じ薬を用意するために彼女はまた起き上がった。彼はゆっくり飲み、長い黄色い口髭がカップに垂れ、彼はもの思わしげにそれを舐めた。

「痛むのはココアのせいね」ジャックラン夫人は言った。

彼は首を振り、考えこみ、突然、大声で叫んだ：「全くなんてがきだ。賭けですった五千フランをわしから巻き上げた。心は決まってる、戦争が終わったらもう勉強なんかやらんと、ひどく偉そうにぬかした。まるで情も敬意もない口をわしにききおった……」

「お父さん！」

「敬意がないと言っとるんだ！　重大事件の成り行きについてわしの見解を言おうと口を開こうもんなら――ああ、あいつの見解に充分匹敵するし、だいたい他でも別の形で、一番優秀な記者が書く新聞記事でも見つかる見解だぞ――あの……あの鼻たれはすぐわしにたてつく。黙れと言わんばかりだ！　それにしたってとんでもない話だ、自分の息子のそんな態度を我慢してぴんたを喰らわすこともできんとは……」

「お父さん、お願いよ、体に悪いわ！」

「……ぴんたを喰らわそうにも、二十二で、戦争をやってるっていう口実が。あいつの言うこと、やることは全部これだ：〝どうだい、僕がいなかったら？　そりゃ素晴らしいことになるだろうね！〟そう、あいつは立派に義務を果たしてる。そりゃ分かる、とにかく戦争だ、あいつを何でも許してやる、だがあんな反抗的で、不遜な考えを持ち返られたら、わしらはどうなる？」

「それはなくなるでしょ」

「いや、いや、なくならんな」

彼は憂鬱そうに首を振った。何か恐ろしい幻影を見ているようだった。目の前にヴェールに蔽われた未来の、怪物めいた姿が現れたように。彼にはある顔つきだけ見分けがつき、それについては正直に語った。それ以外は隠されているか、ちらりと見えただけ。彼は手探りし、分かろうと試み、後ずさりした。

「あいつらはわしらを恨んでる。そう、わしらを恨んでるんだ。あいつはわしに言ったぞ……」

「何を？　いったい何を言ったの？」

「ああ、冗談まぎれの放言だろう、だがそいつが恐ろしい心のありようを表してるんだ。あいつはなんと戦士たちにゃアルザスーロレーヌも〝奪還〟もどうでもいいんだとぬかしやがった！」

ジャックラン夫人は苦悩の叫びを上げた。

「お父さん！　あの子がそんなことを言うはずが！」

「言ったんだ。それに、わしら市民は戦争って観念にすっかり慣れちまってる、苦しんでるふりをしちゃいるが、苦しんじゃいない、自分たちは、苦しみの何たるかを知ってる、それで、今はもう思うことは一つ――戦争が終わって、失ったものを取り返す美味《おい》しい時間を報われることだ、ってな」

彼は黙り、こう繰り返したベルナールの強張った顔をもう一度思い描いた。

「何もかもどうだっていいんだ。楽しんでやる。たらふく食ってやるさ」

「わしが勉学の話をしたらあいつは言ったんだ。もう全然続ける気がないってな」

「でもなんで、なんでなの？　私、分からない」

「怠け者になったからだ、そうとも！　あいつぁぬかした。わしらは皆騙されてただけだ、何百万つかむのにほんの少しの運とエネルギーしかいらん時代が来るし、わしらみたいな暮らしは端《はな》からうんざりだとな。それが平和の中に移し換えられた戦争気質《かたぎ》って奴だ。恐ろしいぞ。わしは言ってやった。〝なあ、大胆さ、巧妙なやり口、冷酷さ、戦争じゃあどれもえらくいいだろう、愛国心で浄められるからな。だが平時にそれじゃあ、悪党になっちまうぞ〟とな。――〝違う、利口な人間になるのさ〟それがあいつの答えだ。母さん、わしだってあいつがはったりをかましてるとは思うよ、だがとにもかくにも、あいつの中にはわしを怯えさせるもんができちまってる。……正直、誠実、仕事の聖なる義務についてわしが何か言ったら、鼻で笑うと思うほどな……。わしらの息子を堕落させた奴がいるんだ」

「でも誰？　誰なの？　悪い仲間がいるのかしら？」

一九一八年の兵士の生活を高校生活の延長だと未だに思っているジャックラン夫人は尋ねた。

「そうかもしれんが……」

「でもお父さん、ちゃんと見てやって、あの子は気高くて特別愛国心が強いの。考えて頂戴、レイモン・デタンがあの子に申し出てくれたじゃない‥危険で、疲れる戦争を避けて合衆国にいい旅行をしようって。それをあの子拒絶したわね。あんな素晴らしい話を拒絶するのを見て心が張り裂けそうだったけど、同時に、私、あの子が誇らしかった。いいえ！　あの子はいい青年だわ、良きフランス人だわ！」

「戦争がまだあいつらを捕まえてる」ジャックラン老人は呟いた。

彼は口を噤《つぐ》み、疲れた男たちを支え、貫き、厳しく誇り高い姿勢を強いる鋼鉄の骨格をした巨人のような戦争を心中ぼんやりと思い描いた。

「だが戦争が終わったら、あいつらへたりこんじまうぞ」

「いいえ違うわ、あの人たち忘れるわ」

女性たるジャックラン夫人は両性の記憶が同じように短かいと思って言った。

「忘れるもんか」ジャックラン氏は言った：「戦争をしなかったこのわしだって、決して忘れんぞ」

二人は黙りこみ、息子の謎についてともに思いを巡らせた。つらつら考え、あらゆる見解を探っても、何も理解できなかった。一つの反抗？　違う。反抗には熱狂の響きがあるが、ベルナールに熱狂の影はなく、一種辛辣で乾いた懐疑があった。

「でも、結局、もし勉強しないんならあの子どうやって暮らしを立てるつもりかしら？　卒業証書がなくちゃ仕事に就けないし……それは聞いたの？　お父さん」

「ああ、あいつせせら笑って、こう言いやがった：じゃ自分の回りで何が起こってるか見えないの、ねえ？　とな」

ジャックラン夫人は泣きだした。

「私、サーカスに連れて行っていっぱい喜ばせようと思ったのに……じゃあ、何、もう我が子じゃないの、私の可愛い息子じゃないの？」

「そいつはまた別の話だ。お前は子どもじみてる……」

「いいえ、いいえ、同じことだわ」母は執拗に繰り返した。「全部一緒よ。私の子、私の可愛い息子、あんなに大らかで、純真で、優しかったあの子がもう見つからない。そうよ、もうあの子が見つからないのよ」

二人はようやく黙りこんだ。やがて篭の中の老猫の喉を鳴らす音に混じってジャックラン氏のいびきが聞こえた。だがジャックラン夫人は眠れなかった。彼女はとうとう起き上がり、灰色のフランネルの部屋着姿で、深い皺が刻まれた両頬に細い髪の房を垂らし、音もなく部屋を横切って息子の部屋に入った。彼は眠っていた。顔はすべすべして青白かった。ああ、この子いつ戻るの？　もし戻ったら、この子幸せになれるの？　これから何がこの子を待ち受けてるの？　まだたった二十二歳よ。今が心配なだけじゃなく、思わず行く末まで怖くなってしまうなんて。もしベルナールが放蕩者になったら？　聖母様！　恐ろしく、惨《むご》く、訳の分からない戦争。彼女は何となく男たちが言う〝火〟は単に哀れな子どもたちの心と肉体を燃やしただけでなく、かつては眠り、彼らの奥深くに隠されていた混沌として、不可解で、未知なる物に光を当てたのだと思った。

〝いいえ、違う。この子はいい子。根はいい子なんだわ〟彼女は繰り返し思った。

彼女は彼にキスしたかったが、敢えてしなかった。最後にベルナールの手にそっと唇を当てた。彼が揺りかごで眠っていた時のように。彼女はこう思いながら部屋に休みに戻った。

〝これも終わるわ。この子は戻ってくる。ささやかで幸せな人生にしましょ。勉強への意欲や家庭の良さもまた見つけるわ。一所懸命勉強するわ。失った時を取り戻すわ。卒業証書ももらうわ。とっても賢くなるわ……〟

六月の晩、フランスのどこかの駅だった。ベルナールは前線に合流していた。プラットホームには兵士が溢れていた。待合室で寝る兵士たち、声高に談笑しながら通り過ぎる兵士たち。星空を背景に、あるいは駅のビュッフェのおぼつかない明りの中に、角ばって、がっしりして、男らしいシルエットが浮かび上がった。大きな軍靴、背中の雑嚢、口の端にくわえたパイプ、厳しい顔つき、笑い、刺すような目がフィルムや写真で既に何度となく紹介された〝大戦〟の戦闘員のシルエットだった。それは群衆ではなく、軍隊だった。戦争がそれを支えていた。戦争は人間を磔《はりつけ》にする。だがまた真っすぐ立たせもする。誰か卓越した指導者が、平和になって軍隊が群衆に戻る瞬間を想像しただろうか？戦争のさなかに予見し、備えるべきはその瞬間だが、難しかった。皆、戦争に即座に対処したように、平和にも即座に対処するだろう。それでうまくいったんだ。だから何だってうまくいくさ。戦闘員の驕《おご》りは途方もなく、ベルナールも、その驕りを共有していた。兵士たちと一緒にいる時はどんな感情も共有した。複雑で矛盾を孕んだ彼個人の魂は、その時、集団的な、単純で威勢のいい魂に取って代わられていた。皆と同じように、自分は負けないと思っていた。自分は凄い奴で、皆と同じように、戦争の最後の日まで持ちこたえ、一歩も引かないと思っていた。だがその後……ああ、その後は！

彼は足を伸ばし、ため息をつき、頭を後ろに投げ出し、遠い空を見て、漠然とした物思いに耽った。この四年どんな道をたどったことか！　当初の熱狂、自分を犠牲にする幸せ、お国のため、未来の世代のため、未来の平和のために我が身を捧げたいという欲望……それが英雄的で役に立つなら死も辞さない、それから、その死が恐ろしくなった――どれだけ死を忌み嫌ったか、どれだけ恐れたか。二つの塹壕の間に折り重なって横たわる黒ずんだ死体を見ながら、どれだけ神を疑い、罵ったか。寒さが来て死んだ蠅と同じくらい夥《おびただ》しく、おなじくらい意味を持たぬあの死体……だがあの頃はまだ悲劇的な美しさがあった。それから、それすらも消えた。彼は死を思うことに慣れてしまっていた。今はもう死が怖くなかった。そうした事を冷ややかに、おそろしく即物的に考えていた。彼は何者でもなかった。もう神も、不死の魂も、人間の善も信じなかった。束の間通り過ぎるこの世から、できるだけの満足を引き出してやらねば、そしてそれが全てだ……〝自分の義務を全部果たし終わって、レイモン・デタンみたいな奴がまた俺を探しに戻ったら……〟彼は同胞の一人を思い出した。彼のように十八で志願した魅力的な青年は、二か月前に殺されていた。信仰が厚く勇敢な青年は「僕らが義務を果たすのに決して終わりはない」と言っていた。なんて冗談だ……俺は誰にも害は及ぼさん、だが〝もう俺を煩わせに来るな〟と思った。周囲では男たちが重い足取りで歩き、陽気にしゃべっていた。彼らは煙草、粗悪なワイン、垢と汗の臭いをまき散らしていた。

戦線に戻ったらまたどうなるんだ？　ベルナールは思った。大攻勢が期待されていた。だがそれを語り、思っているのは軍人より市民たちだった。〝至上の信頼〟と新聞は書き立てていた。〝違うぞ、俺たちゃただ疲れてぐったりしてるだけだ〟ベルナールは呟いた。これで、いい結末を見るのか？街々に入って、凱旋門の下を行進？〝考えてみろ、行進するのはデタンみたいな後方の連中だ。こっちは鼠の餌《えさ》になるってのに。ああ、とんでもないぜ〟彼はそう繰り返し、汽車を待ちながら、降ろしたばかりの燕麦《えんばく》の袋にできるだけ楽に横たわり、静かに眠った。

規則的に間を置いて汽車が駅を通過し、その度に煙と鋭くつんざくような汽笛が空間を満たした。彼は自分が負傷し、狭苦しい担架に横たわっている夢を見た。押されたり揺さぶられたりしながらでこぼこ道を二人の男に運ばれたが、それから自分の脇を歩いているのが普通の担架兵ではなく、長髪を靡《なび》かせ、雪のような大きな翼を持った二人の天使であることに気がついた。夢の中で自分が呻き、叫ぶのが聞こえた。〝いや、苦しい。おい、放せ！ 君らと行くことはできん！〟天使たちは微笑んで首を振り、答えず、どんどん早く進んだ。冬の夜明けだった。空が眩しく輝いていた。天使の一人の長い髪が彼の顔をかすめた。夢の中で、ベルナールは思った。〝やっとだ、とうとう、着いたぞ〟だが、天使は言った。

〝君はまだ出発していないぞ。とにかく出発しよう。出発だ。出発だ〟

彼は目を覚ました。同胞の一人が拳で彼を叩きながら繰り返した。「出発だ！ おい、のろま、ここにずっといるわけじゃあるまい、え？」

あくびをし、ため息を洩らし、ブリキを揺すり、古鉄のカタカタ鳴る音、軍靴が地面を擦る凄まじい音の中で、部隊はビュッフェから、待合室から、プラットホームのスタンドから溢れ出し、汽車に殺到した。

一方テレーズはその晩、病院の当直で、最近手術した若い兵士を看護していた。顔面蒼白な兵士は、とても落ち着いた様子で、毛布にくるまって休んでいた。彼は遠方から戻っていた。テレーズは涙のように顔を伝う大粒の冷たい汗をそっと拭った。時折彼女は立ち上がってベッドの間、眠ったり呻いたりしている男たちの間を巡回した。それから戻って若者の側に坐った。彼にはえらく骨を折ってい た。ああ！　何人死んでしまったかしら！　とはいえ、彼女の手厚い看護で、救われた者も何人かい た。兵士たちの妻、母、許嫁《いいなずけ》は兵士が受ける介護に決して満足しなかった。いつでももっと上手に、それ以上のことができるのに、と思っているようだった。それに、彼女たちは嫉妬深かった。ベッドの近くにいる看護婦を恨んだ。〝でもあの人たちに返してあげる人だっているのよ〟テレーズは思った。〝でもどんなに希望のない時かしら！〟

いつからか、こんな妻、恋人がやって来て、治った兵士に飛びつき、しがみつき、まるで獲物を捕まえたように病院から遠くへ、死者たちから遠くへ運び去るのを見ると、いつからか彼女は自分が置き去りにされたような、不当に残酷に置き去りにされたような気がした。看護婦たちと回復期の病人たちとの過《あやま》ち、情事、束の間の恋愛には嫌悪を催し、恐怖も感じた。だが彼女の魂は愛を必要としていた。彼女は献身的で心優しい女性だった。周囲には荒涼とした恐ろしい光景が見えた。ヨーロッパ、文明、世界は崩壊し、時代は必ず破局に向かう、全てが亡び、血の中に呑みこまれる、と言う者がいた。だが彼女は一人の夫、一つの家庭、子どもたちを望んでいた。そして本能的に事物の崩壊などは思い過ごし、嘘で、一方自分、自分こそが真実の中にいると感じていた。

絶望に身を任せる男たち、放蕩に身を任せる女たちがいる時代だった。だがテレーズと他にも多くの女たちが負傷者たちを看護し、確信をもって将来の夢を紡《つむ》いでいた。

第二部（一九二〇～一九三六）

1

国際連盟を構成する四十一か国の初めての正式な会合は、ジュネーヴで、十一月の初旬に開かれた。アメリカから帰還したレイモン・デタンが入りこんだフランスの政治と財政の一党はこの出来事を庶民とはまるで違った観点から見ていた――つまり将来戦争が不可能になるのかさほど本気で考えず、（戦争は終わり、葬り去られ、忘れられた出来事）それが大臣候補のキャリアにどう影響を及ぼすか、金であれ快楽であれ、いかにそこから最良の収穫を引き出すか、という観点から。新しい未開発の可能性が全てそうであるように、これは多くの人間を恐れさせた。デタンの周辺でも、この国際連盟の扱い方について意見がまとまらなかった：皮肉にか、熱意をもってか？　世界の万能薬としてか、その場しのぎとしてか？　それがルネ・デタンを惑わせていた。開催を祝福するとは決めていた、だが一番〝ぴったりくる〟のは何かしらと思った：真剣な意見を表明できる晩餐――そして自分が創りたい政治サロンの基盤になり得るのか、あるいはカクテルを飲みながら、目下の出来事について軽く、気の利いた見方を冗談交じりで交わすレセプションなのか。（そうならば彼女はお得意の優美な仏頂面を浮かべて言うだろう。「お口を慎《つつし》まれては？　私、申し上げますけど、これは世界に立ち上がる大きな希望ですわ」）一方で、雑多な人間がごった返すレセプションで、デタン夫妻は、まだ誰と関係を結ぶか選べる立場にはなかった。〝何だってこやしになるわ〟とウンベール夫人が言うように。大騒ぎ、多くのシャンパン、大変な人の群れで、一人のくずは避けられない、だがその大勢の中に、砂の中の砂金のような一人、二人、ひょっとしたら十人の掘り出し物、議会か株式市場で顔の利く人物が見つかるかもしれない。

「レイモンはほんとに重要人物とは誰でもツーカーの仲よ」

ルネは母親に打ち明けていた。

「でも学校の親しさと監獄の親しさの真ん中だわ。半分仲間で半分共犯。それをコネに変えなきゃね。それはまるっきり別ものなのよ」

当初、デタン夫妻は二人で〝我らが征服戦〟と呼んだものに周到な準備をした。パリの社交界に慎重に忍び足で近づき、砦を一つずつ落とした。だが何か月かすると、そんなテクニックは全く無用で、煩《わずら》わしく、時代遅れだと分かった：社交界には誰でも自由に出入りできた。もっと正確に言えば、社交界などなく、望めば侵入できる広い見本市会場が広がっていた。古き良き時代のように自分たちの出自を隠す必要もなかった。泥濘《ぬかるみ》の生まれを讃美するシニカルな世界だった。〝全財産〟をどうやって手に入れたか問われれば、成金が笑って答える時代だった：「そりゃ戦争だ……御多分にもれず」レイモン・デタンは、とはいえ、シニカルではなかった。政治において、シニシズムはまずい。有権者は高貴な動物として扱われたがる。レイモン・デタンはキーワードを最も巧みに操《あやつ》る一人だった：

〝法と理性を基盤とする文明……フランス、人間性の光明……世界平和……科学と進歩……〟彼は自分自身に対してもシニカルではなかった。ごく稀に意気消沈する瞬間を除いては。本当に自分自身をひたすら大衆の利益のために存在する卓越した政治家として見ていた。この時期、彼はまだ代議士になっていなかった。限りなく念入りに選挙運動に備えていた：それは彼の傑作になるに違いなかった。金は手にしていた。この時代、金はまだ危険な格闘の末にしか掴めない一九三〇年代の気まぐれな野獣ではなく、簡単に捕まえて飼いならせる小動物だった。デタンは株を動かした。それに政治家たちとのつながりを知っていた外国のグループが、彼に〝接近作業〟(彼はそう呼んでいた)を委ねた。──経済その他の協定をしやすくする予備交渉のようなものだった。

彼は合衆国の何人かの大物実業家と深く強力な友情で結ばれていた。フランス政府が荒廃した地域を復興するためにアメリカの産品を注文する際に仲介的な役割を果たした。だが自分で洩らしたように、彼はこうした仕事には大物になり過ぎた。議員に選ばれたら商取引は軒並み禁じられる。〝少なくともあなた自身の名では禁じられるわね〟とルネは答えた。夫婦はお互いが十分に分かっていた。持ちつ持たれつだった。時折、レイモンはまだ妻に愛を感じた。ルネは血と骨よりも流行の変化に応じて姿を変える柔軟なプラスチック素材でできたようなパリジェンヌの一人だった。レイモンが知った頃の彼女は愛くるしい顔立ちをして、おかっぱの前髪を目の前に垂らしていた。小柄で、猫のようにふっくらしておとなしかった。今や、彼女は真っ先に登場した戦後女性の典型だった。細身で筋肉はひきしまり、一段と背が高く見えた。白粉を塗った滑らかな黄金色の肌は色が濃く、金髪を少年のようにカットしていた。瑞々《みずみず》しい新鮮な魅力に溢れていた。

袖のない短かいワンピースを着て、むき出しの腕ときれいな脚を見せてるけど、もう口に細くて苦い皺が寄ってるな、ベルナール・ジャックランには彼女がそんなふうに見えた。戦争が終わってから彼女に再会していなかった。彼は復員して、パリの母の家に帰っていた。ジャックラン老人はこの時期猛威を振るった狂った消費に押し流されてしまった。他の人々は車を買ったり、旅行したり、愛人に金を使った。ジャックラン氏はこっそり厳密に計算した後、手術を受けることを決意した。十年というもの、彼はそれを考えていたが、金額を前に尻込みしてきた。だが世間は享楽に耽《ふけ》っていた。ジャックラン夫人さえ、フェルトの帽子に五十九フラン払っていた。小売店主たちは彼らが〝Vikend〟と呼ぶ週末を過ごす別荘を田舎に持っていた。なんでわしがやらんのか？　ジャックラン氏はベルナールが（予告もなしに）靴屋に注文した新しい靴を憎々しげに眺めながら思った。女たちはギャラリ・ラファイエット*で、男たちはベル・ジャルディニエール*で服を作らせる家族でも未曾有の時期だった。そうとも、なんでわしがやらんのか？　ちびちび金を貯め、死んだら自分たちの金を勝手に使う子どもたちのために倹約する。わしだって、自分のために何を拒むもんか、と彼は思った。そこで彼は誰にも告げず、ヌイイの病院の中に自分の部屋を押さえた。部屋代は六十フラン、手術代は一万フラン。彼は開腹手術を受け、死んだ。

* Galeries Lafayette, Bell Jardinière　ともに当時人気を博したパリの高級百貨店

ベルナールは退職公務員の寡婦になった母親の恩給を得るために奔走した。どう奔走しても結局はレイモン・デタンに行き着いた。デタンの家ではパリで、地位、推薦状、特別な便宜、勲章、たばこ屋の開店許可を求めるか、単に速度違反で課せられた罰金の取り消しを求める者たちが皆顔を合わせ

た。誰にでも変わらぬ親しみをこめて、レイモン・デタンは答えた：「よくお出でいただきました。考えましょう、あなたのちょっとした問題をどうするか。私自身は何もお役に立てませんが、友人がおりまして……」

「あの人は誰でも知ってる。凄い人だ」立ち去りながら、人々は言い合った。

取り巻きが多く、強力なコネ、友人関係を持っているという評判は、公明正大、頭が良い、あるいは資産家だという名声以上に彼には役立った。ある世界ではレイモン・デタンについてこれが通り言葉になった：「だから誰より先にあの人に頼んでみろ。あの人のポケットの中には大臣が皆入ってるぞ……」

あるいはしきりに
「株式市場の耳寄りな情報だったらデタンさんに聞いてみるんだな。あの人は大立者を全部知ってる」

彼はまだ政治家でも、資本家でもなかった。しかし、政治と資本の間である種のパイプ役を演じていた。何でも誰より早く知る〝事情通〟。人々はこんなふうに言った。

「正確にあの人が何をやっているか？　そりゃ私も分からんのだ。だが相当な人物だな」

こうして仕事のために迎え入れ、自分の役に立ちそうだと思った者に、彼はすかさず言った。

「さあ、それについてもう一度お話ししましょう。どちらで？　そうだ、よろしければ私の家で。二十日に。家内が友人たちをお迎えすることになっています。ダンスもありますよ。そうだ、あなたのおかげで思いつきました：その事だったら……を呼ばなきゃ」

ここで、無造作に有力者の名が吐き出される。

ベルナール・ジャックランはいつか〝役に立つ存在〟になり得るグループではなく、格下とはいえ重要な〝ジゴロ〟の一員で招かれた。

「私にできるだけジゴロを見つけて」ルネは夫に言い、叱りつけるようにつけ加えた。「いつだって足りないんだから」

レセプションでは、評判通り、〝ジゴロ〟が溢れていた。隅々にまで彼らが必要だった。祭典を華やかで贅沢に見せるためには、扉の間、立食テーブル、喫煙室に髪を撫でつけ、疲れ知らずの足をした一群の若者が動き回る必要があった。女たちは背後に彼らを三、四人引き連れていた。六人までいく女たちもいた。もっとも、それは外国の女たちだった…何事によらず、行き過ぎはいただけなかった。ジゴロは実直に仕事をする好青年たちだった。ルネは彼らが動いていないと見ると、指示して思い出させた。

「まあ、あなた何をやってるの?」彼女は叱りつけた。「行って男爵夫人と踊りなさい」

この世界でジゴロに報酬は無かった。だが、食事はたっぷり与えられた。フォアグラとキャビアのサンドイッチを詰め込み、古ぼけた部屋には朝八時から正午まで数時間ぐっすり眠りに帰るだけ。甘い暮らしだった。

ベルナールが挨拶しに進み出ても、ルネには彼が分からなかった。彼は若く、見栄《みば》えがした。彼女は彼に何となく親し気な表情を浮かべて頷き、背後のサロンの奥、深紅のカーテンの間でひしめき合ってジャズの演奏が始まるのを待っている端役たちに合流させた。全てが必要に応じ、当世のいたるところとご同様だった：赤いジャケットを着た黒人のオーケストラ、ナイフで断ち切る煙草の煙、雑踏、ざわめき、ヴェネチアングラスの小皿の中で溶けるアイスクリーム、先端が金色の煙草、マドラー、花、サロンの花瓶の中の潰れた口紅、薄暗い片隅で低い長椅子に横たわったカップル、回廊の中のバー、ぺしゃんこの胸の上で首飾りを揺すりながら小骨の音をたてて踊る髪を染めた老婦人たち。ルネは踊った。時には名も知らぬ男の腕の中で。ベルナールにダンスに誘われ、彼がウンベール夫人の近況を尋ねるのを聞いて、彼女は当惑気味に彼を見た。

「ママは元気よ。でもいったいあなた、どうしてあの人を知ってるの？」

「ええっ、なんだって、こいつぁいいぜ！ ほんとに、僕が誰だか分からないの？」

「あなた、もしかして、ここにいる人たちの四人に一人でも私が知ってるとお思い？」

「でもそれじゃ、仮面舞踏会みたいだ。ヒントをあげよう。さあ、美しい仮面よ、とってもつましい小さなお店を思い出して。空色に塗った建物で、金色の文字で〝ジェルメーヌ、モード〟って書いた看板が掛かって。お店の奥にはトルコの敷物がかかった丸テーブル、三人の子どもがそのテーブルの上でおままごとをする。君と、テレーズ・ブリュンという名の君と同い年の少女、そして少年が一人……」

彼女が彼を遮《さえぎ》った。

「ベルナール・ジャックラン！ 今、思い出したわ。あのベルナールはきれいな目をしていたわ」

「彼はいつだってその目をしていると私は思いますな」ベルナールは勿体《もったい》ぶって言った。ここでどんな口調が必要か本能的に感じていた。

彼女は彼に微笑みかけ、二人は一瞬黙った。彼はダンスの相手の頭越しに周囲の光景を眺めた。彼女の髪の匂いを吸い込んだ。なんという青春の学習！　四年に渡る大殺戮、その果てに夜と血のトンネルを抜けたように、この光、手当たり次第の女たちでいっぱいのサロン、この軽やかで、うっとり酔わせるような雰囲気。ああ、なんてことだ、休戦前の最後の休暇期間中に彼は十分理解していた。何かを真に受ける者は……騙されているに過ぎないと。すること、言うこと、思うこと、何一つ重要ではなかった。それは一種の虚しいおしゃべり、狂人か子どものたわごとのようなものだった。

彼が目にする全てが金色の霞に溶け込み、笑い声、黒人の歌、会話の断片が混ざり合って耳に届いた。

「それなら某氏の家に行って、某某さんをあなたはよくご存じで？　大臣秘書ですよ。彼ならあの人に勲章をもらわせてやれますよ」

「スキャンダルになるのはまずいですなあ。やっぱり、彼は脱走兵の判決を受けたわけで」

「ああ、あなた、それははるか昔で、そんなのはみな……」

「彼女は六か月前から彼と付き合ってますよ、ご存じなかった？　彼は当初母親の恋人だったんですがねえ……」

「何を笑ってるの？」ルネが尋ねた。

「別に。コントラストがなあ」

「そうでしょ、分かるわ。戦争をやった人は誰でも最初はあきれ返るのよ。でも、いけないかしら？　これが人間よ。何でも見てしまった後じゃ、そんなに笑えないわ。あら、皮肉な目で見ないで。

私、看護婦だったの、知ってるでしょ。いつも楽しい思いばかりじゃなかったわ……」

「ふん！　女たちは自然な領分みたいに血の中を歩くのさ」

「まあお黙りなさい！　あなた、とげとげしくなったものね」

「俺が？　俺のこれからのモットーは、〝人生気に病むことはない〟さ。俺はあそこから戻ったんだ。だから何だってどうにかなる。どんなやばいことも、どんな気違い沙汰も、平気でやってやる。確信してるんだ。無になっちまえば問題なんか何もない、全て、どうにかこうにか、以前通り続いていく、ってな。もう破局も信じない、今度だって流産したじゃないか。もう災厄も死も信じない。人間丸ごと、お化けを怖がらなくなった子どもの精神状態さ」

「愛を信じなきゃ」彼女は目をちょっと細めて言った。

「私、それよりいいものは求めないわ」

彼は彼女を軽く抱き寄せた。二人は人込みから離れた。部屋をいくつか横切った。薄暗い部屋では深い長椅子からささやきが聞こえ、照明が眩しい部屋ではたらふく食った太った男たちが政治を語っていた。

「新しい秩序ができるまでドイツは国際連盟に入れんらしい。ヴィヴィアーニ*がそう言ったんだ。奴らだって身にしみるよ」
＊　Rene Viviani（一八六三～一九二五）フランスの政治家。第一次世界大戦中、フランスの首相を務める
「大衆が望むのは……」

「大衆は望まん……」

「ワイン商とは関わるな」

ルネは大きな三面鏡の前で口紅を塗り直した。

「復員してから何をやってるの？」彼女は彼に尋ねた。

「財産無いんでしょ？」

「無いね。一文無しだ。稼ぎの種を探してるよ」

「今時難しくないでしょ。外人相手にインテリア商売ができるし、古い画で儲けたって。別に知識なんかいらないわ。それに株があるじゃない。何でも熱病みたいに上がるわよ。それはそうと、夫ならあなたのお役に立てるわね。あなたのこと話しておくわ……」

彼は彼女の側に来ていた。そして鏡の中の彼女を見た。彼女が軽く振り向くと二人の唇が触れ合った。しばらくして、彼女は彼の腕から身を離した。ちょっと息を詰めて最後に言った。

「じゃ彼があなたの生活手段を見つけましょう。最小の労力で最大の収穫、それが理想でしょ、ね？」

2

ベルナールがルネの愛人になった時——二人が会った翌日——彼は奇妙な感情を味わった：征服の歓びに一種の恨みが入り混じっていた。彼女がこれほどあっさり体を与えたからだけでなく、他のどんな男でも取って代われることを隠してくれなかったから。若く身ぎれいでさえあれば……

〝なんてあばずれだ、女どもは、やっぱり〟彼女を愛撫しながら彼は思った。彼女が目を開いた。彼は彼女の傍らに倒れこんだ。無表情で遠い眼差しをしていた。彼女が尋ねた。

「何を考えてるの？」

「君のことさ」彼は答えた。

すると彼女は腕時計を見ながら言った。

「よかったでしょ、ね？　ストッキング取って、私急ぐの」

二人は濡れた通りで別れた。背後には二人がともに二時間過ごしたホテル、前は雨と光の下で黒い鏡のように光るパリの舗道。暗闇の中でアーク灯の暈《かさ》、ガラスのカット面、反射光がきらきら揺らめき、生暖かく、息苦しく、香水の匂いのするホテルの部屋の暗がりで、もうぼうっとなっていたベルナールは顔を背けた。ルネとの別れ際に彼は思った。

〝きれいな体だ……見事なスタイル……使い方もようく知ってる……こんな小さな獣に入れあげたらひどいことになるぜ〟

情事には満ち足りていた。だが彼の中に肉体より魂から来る、鈍痛のような不満が残っていた。彼は家に帰った。中学校に入る前に彼が勉強した〝エチエンヌ・マルセル小学校〟から生徒たちが出てくる時間だった。頬の丸々とした少年たちがバスの後ろを走った。ベルナールは通学鞄を振り回しながら歩く少年たちを目で追った。そんなに経っちゃいない、俺自身……

〝俺はいい少年だった〟彼は思った。〝何だって丸ごと信じた。今は……戦争にあんまり早く捕まっちまった。おかしなもんだぜ、戦争は。始める人間たちと終える人間たち、二つは別なんだ。最初は出来上がった男たちを送りこむ、彼らは自分のしたいことを知ってる、人格は変わらん。彼らを殺すと、今度は子どもたちを捕まえる。こっちは、別人になって戻って皆を驚かせるんだ。とにかく、俺には分かってる。もう何のためにも、誰のためにも歩かん。あのルネ……俺はあいつを愛せたかもしれん。だが女たちは皆愛なんか全然問題にしちゃいない。あいつらに必要なのは……〟

彼は最後まで考えなかった。自分の家の門前で立ち尽くした。家賃の安いその家を眺めた。自分が生まれ、母が住んでいる家を。なんて薄汚くて貧乏ったらしいんだ、ああ！　彼は心の中で銀の棕櫚をあしらった緑の絨毯を敷いた客間、食事部屋に自分のために据えられた折り畳み式の鉄のベッド、あの侘しく狭い台所を改めて思い浮かべた……何たる違いだ、喧騒と、歓楽と、光に溢れたデタンの館と。何たる違いなんだ！

〝利口だ、あいつは、そうとも！　こっちは間抜けさ〟彼は思った。

〝当然、俺はあいつの家に行く、あいつに推薦してもらう。あいつの女房との関係を利用してやる〟彼は思った。とはいえ、彼自身の奥底で何かが抗議し、憤《いきどお》っていた。何かが、誰かが。彼、ベルナールに似ていて、もはや彼ではない誰か、かつての彼の残響、執拗な記憶が。

彼はにしんの臭いが充満する階段を上った。扉越しに子どもの泣き声、お皿を動かす音が聞こえた。白髪で皺だらけの小柄な老人が、金色のバゲットを腕に抱えて彼の前を上っていた。彼は自分の父親を思い出した。毎日夕方同じ時刻にパンと『ラントランジジャン』*を買いに行き、それからまた階段を上って、夕食をとり、息子に口やかましく言った。‥「人は楽しむためにこの世にいるんじゃないぞ……若い時こそ老後に備えてこつこつ金を貯めることを考えなきゃいかん」そしてそんな人生が彼にはおぞましく思われた。

＊ L'Intransigeant 一八八〇年に発刊されたフランス右派の日刊紙。頑固者の意。一九二〇年代は四〇万部を発行。

〝彼らは言うんだ‥君たちは英雄《ヒーロー》だ。君たちはわしらより偉い。で、帰って来ると‥申し訳ない。でも君たちが死ぬ思いをしている時、こっちは小金を貯めたんだ。だから大切な勉強をもう一度やり直せ。励め。君たちの前に君たちのパパが送った人生を理想とせよ〟

〝なんてコントラストだ、デタンの屋敷とここじゃあ。だけど、四年戦争をやったのはこっち、この俺だぜ、で、あいつは……あいつはそれに触ってみて、気に入らなくて、自分を後方に回したんじゃないか。駄目だ、畜生、分け合ってやる！　ベルナールは思った‥先ず女房を分け合うことから始めてやった。そうそいつぁ事実さ〟彼は呟き、そう思うと慰めになった。

彼の家では、母親がテレーズと一緒にランプの下で編み物をしていた。近所に住むテレーズはジャックラン氏が亡くなってから時折そうやって夕方顔を見せた。テレーズは錠の中で鍵が回る音を聞いた。

「さあ、息子さんよ」

彼女は顔を上げた。ベルナールが入って来た。

「なんで新しいコートを着たの？」母が尋ねた。

テレーズにはベルナールがほとんど分からなくなる時があった。彼には友人がいて、彼女が知らず、想像に苦しむ楽しみがあった。凄く幸せそうには見えないけど……彼はジャックラン夫人の質問に答えなかった。彼女がおずおずともう一度話しかけても、応じなかった。彼が大人になってから、彼女はいつも手ひどく拒絶されるのを恐れるように、こんなふうに話しかけた。

「お願いよ、玄関の電気を消して。全然注意しないんだから。なんでもとっても高いのよ」

彼は二人の女の間に腰かけた。木炭ストーブに火が点いていた。木に見せかけた茶色い羽目板と造花を入れた青い花瓶のある食事部屋はとても狭かった。暖炉の上に、包帯で腕を吊った軍服姿のベルナールの写真があった。

「どこに行ってたの？　あなた。待たずに食事しちゃったわ。あなたにお野菜を添えたいい仔牛のお肉があったのに。残った分、明日どうやって料理する？　テレーズ」

テレーズが答えた。

「お祖母様が玉ねぎのソースを作って……」

聞きなれた二人の声はベルナールを和《なご》ませた。だが彼の心は鎮《しず》まらず、スズメバチの大群に脅《おびや》かされたように、まだざわついていた。彼はちょっとにやっと笑って、小声で言った。

「今日君の古い友だちに会ったぞ、テレーズ」

彼女はルネ・デタンのことだと見破った。

「私、もうあの人とは会わないの。あの人やることがいっぱいあって……」

「そうだな」

「あの人凄くきれいよね」テレーズはちょっとため息をついて言った。

〝こいつもあんなに簡単にいくのか〟突然ベルナールは思った。黙って木炭ストーブの炎をじっと見詰め、それから目を逸らした。テレーズは彼が自分を見ているのが分かった。彼は何も言わず、とても長い間、彼女が頬を染めるのを楽しみながら、編み物をする俯《うつむ》いた顔を眺めた。彼女は最も貞潔な女性たちでも若者に気に入られたと分かった時に感じる、胸のときめき、誇りに満ちた当惑を感じた。

〝でもどうして？　彼は絶対私をこんなふうに見なかったわ〟彼女は思った。

それから：

〝いやだわ、私馬鹿みたい。彼は私をずっと前から知ってるじゃない……幼なじみで……私たちの間にはまるっきり何にもなかった……〟

だが：

〝彼、きれいな目をしてるわ……昔みたいな青じゃなくて、グレー、嵐みたいに激しいグレー……

それがどうしたの？　私この子とは恋に落ちない……同い年じゃないの……ルネ・デタンと彼は？……〞

不意に、彼女はルネに嫉妬を感じた。自分でも恥ずかしく恐ろしくなるほど激しい嫉妬を。マルティアルの思い出を呼び覚ました、悪魔を祓《はら》うように。厳しく自分を叱った…〝じゃ何、あなたも男の子を追いかけるバカ娘みたいになるの？　あなたはマルティアルに相応《ふさわ》しくなきゃだめじゃないの〞

だが、マルティアルは死んでいた、そしてこちらは、現に生きて、自分のすぐそばにいた。

彼女は立ち上がり、編み物をたたみ、そっけなく言った。

「私帰らなきゃ、パパが心配するわ」

「俺も出かける。約束があるんだ。君を送ろう」ベルナールがきっぱり言った。

二人は悲痛な金切り声を上げるジャックラン夫人に耳を貸さず出た…

「あんまり遅くならないで……ベルナール、待ってますよ！　ベルナール、あなた三晩続けて朝三時の帰りじゃないの。管理人が何て言うかしらね？」

「関係ないよ。何とでも言えばいいさ」ベルナールは呟いた。

テレーズの腕を取ると、彼女が自分に怯えるのを感じて彼は複雑な喜びを味わった。ここに娼婦のように体を与えそうもない女が……ここに一人の男、征服者の誇りを新しく感じさせてくれそうな女がいるぞ。ルネとの間じゃ、捕まってつまらなくなったら捨てられる目下の身分になり下がったが。

彼は彼女を抱き寄せた。彼女は身を振りほどこうとした。彼はさらに強く抱きしめた。

「どうして震えるんだ？」彼は尋ねた。

「私、寒い」

「寒い？　風はそよともしてないぜ」彼はからかうように言った。

西からの生温い突風がパリを吹き抜けた。二人は大きな門の下に避難した。雨が降っていた。テレーズは自分のしていることがよく分からなかった。夢の中のように、従順に、魅入られてベルナールに着いて来た。これから起こることを漠然と想像した……ああ、彼は私を自分の女にしたがってる……私につきまとうかしら、手紙を書くかしら、通りで待つかしら。でも、私は抵抗し、いつか彼が結婚を申し込むまで身を守ることをよく知っているの。そう、この黒い門に守られ、通りの雨音を聞きながら、彼女は閃光のように、長く幸せな人生の全てを想像した……

その時二人は通りの向かい側に、開いている映画館があるのに気づいた。小さな呼び鈴が通行人に呼びかけていた。

「お出で、あそこに一時間いよう、雨宿りだ」ベルナールが言った。

彼女はちょっと抗議した……「待ってる人がいるんでしょ」

「いないよ。君といるためにああ言ったんだ」

彼は彼女に通りを渡らせ、二人は暗い映写室に入った。無声映画の時代だった。頭上のスクリーンで大きな人影が蠢《うごめ》いていた。暗闇に沈んだピアノが「トセリのセレナーデ」を奏でていた。ボックス席の奥にいるのは二人だけだった。プログラムをしわくちゃにする音、ボンボンをしゃぶったり齧ったりする音、時々ため息、時々キスする音が聞こえた。観客は僅かだった。ベルナールはテレーズの背後に坐っていた。彼は身を屈め、彼女の顔を両手で掴み、そっと自分の方に引き寄せその唇を奪った。

何？　こんなに早く？　何なの、一言も言ってくれず、同意すると思い込んで、廊下で若い女中にキスするみたいに？　羞恥と傷ついた誇りの不意打ちはあまりにも痛烈で、彼女の中の欲望と愛情は丸ごと消し飛んだ。噛みしめた唇の間から彼女はやっと言葉を絞り出した。

「気でも狂ったの？」

彼は彼女の肩をぎゅっと掴み、彼女は逃げられなかった。彼がからかった。

「もっと言えよ：〝私を誰だと思ってるの？〟〝放して、でないと大声を上げるわよ！〟って。ああ、テレーズ、君はな……」

彼は言葉を探した。

「……君は〝戦前〟だよ、可哀そうに！　なんと、君は冗談が分からんのか？」

彼女は首を横に振った。彼の言葉に茫然としていた。その言葉は彼女を汚し、侮辱した。彼女はほとんど彼を愛していた。今、ずっと前から自分が彼を愛していたことが分かった……だが〝冗談〟ひと時の楽しみとは！　彼女にはあり得ないことだった。そんなふうに生まれついていなかった。彼がこんなに正常な気持ちを辱《はずかし》めるほどになってしまったことが恐ろしかった。

その間もピアニストは暗がりで思い出したようにベートーヴェン、メンデルスゾーン、ブラームスの断片を弾き、調子はずれのメドレーを鳴り響かせた。室内は暑かった。音楽が途絶えると外で驟雨のぴちゃぴちゃした音が聞こえた。

ベルナールは煙草に火をつけた。

「抵抗に会うと思ったよ」彼は言った。「白状するが、それならそれで魅力があるんだ。だがなあ、よく考えてみろ。今時これより他のもんを君に差し出す男なんていないぜ。〝楽しむか？——よし——お望みじゃない？　おやすみ〟さ。女が溢れて、簡単過ぎてわざわざ……気持ちを偽るまでもないんだ。もし君が望まんなら、俺たちはいい友だちでいよう。だが、君にその気が……」

彼は突然口を噤《つぐ》んだ：

「おい、泣いてるのか？」彼はもっと優しく言った。「本気で怒っちゃいないだろ？　テレーズ」

「ええ、でもあなたの言うことは……」

「真実さ」

「女の品位を汚してるわ」彼女は呟いた。

「考えてみろ！　あいつらがこれより好きなもんなんて何にもないんだ。田舎の小娘の話じゃないぜ」

「誰のことか、よく分かってるわ」彼女が遮《さえぎ》った。

彼女は隠せず、隠したくもない嫉妬に全身を震わせた。

「その人たちがそんなふうにされるのがお好きなら、その人たちのところに戻りなさい、でも私は……」

「だが君はなんておかしいんだ、テレーズ……俺は拘《こだわ》らんって言ってるじゃないか。女は有り余ってる。いい友だち、そっちの方が珍しいんだ」

「私、思うわ」彼女は涙を透かして微笑みながら言った。「とてもいいお友だちにもなれないって…

…」

黙って、二人は映画が終わるのを待った。彼は彼女がコートを着るのを手伝った。二人はまた表に出た。雨が降っていた。通りにタクシーはいなかった。

「早く自分のロールスがなあ」ベルナールはため息をついた。「テレーズ、俺にはもう一つの欲望しかないんだ：金持ちになること、なるべく手っ取り早く、できる限り！　たまにはデタン夫妻と会うか？　俺たちが生きるおきれいな世界を、利用することを知ってる二人さ。そう思わんか？」

「私、レイモン・デタンが正直だと思わない」

ベルナールは立ち止まって笑い出した。

「君は素敵だぜ。……正直と来たか！　勿論、ありゃ悪党さ。正直者、そりゃ君だし、君の父さんだし、あの気の毒なマルティアルだし、それに俺だ……文無しばっかりだ、なんと！　つきもない。ずっとそうじゃあなかったし、いつまでもそうとは限らん、でも今でいえば、そいつが悲しい真実さ」

「あなたは戦争で四年を失った。それは分かるわ。でももしあなたがもう一度仕事に取り組んだら、いいキャリアを積めるかもしれない、正直で真面目な。それなら何もデタンを羨《うらや》むことはないじゃない」

「いや俺が羨《うらや》むのはな、無邪気だな君は、あいつらが持ってるもんじゃなく、あいつらがそれを手に入れたやり口なんだ。あのはったり、あのぬけぬけとして冷静な厚かましさ、あの見事な良心のとがめの無さ、世間にゃお人好しが溢れていて、手を延ばすだけでとっ捕まるっていうあの自信。あんなものを見ちまったら、どうして真面目に働く気になれる？　俺はな、俺はレイモン・デタンの学校に入るぞ……」

「あなたはもう彼の奥さんの学校に入ってるでしょ！」

彼女は声を震わせて叫んだ。彼は思った。

〝さてさて、いけるぜ、こいつも、その気になりゃ。どいつも同じだ、やっぱり。だがこいつは嫉妬深くてうるさいぞ〟

3

「よし、お前の役に立てりゃあ、それ以上のことはないぞ」レイモン・デタンはベルナール・ジャックランに言った。

人を迎えると彼はいつもこんな調子だった。誰もが頼み事があってやって来た。彼の役目は正にそういう者たちを安心させ、何の秘密も困難もない世界に入りこんだと教えてやることだった。〝どなたでも何なりと。入ってお取りなさい。私は皆さんのお役に立ちますよ〟

「よく相談してくれた」デタンは続けた。「途方に暮れてるな。お前は人生の四年をフランスに捧げた、青春最良の時期をだ。お前は国を代表する者としての俺を尋ねて来たんだ。（確信をもって言おう……選挙はもらった）だからお前はこう言えばいいさ。〝自分にはあなたに言う権利がある。あなたは何度もそう言ってくれた。あなたは何ができるんだ？〟俺の答えはこうだ。〝俺の時間、俺の影響力の全ては君のためにある。（いいか、お前、ベルナール・ジャックランのことじゃないぞ。お前はシンボルに過ぎん。全ての戦士、お前の兄弟たちに言ってるんだ）〟国の命運を手に掴んでみろ。哀れなる国は平和になると、戦時中みたいに男らしく反応せんだろう、分かったか？　お前だってそうだ、ベルナール、お前は十八の時ほど腹が決まっていない、自分の力が信じられない、俺にはそう見えるぞ。お前が俺の提案を受け容れていたら、アメリカに俺に着いて来ていたら、人材不足の時代に当たってたんだ。お前はあっという間に世間に入りこめた――大実業家、社長たち――つまり今、世界の未来を作り上げている本物の〝世間〟にだ。梯子の最初の一段に足をかけていたんだ。そこから頂上に上るのは全てお前次第、お前の才覚と働きにかかってたんだ。だがそんな時は過ぎ去った。不当だしひどい話だが、この通りだ、人間たちは……」

彼は話を止め、二人が食事をしている人でいっぱいのレストランの部屋を示した。

「人間たち……見てみろ。二百万人殺されたんだ、フランスだけで。それがまた溢れ返って、ひしめき合ってる。一つの地位に百人の候補がいるんだ。しかも皆頭がいい。誰だってやれるし、望むし、成功しなきゃならんのだ。こいつぁ恐ろしいことだ。それに誰もが急《せ》いてる。分かるな。辛抱して、長いこと切り詰めたり、せっせと働いて豊かになるんじゃない、たちどころに金持ちになるんだ。お前だってそうなりたいだろ、違うか？　だが誰もがお前と同じことを望んでるんだ。自分の回りを見てみろ」

「二度目の戦争が必要だね」

「おいおい」デタンは思いやりのこもった仕草でベルナールの腕に手を当てながら言った。「頼むぜ、そう尖《とん》がるな。俺を手本にしろ。俺は最悪の環境の中で人間の善、というか、善への限りない可能性をずっと信頼してきたんだ。この世界が（まあ、こいつは先月トゥールーズで考えてたことだが）誰にも居場所があって、誰もが飲み食いできる宴《うたげ》のようになる日が来ると確信してる。それが俺たちの理想で、俺たちはそれに向かって行く。だがそれまでの間になんと恐ろしい闘争が！　世界がまだ貧しいからだ。俺たちが十分生産していないからだ。そいつが、アメリカ人には分かっていた。なんて国民だ！」

彼は出された金色のシタビラメにレモンをぎゅっと絞ってかけた。汁を全部絞り出して、かすを投げ出した。

「さて、お前に何をしてやれるか？　大銀行に友人がいる。月給八百フランから始められる職があるが。渋い顔か？　やれやれ、いつも同じだ。とにかく人間が多すぎて、ああ、人間が多すぎて、力のある人間はそれぞれ〝客分の群れ〟にとり囲まれてる。古代ローマじゃそう呼ばれてたんだ。で、それぞれに自分の骨を投げ出さなきゃならん。つまり、骸骨が齧《かじ》られるってわけだ」

彼は楽しそうに笑みを浮かべた。

「政治家の秘書は？　裏仕事を知らなきゃならん。汚いもんだぞ、ついでに言っとくがな。すると、古典的な仕事に戻る：医者、エンジニア、弁護士。お前は猛烈な勉強家だったな、以前は。勉強をやり直せ。お前が恐れることはあるまい。ただしだ、この金《きん》の雨と離れるのは辛い、そうじゃないか？お前が言う通り、にわか雨は止むだろう、何だってやれる時間はあるし、休戦明けに二十二歳だ、ほんとにこんなチャンスを活かさん手はないぞ」

「僕は確信しています」ベルナールは言った。「もしあなたが手助けをお望みなら……」

彼は躊躇《ためら》った。

「あなたにはご迷惑をかけますが（やれやれ、こいつにまたあなたって言っちまったぜ。彼は思った：戦争は終わった。俺は復員した。また上着は着たが襟はよれよれだ。金持ちの有力者に面と向かったら、それなりに遜《へりくだ》った気持ちになっちまうんだ）あえてあなたに面会をお願いしたのは、あなたが私に興味をお持ちだと思ったからです。デタン夫人にこの件をお聞きしたら、それは間違いではない、あなたが同情をこめて私のことを話していたと請け合ってくれました」

「家内はお前にとても好感を持ってる。こっちはお前を子どもの頃から知ってるんだ。俺はこんな立場にあるし、パリのある社会がとんでもないごたまぜになっちまったら、知ってる人間に頼るのは当然だ」

二人の会話は行き来するボーイたち、電話の呼び出し、通りがかりにデタンに挨拶する人たちのせいで途切れた。彼は誰とでも知り合いだった。女たちの手にキスし、それから唇に運んだ手袋をはめた指を、親愛をこめて軽く叩いた。誰もが一番親しい友であるかのように。だが大多数、彼は名前も知らなかった。いくらこんな中断があっても、彼は決して思考や話の筋道を失わなかった。群衆は彼の天性の本領だった。人込みの真っただ中にいないと楽に呼吸ができなかった。カワカマスが沼の水の中でしか楽に動けないように。

「お前にやらせようと考えてたのは、政治面のことじゃあない。そのためならもう何人もいる。実は、こういうことだ。俺は二つの目的を同時に追求している。言っとかなきゃいかんな。アメリカへの最初の旅行の最中、俺は素晴らしいビジネスをやれる立場にあると気づいたんだ。旅行にはいろんなおまけがついてきた。たとえばあっちの重要人物たちとの会談だ。フォードみたいなアメリカ企業の大物とも繋がりができた。あの会社のフランスの代理人のような立場に就いて、製品をこっちに売りこむことを勧められた。機械関連なら彼らは何でも作る。自動車、飛行機、その他諸々《もろもろ》。フランスにとって計り知れず有益な仕事ができただろうな。だが物事ってのはうまくいかん。アメリカ人が俺を呼んだのは俺の目がきれいだからじゃない。政治に顔が利くから、政府の情報が入るからだ。いつか俺が政府の一員に招聘《しょうへい》されることだってあり得る。だがもし俺が今いる地位に留まってスキャンダルを避けようとするなら、外国資本との繋がりは、少なくとも公式には、絶対に知られちゃならん。俺には敵がいる。いない奴なんぞいるか？　俺はもっと欲しいくらいだ。男の器量は敵の数で測れるんだから。で、俺の敵どもは、俺が身を売った、アメリカ資本の手先だってはやしたてるだろう。ビジネスマンになれば俺の政治家としての値打ちが上がるとか（実際鋭い現実感覚、敏速で確実なヴィジョン、そんなもんは全てビジネスマンしか持っていない）、俺がアメリカ企業が我々にもたらす以上の利益を国にもたらすとか――奴らの知ったこっちゃないんだ。奴らは俺を国際資本に服従する、金ずくの人間としか見ないさ。理想家で、フランスの光輝、偉大と繁栄しか望んでいないこの俺をだ！　そこで名義人として俺に仕えられる者を誰か見つけなきゃいかんと考えていたところさ。固定給は話し合い、いい歩合給をつけよう。例えば、フランスに売り込まなきゃいかんのは、大量の機関銃とか改良型の農耕機、機械部品……たまたま上げただけだぜ。誰に話をもっていくか、どう扱うか、どんな袖の下が利くかは俺が知ってる。だが俺は動かん、姿を現さん。俺の名は出ない。サインもしない。影に隠れたままだ。こういう取引が我が国の産業を脅《おびや》かすとは決して思うな。実際、フランス製品も同じやり方で合衆国に紹介できるんだから。俺たちに開かれた広大な活動領域が見えるか？　俺たちがこうして二つの共和国の間で織り上げる豊かな交易、多岐に渡る利益の絆《きずな》が分かるか？　俺の本音を聞きたいか？　俺が国際連盟の熱心な信奉者だってことは知ってるな。ここだけの話、民衆の心にこの素晴らしいアイディア、この大いなる希望を芽生えさせるのに、俺は少なからず貢献した。だが、いいか、人間たちの間に平和を広めるのはまだそれじゃあないんだ。平和、そいつは商業と産業の手中にある。俺はいつかこの先、パリの広場に建つ一つの立像を夢に見るんだ。それは俺の思いを象徴している。商業と産業、その寓意的な像が、古代の衣装を着て、両手を組んで、すくっと立っている。一羽の白い鳩がオリーブの小枝を嘴《くちばし》にくわえて、結んだ手から飛び立って、地上に降りる。美しくないか？　だったら美しいと言ってみろ！　お前の年なら、熱い心を持たなきゃいかん。さあ俺がここで言うことを聞け、じっくり考えろ。今のところ、大したもんはやれんが……」

4

「ベルナールはいい立場にいるわ」ジャックラン夫人はテレーズに言った。「月に五千フランも稼ぐの。アメリカの金融グループ全体のために働いてるわ。私、普通の女だからそういうことは全然分からない。でも、あの子には素敵な未来があると思うの。父親が気に病むことはなかったのよ。私にはあの子がちょっとしたもんだってよう く分かってたわ。あの子、言ってたわ。〝ママ、僕は修行中さ。大きな仕事のやり方を学んでるんだ。今はただの配下だけど、少しずつ……〟少しずつあの子は自分の翼で飛ぶでしょ、テレーズ。自分の車を持ったあの子が目に浮かぶでしょ。もう今だって……」

彼女はくすっと笑った。

「もしあなたがあの服を見たら……スルカに自分のイニシャルを刺繍したパジャマなんか注文しちゃって。街で夕食をとる時は礼装スタイルよ。父親がいたら大騒ぎになってたわ。あなた、あの子、凄くハンサムになったと思わない？」

彼女はテレーズの返事を期待していなかった。二人は血栓症で亡くなったアドルフ・ブリュンの埋葬から数日経った日曜日、ブリュン家の暖かく狭い食事部屋にいた。ブリュン氏は新聞を読んだところだった。テレーズが運んできた湯気の立つミルク抜きのカフェを飲もうとしていた。彼はカフェを女たちに買わせなかった。女たちの嗅覚は男ほど発達しておらず、ワイン、フルーツ、モカの香を判断することはできないと言い張っていた。ブリュン氏は例えば、一つのメロンを選ぶ時、大切そうに両手で掴み、ほとんど愛《いと》し気な表情を浮かべてその匂いを嗅いだ。ブリュン氏は逸楽《いつらく》の人だった。カフェの香りを吸って、微笑んだ。ちょっと顔色が悪かった：この何日か気分がすぐれなかった。善良な顔をテレーズに向け、突然水から出た魚のように、一度、二度引き攣《つ》ったように口を開け、弱弱しく抗議するように手を動かした。〝いや、ムッシュー、なんでもありませんよ、私は〟と言うように。

ため息をつき、それから長い顎鬚が胸に垂れた：彼は死んでいた。

テレーズは鉄の縁取りのついた大きなトランクの前に膝をつき、父の衣類を整理した。トランクの仕切りの下に、とても若くして死んだ彼女の母の形見、時代遅れのブラウス、金襴織の絹のドレス、質素できれいな肌着類が入っていた。全部、彼女のためにとってあった。〝テレーズが大きくなったら使えるわね〟お祖母さんはそう言っていたが、決してそうしようとはしなかった。彼女はトランクに鍵をかけた。もうマルティアルの鞄がしまってある屋根裏の物置に持っていこうかしら。マルティアルの鞄には値打ちものの書物、医学書、両親の写真が入っていた。〝三つの命〟テレーズは思った。〝黄ばんだ書物と古い衣類しかこの世に跡《あと》を残さなかった三つの哀れな命。ああ、私、なんて孤独なのかしら〟彼女は改めてそう思い、悲しい目をジャックラン夫人に向けた。〝この人はやもめ、でも息子がいる。この人、幸せだわ……ベルナールは……埋葬には来てくれたけど、それからは……彼はとっても眩しい、昔とはまるで違う世界に生きてる。愛人もいるでしょ。ルネ・デタン、きっと、外にも……それが私にどうしたの？〟

しばらく経って、パン夫人はベルナールに扉を開けた。最初、玄関の暗がりで、彼女は誰だか分からなかった。

「御用かしら？　ムッシュー」

それから彼女は額を叩いた。

「私、馬鹿ねえ……ベルナール坊やじゃないの。お入りなさいな、さあ」

彼女は昔通り言った。彼が夕食をすませ、本やノートを腕に抱えて上って来て、〝こんにちは、マダム・パン、お宅で宿題やっていいですか？〟と言った時のように。

「テレーズ、ジャックラン坊やよ」パン夫人が呼んだ。

パン夫人は彼に食事部屋の扉を開けてやり、背後でそっと閉めた。薔薇の花束をあしらった黒いクレトン更紗を貼ったソファーと壁に飾ったマルティアルの写真の間に、若い二人だけを残して。この子たち……彼女は殊更《ことさら》いたずらっぽい表情を浮かべて頷《うなず》いた。それから勢い良くさっと袖をまくり上げ、台所に戻った。そこなら子どもたちの押し殺した呟きが聞こえた。テレーズはあの子に恋をしているわ。彼が近づいた時のあの娘《こ》の目ったら……パン夫人は微笑み、ため息をついた。〝可哀そうなテレーズ……穏やかに暮らしてるのに、そう……でもそれだけじゃね、若い時は……涙、情熱、愛、冒険が必要……〟その後で、静かにつましく暮らせばいいの。それで神様にお願いするのはたった一つ‥続けること！　続けるの、毎日毎日、スープのために野菜の皮を剥いて、牛乳屋に牛乳を買いに行って、『プチパリジャン』*の連載小説を読んで、息をきれいにするミントのドロップを舐めて……それしかないの、ああ、それをできるだけ長く。天使が送られて、あなたを掴んで、あなたが望もうと望むまいと、影と神秘に満ちた崇高な冒険に引きずっていく瞬間は神様がお選びくださるわ……

〝まずいわ〟彼女は思った。〝カープル*が足りないんじゃない？　テレーズは坊やを食事に引きとめるかしら。あの娘は苦労するわ〟彼女は改めて思った。〝大変な苦労をするわ。男たちはいつだって引きとめておくのが凄く難しいんですもの。捕まえるなら、そう、顔の真ん中に鼻があるだけで十分……いつだって捕まるわ、でも引きとめるのは！　……彼、あの娘に馬鹿なまねをさせないでしょうね？〟

＊　Le Petit Parisien　一八七六年創刊の日刊紙。第一次大戦後の発行部数は二百万部を超える
＊　capres フウチョウボク科の植物の蕾。酢漬けにしてスモークサーモン等のトッピングに使う。

あの娘はもう特に取り澄ましてはいないわ。でもそうなったら……〝あの娘はもう小娘じゃなくて、一人の女。だから、当然、知ってしまえば未練が残る……やっぱり、あの娘はそんなことしちゃいけないのかしら。どれだけ不幸になるか知れたもんじゃないわ。心があれば死ぬほど苦しむし、それがなくて、二番手、三番手を捕まえたりしたら、お終いにはあのウンベールの母親みたいになっちゃう。それこそ愛人たちがいた女。厚化粧の冷たい目をした年増女に。でも、家には決して悪い女がいためしがないの〟パン夫人は思った。〝あの娘は肺病で死ぬ心配はないわ。家には結核患者は一人もいなかったんですもの……〟と考えるようなものだった。そう、テレーズは静かにしていられたの。だけどあの子、苦労するかも知れない。あのベルナール坊やが大変な人生に放りこまれちゃったから……彼女は自分の亡夫を思い出した。〝女歌手たちと一瓶二十フランのシャンパン、俺はそいつを知ってるんだぜ……〟

貞淑な彼女が想像を逞《たくま》しくした。「リボンとヴェール、パンと息子商店」の亡きパン氏が金を使い果たした放蕩の有様を異様に細かくまざまざと思い描いた。香水が匂うブラウスを着たお嬢さんたちが取り巻くバカラのテーブルと、小さな劇場の格子を張ったボックス席を心に浮かべた。〝男たちはいつでもお楽しみとお金が好きだったわ。女たちを支えるのは心よ。子どもたちを思うから貯金するし、自分が知らないいい思いを子どもたちにさせるために節約するの。でも男が……浪費して、台なしにしちゃうのよね。女たちは代々、辛抱強く男が落としたものを拾い集めて、来る日も来る日も絨

毯の灰を掃除して、穴のあいたポケットや靴下を繕って、整理整頓して、火を熾《おこ》して……テレーズもそんな風にやるでしょ。愛のかけらを収穫して、震える哀れな小さい炎を掻き立てるでしょ。男が掴んだとたんに使っちゃうお金をこつこつ貯めるでしょ。それが決まり、女たちの運命なんだわ〟

パン夫人は狭い台所を片づけながらハミングした。それから悲し気に黙り込んだ。彼女は思い出した。明日で八日、可哀そうなアドルフ……でも泣いてどうするの？　どうしようもないじゃない。

〝私の番が来たら、テレーズが美青年と一緒になって、幸せなことを知って逝きたい……。きれいな目をしてるわ、あのベルナール坊やは……十二で、もうあの子は魂を奪われそうな目をしてたわ……もう二人の声が聞こえないわね、食事部屋で。何をしてるのかしら？　ロザリー、あなたいやだわ〟

彼女はかまどの正面に吊るされた鏡に話しかけながら思った。鏡にはえらく赤い顔をして髪を乱した老女が映っていた。（彼女はこの頃いつでも顔に血が上っていた）〝あの子たち、もう子どもじゃないんだから……私の孫娘が馬鹿でなきゃ、当然、恋しい人を夕食に引きとめるでしょ。いい鱈の切り身があるわ……あの子たちにソースムスリーヌ*を作ってあげましょう。でもやっぱりカープルがないのよね。私、買いに行きましょ〟

＊ sauce mousseline　泡立てたクリームを加えたソース

彼女はアパルトマンの外に身を滑らせた。年をとっても彼女は丈夫で、足取りは軽やかだった。テレーズには彼女が出て行く音も、上ってくる音も聞こえなかった。お祖母さんがカープルを買って戻った時、テレーズは一人きりだった。

「まあ、ベルナールは？」老婦人はがっかりした口調で尋ねた。

テレーズはテーブルの前に坐って、小さな黒い帽子に喪章のヴェールを飾り着けていた。上体も顔も動かず、とてもすくっとしていた。子どもの頃も、泣きたくて涙をこらえる時、彼女はこんなふうに身を固くして押し黙っていた。彼女の手はそれ自体の命を授《さず》かったように見えた。俊敏に優美に、その手が針と糸玉の間を舞った。ヴェールの長いリボンを伸ばし、留め針を刺して沈めた。パン夫人は彼女の唇が真っ白になっているのを見た。顔の中の薄い蒼白な線でしかなかった。

「彼を夕食に引きとめればよかったのに」パン夫人がさりげないふりをして言った。

テレーズが同じ調子で答えた。

「そう思ったけど、彼予定があって……」

「まあ、食事をする時間くらいいつだってあるものよ。素晴らしい鱈の切り身なのに！」

「お祖母様、彼、お別れを言うためにあなたを探したのよ」

「カープルを買いに行ってたの」

「彼、とっても残念がってたわ。明日発つのよ」彼女は言い足した。「アメリカに発つの。お母さんはまだ知らないんですって」

「アメリカで何をするの？」パン夫人が尋ねた。

彼女は腰かけ、二つに折った『プチパリジャン』で自分を扇《あお》いだ。突然疲れと息切れを感じた。無駄な昇り降りをしちゃったわ。この子たちにいい夕食を用意してあげたかったのに……テレーズは恋しい人を発たせちゃったのね……今時の女たちはそれなりのものしか持てないわ。誇りが高すぎちゃって。〝テレーズの年で、私だったら彼の首っ玉にしがみつくのに〟パン夫人は思った。〝それ以外は簡単に与えないでしょうけどね……それはそう……でも素敵なキスをしたら……彼、残ったかも知れないのに。さあこのカープルどうしましょう？〟

「彼、長いこと行ってるの？」夫人は尋ねた。

「二、三か月よ」

「じゃ、戻って来るのね」

夫人はテレーズの震える手を優しく見ながら言った。テレーズは泣いていなかった。声も落ち着いていた。だが、痙攣のような指の震えを止めることができなかった。彼女は鋏を取って、ヴェールの端を切り取ったが、ヴェールを落としてしまった。

「何にもちゃんとやれないわ。もう見えない」

彼女はランプを着けに立ち上がった。

「しょっちゅう帰っては来ないでしょ」一瞬間を置いて、彼女は言った。

「あっちにはもう一つの人生があるのよ。仕方ないでしょ？」

彼女はアメリカと、金がたやすく手に入り、彼が愉しみ、女たちが愛もなく体を与える未知の輝く世界を同時に指さすような曖昧な仕草をした。

彼女は黙って坐り直し、また小さな黒い帽子に手を加え始めた。帽子は古く、フェルトを染めていた。暮らしを細々《こまごま》と切り詰めなければならなかった。物価が高く、未亡人の恩給とロシアの債権では暮らすのがやっとだった。ベルナールはもうこんな〝小市民の幸せ〟を望んでいない。アメリカに派手な仕事をしに行ってしまった。デタンが彼を政治家と資本家の間に誘いこんでしまった。ベルナールは言っていた。〝中にどんな策謀があるか、君が知ったら……〟彼はそう言い、それを悪だと知り、それを利用した。御多分にもれず、どさくさに紛れて甘い汁を吸った。戦争をやった彼が、アメリカの株式に投機した方が良かったと考え、それを口にした。彼は全てを侮蔑していた。何一つ尊重しなかった。女も、恋も、そのために自分が戦った理念も。

彼女は針を刺して沈めた、針を刺して沈めた。目を上げず、せっせと縫った。

5

ベルナールは、合衆国から戻った時、キリキアとシリアに向けられる重油の購入交渉のコミッションとして二十万フラン近くを手にしていた。これは単に素晴らしいビジネスだったばかりでなく、愛国的な見地からも、大レバノン国*のフランス軍の十分な補給となり、彼は自分を讃《たた》える他なかった。

「勲章を貰わせてやれるだろうが」レイモン・デタンは言った。「だがお前はえらく若い……国の役に立てて、いい金を手に入れたことで満足しろ……」

デタン自身この取引で五百万フラン得ていた。

これは見事な成功だった。ベルナールは酔うような喜びを味わった。八方塞がりの小市民の子ども

＊ Grand Liban　第一次世界大戦後にオスマン帝国からフランスの委任統治下に移された領土。

時代には、家族の輪が彼と世間の間に立ちはだかって、越えられないバリアを作っていた。地獄の領域にいた四年間、そして遂に、熱く、葡萄の房のように稔ったこの黄金の年、一九二〇～二一年。「来て取ればいい」男も女も口を揃えた。「なにもいいの悪いのと思うこたないんだ。幸せな時代に良心もなにもありゃしない。そいつを利用するんだ」

二十万フラン……彼は車を買った。独身者用のアパルトマンを借りた。そんな調子では、二十万フランがもつのは三か月、六か月とよく分かっていた……だがその後は、また金を稼げばいい。

「結局、生活は簡単になったよ」

母を訪ねた時、時々会うテレーズに彼は言った。

彼は元日にやって来て、二か月後、風邪をひいて一週間家で養生した。ぼろぼろの古い『三銃士』をもって折り畳み式のベッドの中にいるととても心が安らいだ。そう、人生は実に簡単になった。以前は多くのことで悩み苦しんだ。義務、名誉、良心の咎《とが》め、色恋沙汰。今、問題は一つだけ：どうやってなるべく手っ取り早く、たくさん金を稼ぐか？　そう、世間全体がそこにしか心が無く、彼は十分見事な結果を手にしていた。戦争中、人々が軍事しか頭になく、大してものを思わなかったのと同じだった。今は金……全てをかけて掴むこともあれば、何もやらずに掴むこともある。口利き、ごひいき筋、特別のはからい、証券取引所の男たちとの会食、空いたアパルトマンを見つけて、宣伝して、城、絵画、車をまた売って……

「あの子はとっても変だわ」ジャックラン夫人はテレーズに打ち明けた。「真剣なのかどうか全然分からないのよ」

ベルナールは言った。「いつか、君を俺の家に招こう…ママと一緒に。勿論ママは君の介添役《かいぞえ》さ。きれいな屋敷、いい家、いい奉公人がどれだけ快適なもんか分かるぜ」

「だけどあなた、病気になるとここに来るじゃない……」

「そりゃ勿論風邪をひいてこんな調子じゃ、普段とは違うよ。里心もつくさ。来るか？　テレーズ。アフリカの仮面があるぞ。グリーンのタイルを貼った浴室もあるぞ。中国人のボーイもシャム猫もいるぞ。おもちゃがいっぱいさ、どうだ？」

彼女は彼を見て、思った。〝私、彼を愛してる。幸せで、浮気者で、ぬけぬけしてて、女たちと財産に恵まれた彼をありのまま愛してるわ。貧乏で不幸だって愛すでしょうけど。彼はいい人だし、頭がいい。でも私、マルティアルを尊敬したようには、彼を尊敬しない。彼には人格がないの。私を苦しめるでしょ……もし、その気になったら。でもどうしようもないわね。私、この人を愛してる〟

彼女は本当にある晩彼の家に招かれると信じる気になれなかった。だが、彼は正にその大いなる幸せを彼女にプレゼントした。彼はジャックラン夫人を喜ばせたいと思い、テレーズがいれば負担が軽くなった。二人に自分の美しいアパルトマンを讃嘆させるのが嬉しかった。結局、テレーズは彼の思いの中でとても目立たない場所を占めていた。だが彼女はしっかり者だった……

〝テレーズ、とても素敵な体つきをした娘だ、なのにまるで言うことを聞こうとせん……しようがない！　とは言え、ルネよりは値打ちがあるな〟

〝ああ、あのルネ、唾棄《だき》すべき女だ、ありのままをちゃんと見れば。薄情なあばずれ、なのに苦しんで、絶望して、嫉妬するまであいつに惹《ひ》かれるとは……で、あの亭主……あの金がらみの話……ああ何て奴だ！　いつか丸ごとおさらばしてやるぜ〟早朝、自分の家に帰りながらベルナールは思った。
〝汚い、醜い……いつか、俺はテレーズと結婚しよう〟突如彼は真摯な思いに駆られた。〝だが、あんなもんを味わっちまったら、ルネみたいな女たち、書類にサインしたら降ってきたあの二十万フランの金、ニューヨークとワシントンへの贅沢旅行――もうそいつが手放せなくなっちまう。毒の浸《し》みた贈り物だ。ああ！　それを思うまい。世界の進行にそれがどんな重みを持つんだ？　世界は細々と着実に進んでいくさ。ベルナール・ジャッククランが貧しかろうと豊かだろうと、勇士だろうと悪党だろうと。それがどうした？〟

　六月のある晩、彼は自邸に母とテレーズを招いた。彼にとって何たる歓び！　なんと馬鹿げた歓びだ、彼は思った。結局それで自分がどうなると言うんだ？　彼女は告白、愛の言葉、愛そのものを必要としていた――当然でしょ？　彼女は若かった。だが彼女は何より愛した男を自分のものにしなければならなかった。結婚だけがそれを可能にしてくれる。彼の傍らで生きる、眠る、彼の食事、健康、幸せに気を配る、朝には彼に尋ねる。〝今日は何をするの？〟夜には質問する。〝誰と会ったの？　何をしたの。お話しして〟彼に子どもをあげる。ああ、特にそれだわ。自分が持てるかもしれない子どもを思うと、動物的な、深く、甘い、未知の何かが彼女の体の中で身震いし、騒ぎ始めた。

　いつか、自分が幸福にしてあげられることが、彼も分かるかもしれない。でも、彼がこんな環境で生きてる限りあんまり望みはないわ。

〝彼が愛するのは〟彼女は思った。〝ルネじゃあない。お金でもない……それは贅沢。競争相手とは戦える。でもこの時代、男を車や、グリーンのタイルを貼った浴室や、シャム猫の誘惑から引き離す

ことはできないのよ〃

彼のやっている仕事は何も知らなかった。だが彼女はその仕事が安易に、必要なものより余計なものをもたらすことを見抜いていた。大げさに話を膨らませ、宣伝と消費で十分な生産の底をつかせ、さらに生産するために絶えず消費を煽《あお》る。悪のサイクル、一種幻《まぼろし》の錬金術……ベルナール自身もそう言っていた。だがそれだけ、そんなやり口だけが贅沢を可能にする。

〝ああ、幸せになるために、こんなものが何でもいるのかしら?〟テレーズは思った。

彼女はジャックラン夫人の腕を取り、ベルナールが住む邸宅に入った。全てが巨大に見え、彼女は圧倒された。ブーローニュの森に近い新しい大きな建物で、デタンの住いから目と鼻の先にあったが、彼女はそれを知らなかった。白いチョッキを着た中国人が扉を開け、ご主人様はまだお戻りになりませんが、八時にご夕食をと仰せつかっています、と言った。

「あの子は遅れないでしょ」ジャックラン夫人は言った。「テレーズ、それまでの間にアパルトマンを見て回りましょ。ああ、アパルトマン……あの可哀そうな夫がベルナールがこんなアパルトマンを持ってるなんて知ったら何て言ったかしら? 食事部屋のストーブの後ろにあった小さな鉄のベッド、覚えてる? あの子が部屋を持つ前に。あの子が変わるはずよね。とにかくあっと言う間にこんなことになったなんて、素晴らしいわ。まあ回廊だわ」彼女は誇らしげに言った。「これはあの子の書斎。あの子の部屋見てみる?」

部屋の中に大きな鏡があり、テレーズは自分の姿を見た。小さな襟とリネンの袖飾りのついた黒いドレスを着ていた。自分がきれいだと思った。自分で裁断し、縫ったドレスだった。〝有名な仕立て屋の服に十分太刀打ちできるわ〟彼女は挑むように思った。〝結局、ああいう服だって神様が作ったんじゃない、お針子たちが、私みたいにつましい女たちが作ったのよ〟そして随所にたくさんの愛情と、気に入らせたいという欲望がこもっていた……

〝彼が私を見るのね〟彼女は喜びに心を弾ませながら思った。彼、私に言うでしょ。〝そのドレスよく似合うね、テレーズ〟私、宝石は持ってない。でも腕も首もきれいだわ。それは本当。彼にちゃんとそれを気づいてもらわなきゃ。お食事は……二人きりで落ち着いて……ジャックランの奥様にシャンパンをちょっと飲んでいただかなきゃ、冷蔵庫にシャンパンがあったわ。(ジャックラン夫人は彼女を厨房と配膳室に行かせていた)あの人、飲むとすぐ寝ちゃうのよね。ベルナールの初聖体拝領、覚えてるわ。お母さん、デザートの時には寝ていたわ。

彼女は長椅子でうとうとするジャックラン夫人を思い描いた。私とベルナールはあの小さな書斎に逃げ込むでしょう。あの部屋だけが歓迎してくれるように見えたわ。長椅子に腰かけて。彼が煙草を私に差し出して……時々そうなんだけど、彼が優しく、面白く思えたら、私、もう我慢できない、心が溶けて、彼の首にしがみつかずにいられないわ。彼に言うの。〝ずっと一緒にいて……あなたには大切にしてくれる女が必要なの。病気の時は看病して、料理女を見守る、だってあなたはあの泥棒みたいな顔をした中国人のボーイを馘《くび》にするでしょ……私とずっと一緒にいて〟

彼女は鏡の前で微笑み、首にかけたブローチを整えた。周囲にダイヤモンドの粒をいっぱい散りばめた小さなハート型のルビーのブローチだった。お祖母様の贈り物……

「あなたに贈ろうと思っていたのよ」

パン夫人は言った。彼女は自分で名づけた〝ささやかなプラン〟を実行し、将来の暮らしと折り合いをつけるのがとても好きだった。そうすれば死が飼いならされて、ほとんど優しく迎えてくれそうな気がした。生きてる人たちをちょっぴり歓ばせたんですもの。

「そうね、もう少し持っていようと思ってたけど、今日あなたに上げましょう。あなたに幸せを運んでくれるようにね……」

この老女たち――パン夫人、ジャックラン夫人――は何でも心得ていた。ジャックラン夫人は息子のために金持ちの跡取り娘を望むかもしれない。〝でもそんなの、何でもないわ。私、そんなこと心配しない〟テレーズは思った。

「遅いわねえ」ジャックラン夫人は言った。彼女も満足げに自分の新調のドレスを鏡で眺めた。一九二一年のはしたない流行《はやり》を恐る恐る後追いして丈を短くし、黒い木綿の靴下をふくらはぎの半分まで見せていた。食卓はとても趣味良くセットされていた。「ボーイも、料理人も、召使もベルナールはほとんど毎晩夕食に社交界の方々をお迎えしてるって言ってたわ。いたずらっ子がねえ……テーブルクロスにお花、これぞ〝上流社会〟ね、そう思わない？　ところで、私たち何をいただけるのかしら？」

「きっと素晴らしいでしょうね」テレーズは嬉しそうに言った。

「あの中国人にレシピをあげられるんだけど」ジャックラン夫人は続けた。「りんごを入れた羊のシチューやゴーフルがちゃんと作れるかしら？　ベルナールの一番の好物《こうぶつ》よ。さあ、よかったらサロンに戻りましょ、息子もそろそろ戻るでしょうし」

テレーズは従い、二人は黙って待った。しばらくして、扉の向こうの敷物を足音がかすめた。

「ほら、あの子よ」ジャックラン夫人が囁いた。「ベルも、鍵を回す音も聞こえなかったけど、でもこのアパルトマンは凄く広いから！」

だが中国人が扉を開けただけで、扉の背後に小さなバーがあった。

「カクテルはいかがで？」

「まあ、テレーズ、見てよ、なんて変わってるの！」ジャックラン夫人は声を上げた。

自分と夫は若さを無駄遣いしてしまった、と彼女は思い始めた。世間は彼女が思っていたより豊かで、不思議な楽しみに溢れていた。

「でも、どうかしら、強いんでしょ？　どれも」

「強いものも、弱いものもございます」中国人が答えた。

ジャックラン夫人は溜水《たまりみず》のような怪しい色をした冷えた飲み物が入ったグラスを受け取った。すると卵黄とシナモンで作った飲み物を凄く味わってみたくなった。「レドゥプール＊に似てるわ」それは甘く、氷と火の味わいがあった。

＊ lait de poule　卵黄入りのホットミルク

中国人は静かに姿を消した。ジャックラン夫人はおぼつかない足取りでサロンの真ん中を何歩か歩いた。

「あの子が……あの子が年とった母親にカクテルを出すとはねえ。もう一杯もらえばよかったわ。そう思わない？　テレーズ。あの子が戻ったら飲みましょうよ……」

あの子が戻ったら……テレーズは掛け時計を眺めた。彼、なんて遅いの……彼女は小さなハンカチを無意識に畳んだり、広げたりした。

「どうしたのかしらねえ」ジャックラン夫人がもの思わし気に言った。「私のいたずらっ子はどこにいるのかしら。きっと大変な人たちとのお付き合いがあるのね。貴族の奥様かもしれないし、お金持ちの外国夫人かも……」

「それは間違いよ」テレーズがすげなく言った。「彼、ルネ・ウンベールの愛人なのよ。私たちと散歩したでしょ、日曜日に、シャンゼリゼを。帽子デザイナーの娘……ただ、今じゃとってもお金持ちで身なりも凄いから、彼は驚いたの、そう彼女に驚いちゃったの。こんな凄い贅沢やあんなやつれて陰気な顔をした中国人に驚くようにね」

「私はあの中国人、とっても感じがいいと思うけど」ジャックラン夫人は無邪気な笑みを浮かべて言った。彼女は全てをアルコールの匂いのする靄《もや》を透かして見ていた。

「それに、このアパルトマンも同じ。とっても感じがいいわ。あら、電話が鳴ってない？」

電話だった。扉越しに答えている中国人の落ち着いた声が聞こえた。

「はい、ムッシュー、承りました、ムッシュー。万事《ばんじ》心得ました、ムッシュー」

彼は受話器を置き、扉を開け、一瞬姿を見せた。

「ご主人様からお電話がありました。大変申し訳なく思っておいでです。引きとめられてしまったそうで。お二人で夕食を始めていただきたいと仰せです。しばらくしてからお戻りになります」

「しようがないわね、食事にしましょ」一瞬の沈黙を置いて、ジャックラン夫人は大声を上げた。

「食事にしましょ。またポタージュが冷めないうちに」

二人は食卓に着いた。向かい合って、時折屋敷の主人の席にちらりと目をやった。テレーズはもう食欲を失っていた。

「ねえ、お食べなさいな。あなた何にも食べてないじゃないの！」

少しずつ、不機嫌になったジャックラン夫人が言った。

魚が出された時、砂色の毛をして目の透き通ったシャム猫がテーブルに飛び乗った。ジャックラン夫人がナプキンで追い払った。

「私の年取ったムームーならこんなことしませんよ」彼女はショックを受けて言った。

猫は甲高くて嫌な鳴き声をあげ、撫でようとしたテレーズを爪で引っかいて姿を消した。テレーズはわっと泣き出した。ジャックラン夫人は酔いも醒め、泣いている彼女を茫然と眺めた。

「まあまあ、あなた、落ち着いて……使用人を……」

「どうだっていいの、あんな動物」テレーズは涙を透かして抗議した。

「お願い、ジャックランさん、私を帰らせて」

「でもベルナールはじき戻るわよ。あの子謝るでしょ。失礼な子よねえ。だけどあなたたち、幼なじみじゃないの」ジャックラン夫人は声をからした。

「私、怒ってません。彼、謝ってくれなくていいわ。でも、私、帰りたい」

「私を一人にしないでしょ？　十五分待って、あと十五分だけ。十時まで、ね。十時になったら出ましょ」

二人は待った、十時まで、十時半まで、十一時まで。もう食べることもなかった。時折、階下の正門の音、エレヴェーターのこもって長い唸《うな》りが聞こえた。〝彼だわ、帰って来たのね〟二人の女はそう思い、胸がどきどきした。だがエレヴェーターは下の階で止まるか、もっと上に昇って行った。ナプキンに置かれた切り花が萎《しお》れていた。テレーズはそれを集めて花束にし、鉢の水に浸した。可哀そうなお花……ベルナールは何処なの？　十一時、ジャックラン夫人がため息をついた。

「まったくねえ……またにしましょうね、テレーズ」

二人はエトアール～リオン駅間のメトロに乗って帰った。トンネルと列車の騒音の中でジャックラン夫人は話した。

「私、あの子を叱ってやるわ。あの子は甘えすぎ。何でも許されると思ってるんだから。あなたに謝りに来るでしょ、テレーズ。あのアパルトマン……私、魔法にかかったみたい……一度もグレープフルーツを食べたことがなかったの。刺繍したナプキンに気がついた？　テレーズ。中国の織物のシーツもあったわ。あの子の奥さんはあんなきれいなものに全部気を配るのねえ。いつかあの子の素行も収まるでしょ。豪華な結婚ができるでしょうね。そう……あの子を愛してくれる人が見つかれば……あなた、どう思う？　テレーズ」

だが、テレーズは口を開かなかった。

6

テレーズは戻って床に着いた。靄《もや》のかかった二月の晩で、半分開けた窓から霧が入って来た。涙は零《こぼ》さなかったが、体に震えが走った。間仕切りの向こうからパン夫人のため息と苛《いら》立った小さな呻《うめ》き声が聞こえた。老女の眠りは浅く、安らかではなかった。とはいえ彼女は眠っていた！　幸せな老年には欲望も夢もなく、恋を思って悔んだり、苦い思いに沈むこともなかった！

〝なんて酷い！　どうしてこんなまねを？〟テレーズは何度も何度も問いかけた。

事故があったとも、誰かが妨害したとも、彼が忘れたとも思えなかった。特に忘れたなんて！……だったら許せない。自分を侮辱するために前もってちゃんと計画し、娼婦のように彼に抱かれようとしなかった自分に酷い仕返しをした、と思う方がましだった。〝それじゃ、今、私に何が残ってるかしら？　もう彼には会わない。もう口もきかない。じゃ、彼は？　私を追いかけるかしら？　いいえ、追いかけないでしょ？〟彼は私にそれをしっかり思い知らせてくれたじゃないの。男は体を許さない女は追いかけない。女が溢れて、簡単過ぎて。「お望みじゃない？　おやすみ」なのね。

〝私、誇りを持ち過ぎたんだわ〟テレーズは考えた。〝恋をしたら、誇りも、美徳もないの。彼が求めたんだから、私、譲るしかなかったのよ。結局、男の方が私たちより強いし、賢《かしこ》いわ。彼が愛とはそんなもの、体の繋がりに過ぎないと思うんなら、多分それが正しいんでしょ。私、彼には逆らえない。私は平凡な女。彼が間違ってるなんて証明できないわ。私、彼を愛してる。弱い女よ。お望みなら、私を奪って。ルネみたいな女たちは貞淑ぶらないのね。で、あの人たちは愛される、あの人たちは。それで私は……彼が愛の言葉さえ囁いてくれたら、約束さえしてくれたら……何だっていいわ……嘘だって……でもこんなに手酷く、こんなに下劣に……私が望まなかったからって、こんな侮辱を！　ああ、小市民ね、あなたは他人の敬意に飢えているんだわ！〟彼女は怒りをこめて叫んだ。〝もし彼があなたを侮辱したがっても、それがどうしたの？　諦めて受け容れなさい、だってあなたは彼を愛しているんだから、さもなきゃ、彼を忘れなさい！　そして快楽も、愛も、歓びも知らずに年をとっていくんだわ〟

彼女は突然〝快楽……歓び……〟という言葉を自分は決して口にしたことがなかった、と思った。どんな場合であれ、その言葉が自分に当てはまるとは夢にも思わなかった。書物で読む二つの言葉。しかし、他人たちはそれを味わい、楽しんでいること、他人たちの人生は正にその快楽、歓びに支配されていることに、彼女は今気づいた。なのに私ときたら！

〝でも私、これからどうなってしまうの？〟彼女は絶望的に呟いた。〝私、年をとっていく。お祖母様の家事を手伝って、古いリボンの切れ端をちょっと使って新しい帽子を作って、土曜日はお祖母様と映画に行って。そしてお祖母様が亡くなって、私一人が残る。もしベルナールの女になっても、やっぱり一人ぼっちなのは本当だけど……でも少なくとも、幾晩かの思い出はできるでしょうね。ああ神様、許して。マルティアル、許して。私、あなたの思い出よりも、あなたが愛した全てに忠実でいたかったのに…堂々として、落ち着いて、名誉ある人生。何の悪事も、隠し事もない人生……〃彼女はそう呟き、枕元のランプに照らされたマルティアルの写真から目を背《そむ》けた。

一枚の写真、一人の死者、一つの亡霊。死者たちは二十五歳の心に力を持たない。

彼女はベッドの外に滑り出た。時間を見たが、腕時計は昨日の晩、七時で止まっていた…彼女はネジを巻いていなかった。昨日の晩、七時、彼女は身繕《みづくろ》いをしていた。裸の腕と首に白粉を塗り、ふわっとした髪と、男が女がコートを着るのを手伝う時に息を吸いこむうなじの上に香水をつけた。一人の女の血の中にある全ての媚《こび》、全てのささやかな策略、彼女はそれを知っていた、そう彼女とて……もし望めば、彼女はルネとも、他のどんな女とも十分に戦える美しく、誘惑的で、容易《たやす》い女になれるだろう。腕時計は止まっていた。カーテンを上げると、雨戸の隙間を透かして、漆黒の夜だけが見えた。朝の二時か三時に違いない。今は彼も帰って、寝ている。彼の家に行って、それから……彼の望むままに。彼女は長いシュミーズを脱ぎ捨てた。しばらく裸で佇み、小さなランプの薄っすらした光の中で自分の体を眺めた。我ながら美しい体、愛のために作られた体を。この体を与えるのにあんなに高い値段をつけたのは間違いだった、と彼女は苦く思った。〃そうよ、彼に奪って欲しい！　もう欲望がなくなったらはねつけて！〃彼女は胸をどきどきさせて整理ダンスの引き出しを開け、絹の靴下ときれいな下着を取り出した。そう、彼の望み通り何でも……これからは非難の言葉なんか一言も。結局、彼女は一人の女だった。自由だった。薄暗がりの中で、手探りしながら、服を着て、香水をつけ、髪をとかした。この時代、誰もコルセットは着けず、するりと脱げる下着とドレスだけ……それが何故だか彼女は今、理解した。周りの誰もが、〃愛〃と呼ぼうとさえしないこの歓びの瞬間のためだけに生きていた。私も他の人たちのように……天井の灯りは着けたくなかった。扉の小さな格子越しに入る光が強過ぎて、お祖母様が目を覚ましてしまう。彼女は鏡の付いた洋服ダンスの前に立って、片手に枕元のランプを持ち、もう片方の手で怯えた大きな目、蒼ざめた頬、冷たく震える口に化粧した。その口を彼はキスで暖めてくれるかもしれない。何も言わないかもしれない、でも、少なくともキスはしてくれるでしょ、そして、キスの一つ一つの意味を彼女は思い描いた。一つは〝俺は君を酷く苦しめたりしないよ〟もう一つは〝君と直ぐに別れるなんて……〟〝私が彼を愛するように、彼が私を愛してくれたら……でもだめ、だめね、そんなことあり得ない！　でも、それがどうしたの？受け取る愛の何が大切？　与える愛にだけ値打ちがあるのよ〟こんな一途《いちず》な心を彼は侮蔑するかもしれない。彼女はそれが分かっていた。彼女は恋に走った、ひどい傷を負うか殺されて戻るしかない、名誉もなく人知れず空しく身を亡ぼすこともあると知りながら火事場に向かうように。彼女の動作は夢遊病者のように確かで、盲目的で、素早かった。戻って、ベッドに身を投げ出した時、床に落とした小さなバッグを拾った。お金を数えた。タクシーに乗るつもりだった。白粉、ハンカチ、朝戻った時のための鍵。パン夫人は彼女が出て行っても驚かないだろう：テレーズはこんな早い時間にとてもきれいな薔薇が見つかる花市に出かけたことが何度かあった。

　彼女はそっとアパルトマンを横切った。お祖母さんは眠り続けていた。扉を開け、階段を降り、通りに出た。通りは霧に濡れていたが、人影でいっぱいだった。思ったより時間が経ってるのかしら？しようがない。どうでもいいわ。通りかかった最初のタクシーに飛び乗り、ベルナールの住所を告げた。彼の家ではまだ全てが眠りについていた。エレヴェーターは使わず、大急ぎで階段を駆け上った。

踊り場で、気が遠くなりかけて、立ち竦《すく》んだ。ベルを鳴らした。ひっそりした屋敷の中に響くその音を聞いたとたん、恐ろしい考えが過《よぎ》った。もしかしたら、彼は一人ではなく、女が……ああ、なんて恥辱！　彼女は恋敵を見ないように、声も笑いも聞かないように、両手を目に、それから耳に当てた……逃げ出したかったが、体が言うことを聞かなかった。恋に慄《おのの》くその体を彼女はここまで引っ張って来たのだ。今、その体が彼女に抵抗し、開かぬ門を前に立ち尽くしていた。ベルナールは眠っている。この音が聞こえていない。でもこんなに強くベルを鳴らしたのに。その時、彼女は昨日立ち去り際《ぎわ》に、ジャックラン夫人が玄関マットの下に鍵を置き直したことを思い出した。母が会いに来ても彼がいなかった時のための彼の鍵だった。彼女は体を屈め、鍵を見つけた。音もなく扉を開け、中に入った。〝使用人はいないようね。ベルを鳴らしても出てこなかったんですもの。もし出てきたら、しようがない！　彼に、ご主人に会わなくちゃならない、生きるか死ぬかの問題だって言いましょう。ジャックラン老夫人が病気だと思って通してくれるでしょ〟

　回廊はがらんとしていた。大きなサロンもがらんとしていた。それから彼女が入り込んだ部屋にも人影はなかった。ベッドも空だった。彼は戻らず、外で夜を過ごしていた。誰の腕の中で？　違ったのね、彼、つれない私に復讐する気なんてなかった。ただ単に、私を忘れていただけ。彼女はベッドの上に倒れこんだ。出て行く？　彼が私を求めてさえいないなら、ここでやることなんか何もないわ。彼女は刺繍を縫い込んだ枕を撫でた。〝彼は私が会いに来たって絶対分からないわ。でも知らない温もりと、香りくらい感じるでしょ……〟と思いながら。一瞬目を閉じ、きれいな布地に口を押し当てた。〝たくさん！　たくさんだわ！　私、ちょっとの間狂ってたの。たくさんよ。もう彼には一歩も近づかない〟

彼女はアパルトマンの外に逃げ出した。

外では霧が晴れ、彼女は教会の大時計が七時を告げているのを見てびっくりした。引き攣ったように笑ったが、涙が頬を伝った。〝いいえ、私が泣くのはこの二月の寒い朝のせいだわ〟彼女は思った。〝逢引《あいびき》にはなんて変な時間でしょ！　ほんとに、彼は私がこんなことに慣れてないって直ぐ分かったでしょうね。朝の七時に男の腕の中に身を投げに行く人はいないわ。おいおい、テレーズ、なあ！君はこの通り、恋のアヴァンチュールに走る柄じゃないよ。テーブルをセットして食事の支度をしろ。こんなことは他の女たちに任せて……

彼女はそんな考えを断ち切った。いいえ、私、戻らない！　彼に会うわ。彼が何時に戻るか、一人なのか、友人たちか女と一緒なのか分かるでしょ。ベルナールの家のほぼ正面にもう開いているカフェがあった。この季節、テラスに人はいなかった。しようがないわ！　彼女は暖かく着込んでいた。そもそも寒さを感じなかった。彼女は震え、身を焦がしていた。小さな丸テーブルに坐ってクリーム入りのカフェを注文して待った。時が過ぎて行った。時々霧が上がって熱のない黄色い陽光が現れ、それからまた湯気が通りに満ちた。雨と湿った地面のむっとする臭いがテレーズの鼻腔をついた。それを消すために彼女は少女から菫の花束を買い、何気なくその匂いを嗅いだ。群衆がメトロに向かって走っていた。カフェのテラスに、一人で腰かけた、地味な服を着てすらりとした若い女性に目を向ける者は誰一人いなかった。今、パリは目を覚ましていた。騒音、甲高い鐘の音、新聞の売り子の叫び、タクシーのクラクションが耳に飛び込んできた。もう霧も晴れていた。灰色一色の大空からたまに雨粒が落ちてきた。あんまり心が塞《ふさ》ぐ時、ほんのちょっぴり零《こぼ》れる涙のように。

テレーズが門前にベルナールの車を見たのは正午近くだった。彼が車から降りた。彼女はそこで、走って通りを横断し、彼と同時に屋敷に飛び込んだ。二人は階段で向かい合った。彼女は取り乱して、思った。〝昨日の晩、この家で、宝石を失くしたって言おうかしら、ブローチを……〟しかし、彼を前にしてぎりぎりの誇りが込み上げ、何であれ卑屈な嘘を唇に載せるのを思いとどまった。

〝私、ほんとのことを言おう〟彼女は思った。〝恥ずかしくなんかない。私、この人を愛してる〟

自分の耳にも異様なほど冷静な声で彼女は呟いた。

「私、昨日あなたを待っていたわ。あなたは来なかった。今朝も待ったけど、来なかった。でも、私、あなたとまた会いたかったの、だって……」

彼女は気が挫《くじ》けた。彼が彼女を連れて行ったエレヴェーターは二人きりだった。二人は昇った。静かに一緒に昇った。テレーズはそれが終わらないことを願った。エレヴェーターには照明がなかった：彼女にはベルナールの顔が見えなかった。二人はアパルトマンに入り、彼女は光の中で、若者の相貌《そうぼう》を見た。蒼ざめ、やつれ、目に隈ができ、顎には死人のようなまばらで硬い髭が生えていた。その途端、自分の方が大きく、強い、と感じたのは彼女だった。彼女は彼に両腕を回した。

「ベルナール！　あなたどんな目に会ったの？」

彼女は彼を掴んだ。母親のように抱き寄せた。彼女は全てを見抜いていた。

「ルネでしょ、ね？　他に恋人が？　今夜それが分かったの？」

彼は頷《うなず》いた。ルネは金持ちの年寄りとぐるになって彼を欺《あざむ》いていた。そんなことで苦しむことを彼は恥じた。なんてお人好しだ！　ずっと前から、彼はルネを疑っていた。昨夜、彼はウンベール老夫人の秘密めかした態度にショックを受け、デタンがフォンテーヌブローの森の中に買ったばかりの屋敷まで彼女の跡を着けた。ウンベール夫人はカップルのために部屋と食事を用意していた。

「俺の妄想じゃなかったんだ」ベルナールは言った。

懸命に話そうと、震える唇を開こうと、彼は唇を激しく歯で噛みしめた。唇が出血し始めた。彼女は茫然と、血が流れるのを眺めた。この人、別の女のために苦しんでる……でもその女は遠くにいて、私、テレーズは彼の側、彼の腕の中にいるわ。彼、気を取り直すかもしれない。

そう！　彼の妄想ではなかった。ルネがどんな女か彼は知っていた。どんなに罵ったらあいつに届くんだ？　彼は彼女を〝あばずれ〟〝売女《ばいた》〟と呼んだ。すると彼女はそれを笑った。あいつを引っ叩く？　いや、あいつにゃ満足過ぎる。彼は苦々しく思った。忘れる？　無理だ。理性は、新しい恋人を受け入れるしかないと告げた。だが彼は嫉妬していた。それは彼を恥辱と怒りで埋め尽くす感情だった。あの女、あの世界、あの連中、獣の絡《から》み合いだ……理性では分かり切っていた。現実には、彼はあのキラキラした窓ガラス、テーブルに花を飾り、ベッドを開いたあの母親を決して忘れなかった。

「終わりだ、終わりだ」彼は叫んだ。「何もかも終わりだ！　あいつらも、あいつらの下劣な手口も、あいつらの金も、あいつらの歓楽も！　たくさんだ！　吐き気がするぜ！　俺はあんなもん投げ出してやる。ありゃ人間じゃない、野獣の一団だ。奴らがどんな悪事を働いてるか君には分からん。奴ら自身、分かっちゃいないんだ。何げない素振りで、楽しんで、ふざけて、金をせしめて……全てを汚し、全てを無駄にしやがるんだ。もう正直も誠実もあったもんじゃない。で俺は、俺はあいつらみたいになりたくない！　分かるか？」彼は激しく叫んだ。「俺はなりたくない、ジゴロ、ごますり、悪党、詐欺師、しまいにゃやくざになんか！　俺を援けてくれ、テレーズ……君は善良だ、君は俺を愛してくれる……俺があいつらから自由になり、あいつを忘れる力になってくれ、あの女を！……」

彼は悩まし気に繰り返した。「あの女……ルネ……ルネ……」その度にテレーズは絶望的な嫉妬に襲われた。ようやく彼の気が静まった。二人は黙って手を取り合い、広いサロンの中を、足任せに歩いた。この壁も、この仮面も、この絵画も、このなじみのない家具も、全て消えるかもしれない、とテレーズは思った。ルネの思い出、それだって、消えるかもしれない。彼女は最も賢明な魂を揺さぶり、明け方に逃げ去る熱く罪深い夢を思った。そんなふうに、彼はルネも、ルネのおかげで知った生活も忘れるかもしれない。彼はそれを惜しんだりしないでしょう。忠実な妻と家庭を持てば。彼女はベルナールの首に回した両腕を結んだ。彼女が彼にキスすると、彼は何度もキスを返した。別れる時、二人は婚約していた。

7

幸せな結婚は夫婦同士がお互いを知り尽くしているか、まるで知らないかである。平凡な結婚は中途半端な信頼の上に成り立っている。告白、ため息をうっかり洩らし、欲望か夢のかけらを曝《さら》け出す。

それから不安になって、金切り声を上げて取り消す。「違う、君は分かってない……」：卑怯にも呟く。「いいな、俺の言ったことを真に受けちゃいかん」あわてて仮面の紐《ひも》を結び直しても、相手はもう涙も、笑みも、忘れ難い眼差しも見てしまった……賢明なら目をつぶる。さもなければ、くどくどしつこく迫る。「でもあなた、言ったじゃないの……聞いて、私、あなたが分からない、あなた、自分で告白したんじゃないの……」そして「あの女に未練はないって誓って……この暮らしを悔んでないって誓って……」

テレーズは夫婦のベッドの暗がりの中で、小さな声で繰り返した。

「ルネのことはもう考えないって誓って……幸せだって誓って……」

彼は言った。「ああ。心配するな。おやすみ」

幸せなのか？　彼女には分からなかった。彼は退屈していた——癒しようのない病《やまい》。この退屈、一種魂の陰気な麻痺状態は、結婚したとたんに始まっていた。ふたりは質素で手頃なアパルトマンに居を定めたばかりだった。息子が生まれた。健康で、若く、暮らしに十分な金もあった。ベルナールは働いていた。銀行員で二千八百フランの月給を取り、四十で支店長、六十で副頭取の地位を望めた。何か月間か、個人として、合衆国の友人たちと交渉したこともあったが、全ての省庁をバックにつければアメリカ製品をフランスに入れるのは簡単だが、単独では失敗するに決まっていることが直ぐに分かった。デタンは自分から離れた者を許さなかった。ベルナールはあんな人生を棄て、安定した確実な立場を求めたことで賢明さを証明したつもりでいた。親が死んだベッドの中で寝るように、自分の父親の市民生活をたどり直していた。ちょっと身震いし、漠然とした憂鬱を感じ、こう思った。

〝この家具はえらく時代遅れだな〟だが、それには温もりがあり、大きな赤い羽根布団は身を守ってくれた。両親は不幸じゃなかったんだ、結局……あんなふうにするしかないんだ、俺も慣れていくさ。

テレーズと彼は狭く温かい部屋で寝ていた。隣の部屋で彼らの息子——幼いイヴが眠っていた。朝、ベルナールはオフィスに行き、昼食に家に戻って、また出かけた。仕事は簡単で味気なく、興味が湧かなかった。夕食に戻って、ラジオを聞き、新聞を読み、週に一度映画に行った。つまりは何の不足もなかった。ところが全てを欠いていた。彼は職業生活とも家庭生活とも自分の存在の上《うわ》っ面《つら》でしか折り合っていなかった。皆と調子は合わせた。テレーズは自分が本当のベルナールを知らず、ほとんどぞっとするような不意の隙《すき》に、ちらりと見えるだけ、ということがよく分かっていた。彼女は思った。〝でも、結局、彼には何が欠けてるの？　彼は何を望んでいるの？〟以前あんなにやすやすと手に入れたお金を惜しむなんて、彼女は苦々しく思った。何たる思い違い！　彼が惜しんだのは金ではなかった。それは刻々と冒険が溢れ出る面白く熱い生き方だった。男たちは戦争の四年間で、何であれ新しい習慣を身に着けていた。不安の、苦痛の、絶望の習慣、荒々しくあるいは英雄的に死と親しむ習慣。しかし彼らは退屈という古くて健康な習慣を失っていた。人々は塹壕の退屈をよく口にした。だがその退屈の根底には不安と希望があった。〝結局、俺たちが探し求めているのはそれかも知れない〟ベルナールは思った。〝慄《おのの》き、歓び、危険を冒し、死を免れる……俺たちには偉大な冒険が差し出されるべきだったんだ……新たな戦闘、再建する世界。ところが、よこしたもんと言えば金と女だけ。たった一つの夢の糧《かて》が、イスパノ・スイザだ。* 以前デタンのためにやばい商売をやった時、あるいはルネの恋人だった時、俺は深く、鋭く、ほとんど苦しいほどの歓びを味わった。誇りの、虚栄の、活動の歓びを。（虚しく、嘘っぱち、そうかも知れん、それがどうした！）今は……で結局、ルネが……〟

彼は目を閉じた。もう一人の女を思いながら妻を抱いた。ルネ、気まぐれで、ふしだらで、金づくで……そうだ、それもありったけ、全てが……だがあの目、滑らかでいつもひんやりした胸や腰の肌……彼は深くしゃがれたため息を洩らした。暗がりの中で、妻が言った。

＊ Hispano-Suiza 一九一九年に登場した高級車ブランド。

「眠れないの？ あなた」

そう、彼は眠れなかった。おずおずと、彼女は彼の手を握った。彼と一緒に、彼女は恐る恐る慎重に進んだ。薄い氷をはった水の上のように。ある時は支えてくれそうで、ある時は重みで砕け、沈んでしまう。彼が最も頼もしい男に見えることもあった。誠実で、行動的で、精力的で……私の旦那様、つまり、神様が下さり、自分とともに生涯を終える配偶者。そして……彼女は、例えば、こう言った。「十年のうちに、田舎に小さなお家を買いましょ。十五年のうちには……」すると彼は：「俺たち十年経ったらどこにいるんだ？」

そんな時、内心、彼が自分を避けていることが彼女には分かった。彼はおそらくは、美しく輝かしい未来を思い描いていた。だが、彼女は本能的にそれを憎んだ。それが現在と似ていなかったから。彼女には現在だけが好ましかった。薔薇の壁紙を貼ったこの部屋、広くて快適なこのベッド、暗がりで眠っている幼い息子の息遣い、彼女はその全てを守りかった。他《ほか》に求めるものはなかった。ところが彼はこのつましい幸せに満足していなかった。心は不安で騒《ざわ》めいていた。彼女はその不安を名付けることができなかった。彼を理解できなかった。彼は自分と結婚したことを悔やんでいるのか？

「違う、絶対に違うぞ、君は俺が君を愛しているのを知ってるじゃないか」彼はそう答えた。

ある時、結婚から十年、夫婦の部屋のように生暖かく窮屈に暮らして十年経った（ベルナールの目には、生活がグレーの小さな花を散りばめた古ぼけたピンク色の壁と同じ色合いに見えた）ある時、テレーズと彼は一緒に寝ていた。彼がランプを消していた。寝入りばなに、彼女が彼の耳に囁いた。

「二人目の子どもを作りましょうよ、ベルナール」

彼がそれを望まないことは分かっていた。それにしても、彼が発した大声の激しさに彼女はショックを受けた。

「ああ、だめだ！　そんなもんが欲しいとは！　なんて災難だ！」

目に涙を浮かべ、だが努めて笑いながら、彼女は抗議した。

「恥ずかしくないの？　私はこんなに幸せなのに……」

「だが、テレーズ、考えてみろ……」

「私たち若いし、あなたはちゃんと稼いでくれてる……二人子どもがいたって、怖くないと思うけど」

「怖い？　違う。だがそりゃ新しい鎖だ」

彼はこの言葉をとても素早くとても小声で呟いた。自分でも思いがけず、半ば無意識に洩れてしまった。日中、冷静でいたら、彼は決してこうもはっきりと、妻にも、家庭にも、子どもにも倦《う》んじていると打ち明けることはなかっただろう。決して事実を覚らせはしなかっただろう：何週間か前にルネと再会し、彼女とよりが戻ったなどと。だが暗がりで、眠りにつく時、人はもう嘘をつく気力を失くすことがある。そうだ、その通り、このつまらん人生に俺を縛《しば》りつける新しい鎖さ。神よ！　自由なままでいなかったとは！　ルネは昔と変わらず誘惑的だった。彼は年をとり、以前よりシニカルになった。確かに。ルネには彼女が与えられるものしか求めないだろう。彼はテレーズと別れようとは思わなかった。だが、彼女がこれほどしっかり自分を捕まえ、永遠に繫ぎとめるために様々な関係を張り巡らせたと思うとうんざりした。

二人は黙り込んだ、息を詰めて。〝この人、もう私を愛していない〟彼女は思った。だがそれはほんの束の間だった：あまりにも苦い現実、人はそれを受け容れない。心はそれに抵抗し、倦《う》まず弛《たゆ》まず、夢を分泌《ぶんぴ》する。

〝こんなことは皆過ぎ去るわ〟テレーズは思った。〝悪い時なのね。彼は疲れてる。私には分からない悩みがあるのかもしれない。男たちが子どもを欲しがらないのはよくあることだわ。私たち、もう息子がいるじゃない。でも、彼は次の子だって離さないわ、それで……彼は私を愛してる、私は彼にこんなに愛情を持っているのよ〟

8

ルネは外国に投資したがっていた。資本は迷走し、気まぐれになり、国から国へと逃げ惑っていた。

銃の一撃に驚いて飛び立ち、戻ってはすぐ散り散りになる怯えたひばりさながら。デタンの一党——あるオランダの投資家——は、ルネにフランに気をつけるよう忠告していた。〝株式市場で悪い噂が流れてるぞ〟彼は彼女のためなら株の購入を喜んで買って出ただろうが、ルネは猫のように用心深くなっていた。この投資家は派手過ぎる……眩しく見えるけど、信用ならないわ。彼の名はベルンハイメルといった。

とはいえ、その手の警告は無視できなかった。彼女は自身の淑《しと》やかな言い方によれば〝ささやかな貯えの面倒を見てくださる〟手堅い人間を周囲に探し始めた。デタンの財布を管理している株の仲買人には相談したくなかった：自分の実《じつ》の資産はデタンの知らないままにしておく方がよかった——デタンには必要な時となると、二人の財布を一緒くたにする困った癖があった。一九二九年の経済恐慌以来、夫婦の生活の中でそうした時期が頻繁になっていた。

ルネはベルナールの母親と時々会っているウンベール夫人を通して、ベルナールが外国の大銀行で有力な立場にあることを知っていた。

〝彼に会ってみたら？〟ある朝ルネは思いついた。二人の間で起こったことを彼女はほとんど忘れていた。数あるアヴァンチュールの一つ……幼なじみの一人だったから、その人柄に一種の敬意を覚えたから、彼女は彼を思い出した。

〝ここで輝かしい未来のある青年だったのに、結婚のために、平凡な地位に就《つ》くために、それを手放すなんて月並みじゃない、そんな人そうそう見つかるもんじゃないわ〟

「彼をつないでおけなかったのね」彼女は夫を責めたことがあった。

「値づけが足りなかったといいたいのか？」

だがデタンは荒っぽく人を評価した。彼女は夫がベルナールを手先扱いするので、結局若者が気を悪くしたのだと思った。〝彼に自由で、行動に責任があるという幻想を与えなきゃいけなかったのかも知れないわ。気配りの問題ね〟彼女は化粧を済ませながら思った。とにかく、彼がまともな道を選んだ以上、それを利用しよう。彼女は思った。〝ドルのことを彼に相談してみよう。その辺は全然分からないもの、私。あの人たちの大がかりなやり口は怖くって。私は小市民のまま。お金が戻ってくればいいの。危険は冒したくないわ。「ロシアの株と国債」ね、アドルフ・ブリュンが言ってたように。アドルフ・ブリュン……なんて古い話……あの人の娘が結局ベルナールと結婚するなんて……妙なものね……〟

片や忘却の十年、片や混乱した夢想と押さえつけた欲望の十年――それはこんなふうに終わった‥銀行のオフィスで、上級職員が株の購入の相談に訪れた一人の女性客を迎える。面談はあっと言う間だった。ルネはもっと分別臭くて、もっと精彩の無い、まるで違うベルナールを想像していた。ところが彼はまだとても若々しかった。ブロンドで色艶が良かった。彼女は自宅に彼を招いた。彼は激しい身振りで拒否した。

「だめ？　じゃあ、今度、オフィスが退《ひ》けてから、私が迎えに来るわ。ドライブしましょうよ」

彼は彼女にレイモンの近況を尋ねた。

「いつも通りよ。いつも元気。あなたのこと、残念がってたわ。真面目な話、あなたが彼から離れたのは間違いだったのよ。あなた、何か進歩した？　おきれいな良心のおかげで。ここでいくら取ってるの？　そう、分かるわ。惨めなものよね。片や、レイモンの取引ときたら、私でさえ時々怖くなるの、確かにね。大きな国際ビジネスにかかりっきりよ、お分かりでしょ。一種、綱渡りのダンスだけど……」

「政治が彼にバランス棒を差し出してくれる限り、何の危険もないさ」彼は言った。

「ねえ」ルネは急に生真面目になって言った。「私が時々どこまでああいうのにうんざりするか、あなたが分かってくれたら！　私たちの家じゃ、もうほとんど若者を見ないしね。昔が懐かしいわ。私たちのことじゃないわよ」彼女は彼にちらりと一瞥をくれながら言った。

「戦争に続く麗《うるわ》しの歳月でもないわ。とっても古い思い出よ……日曜日のシャンゼリゼのお散歩、ブリュン家の小さなアパルトマンでの食事……」

彼女は軽いため息を洩らした。

「今度いつ会える？」

二人は翌日、銀行が閉まった後に会った。彼女が車を運転し、二人でパリ近郊に食事に行った。帰り道で、彼女が言った。

「フォンテーヌブローを通りましょ。家に寄ってらして……」

通りから奥まった大きな森に囲まれた、とても美しい邸宅だった。ベルナールはそこをよく知っていた。かつて、来た時、彼は腕の中の女しか目に入らなかった。今は、テラス、壁、家具を眺めた。テレーズが怒った時、自分に言ったことを思い出した。

「あなたは小市民だからあんな人たちに驚いちゃうのよ！」

時に彼女は辛辣《しんらつ》だった。しようがない、そうとも、俺は……俺はいつだって贅沢に、宏大な住いに、高価な品物に、宝石に引きつけられてきた。改めて思った。〝ああ、それ以外どんな理想が俺にあったか？　戦争には本気で、行った。馬鹿にされるのが分かった。戻ってみれば、あるのは一つのかけ声だけ。「楽しめ！」十年経った。楽しむのはもっと難しくなった。だがそれに取って代わるものは何一つ見つからん……時々俺はドイツ人かイタリア人が羨ましくなる……〟

彼は大きな黒い長椅子に身を投げ、目を閉じた。

「いいな」彼は呟いた。

「何がいいの？」

彼女は微笑んだ。彼の側に立っていた。以前のように、彼は彼女に腕を延ばした。彼女を抱き寄せ、優しくその胸、その腕、その腰に触れた。

「いいな、柔らかくて、いい匂いがする……何の面倒も、何の義務もない……俺には完璧な妻がいる、だが……」

「テレーズとの暮らしはいかが？」彼女が尋ねた。

その声に嫉妬の影はなく、愉し気な興味がこもっていた。

「子どもはいるの？」

「息子が一人」

「いらっしゃい」彼女が言った。「私の中国の磁器を見にいらっしゃい。きれいなコレクションがあるの。見てよ、このピンクのお皿……ここはなんて静かなんでしょう、ね？　分かるでしょ。ここは私の住いなの、私一人の。レイモンは絶対来ないわ。あなたに鍵をあげましょう。オフィスに、テレーズに、メトロに疲れたら（そうでしょ、ね？　あなたの生活はテレーズ――オフィス――メトロ、お見通しよ、お気の毒なベルナール）いいわ、ここにいらっしゃい。家具の中に煙草があるし、バーも、本も、画も、レコードもあるわ、ラジオはないけど。疲れを癒《いや》して、ちょっと眠って、それからまた出て行けばいいわ……」

「だめだ」彼は言った。「二度と出て行けなくなっちまう……」

彼女は笑って身を任せた。

9

一九三三年、テレーズは最初の娘――ジュヌヴィエーヴ――を、一年半後に、コレットと名づけた次女を産んだ。その年、パン老夫人は病気にかかった：風邪をひき、養生のために牛乳とラム酒を半々に入れたコップに卵黄を二つ溶かしたレドゥプールをこっそり飲んだ。ある晩、真っ赤になって様子がおかしい彼女を見て、テレーズは医者を呼ばせた。医者は野菜スープを薦め、パン夫人の血圧を計った後、鍋の中でそっと温めていた残りのレドゥプールを暖炉に捨てさせた。

「八十を過ぎたら、マダム」彼は厳しく言った。「美食は命取りですぞ」

「死んでも本望ですわ」パン夫人は挑むように呟いた。

彼女はテレーズが差し出したヴィシーの水が入ったコップをしおらし気に受け取ったが、テレーズが背を向けたとたん、ベッドから抜け出して、窓を開け、コップの中身を中庭に捨ててしまった。それからまた横になった。こめかみがずきずきし、歩くと足が震えた。彼女ははっきり誰と言わず、〝あいつ〟と名づけた神秘の存在に深い怒りを感じた。〝あいつ〟はある時はベルナールの顔をし、またある時は大嫌いな家政婦の顔をしていたが、今夜は、医者の顔をしていた。〝あいつ〟こそはパン夫人の一生に渡って全ての元凶であり、最近は何事もうまく行かなかった。妙に底意地悪く、お皿は老いたマダムの手元を離れ、絨毯は彼女を躓《つまず》かせた。食べ物が何でも胃にもたれ、味気なかった。塩、スパイス、マスタードを料理に加えると〝あいつ〟に胃を痛めると言われてしまった。彼女はジャックラン家に来て住んでいたが、自分の界隈《かいわい》が懐かしかった。ここでは何にも楽しくなかった。大きな鉄橋の振動、あんなに長年に渡って夢を通り抜けて行ったあの音楽的な呻きももう聞こえなかった。この新しい家では表の門がキイキイと嫌な音をたてた。化粧室ではエナメル塗料の臭いが鼻をつき、セントラルヒーティングにも馴染めなかった。（〝ああ、昔の木炭ストーブの穏やかな唸り……〟）つまり、世の中全体、訳が分からなくなり、自分に刃向かうように思われた。二月にパリで暴動が起こり、コンコルド広場で発砲沙汰があった。彼女は出来事そのものには動じなかった：彼女はパリ攻囲戦も、コミューン[*1]も、チャリティバザー[*2]の火事も、一九一〇年の洪水[*3]も、大戦[*4]も見てきた。これとて、もう一つの歴史上の出来事に過ぎない。イヴに一九一四年の戦争の初めの日々を語り聞かせたように、何年かすれば彼女は孫娘に、一九三四年二月六日について語るだろう。表に出て、出来事を間近に見たかったが、〝あいつ〟が反対した。横暴ね、と彼女は思った。年をとるのって本当にいやだわ。彼女はなんでもつんぼ桟敷に置かれた。母親役になってきたテレーズさえ、もう私を信用しないんだから。あの子、こんなことを言ったわ。「そうよ、お祖母様。何もかもとってもうまく行ってるわ。ベルナールは私には完璧な人、確かにね」テレーズはそれで私を騙《だま》したつもりなんだから。哀れな子ねえ……

＊1　Commune　パリ・コミューン　一八七一年　プロレタリア独裁を標榜する反政府の民衆蜂起。
＊2　incenie du Bazar de la Charité　一八九七年　チャリティイヴェント中、多数の死傷者を出した大火災。
＊3　inondations　一九一〇年　セーヌ川の氾濫による未曾有の大洪水
＊4　Grand Guerre　一九一四年〜一八年　第一次世界大戦

〝そんな馬鹿なこと信じるもんですか……ロザリー・パンは騙されません〟

（パリの中庭を見下ろす小部屋で、過去の奥底から、突然とても古いイメージが浮かび上がった。ウルスラ修道院の寄宿生のロザリー・パンは、修道院長の前に立っていた。院長は頷きながら彼女に言った：〝あなたは隅《すみ》に置けないわねえ、あなたは……〟）

丸々として血色の良かった病女の顔は、歳月を経て、凍った小さなりんごのようになっていた。その顔にかつての茶目っ気のある笑みの影がちらりとかすめた。

〝あの子たちは私が何も分かっていないと思ってるけど。私の前では決してけんかしないから。でもテレーズは……昨日……いいえ、木曜日だったかしら、夕食のリブロースを焼き過ぎた日（私の頃はお肉はいつでもちょうどいい具合だったのに）そう、テレーズは赤い目をしていたわ。私の眼力は鋭いの。

騙されるもんですか、この私が。それに……子どもたちとの過ごし方。あの娘《こ》は子どもたちに逃げ込むのね、子どもたちを城壁にするの。夜は小さな椅子に腰かけて、前に揺り籠を置いて、ジュヌヴィエーヴを膝に抱えて、こんなふうに思ってるみたい。〝ここは、誰も手が届かない、誰も私に危害を加えられないわ〟夫とうまくいってる女なら、逃げ込むのも、世間に立ち向かうのも、夫の腕の中でしょうが。あの娘《こ》はマルティアルと離れるべきじゃなかった……でも、駄目、老人のたわごとね。戦争に行くためにあの娘《こ》から離れてしまったのはマルティアルですもの。私の見るところ、ベルナールはあの娘《こ》を裏切ってる、何の疑いもないわ。そしてあの娘《こ》もそれを知っている。男なんてみんな同じ。私だって手ひどく裏切られたわ。裏切られて、無一文にされて〟彼女は坦々と続けた。実際そうした全てが彼女には他《ほか》の女――涙が一段ときれいにする黒目をした女――に降りかかった災難と思えるほど古ぼけていた。

〝慰めてくれる男ならいくらもいたでしょうけど……そう、テレーズもね、もしあの娘《こ》がその気になれば〟祖母は思った。〝でも私たちは貞淑な女の血筋なんだわ。彼は……彼の体の中にあるものが私には分からない。あんな宝石みたいな女房を持って、落ち着かないなんて……でも男どもは、男どもは……〟

彼女は一瞬その奇妙な存在を心に思い浮かべた。〝彼らは変化しか愛さない。女の尻を追いかけ回す。戦争をしたがる。そう、彼らが民族間の平和を語ったところで無駄だわ。一種落ち着きのない性《しょう》分《ぶん》が男たちを戦いに駆り立てるのね〟彼女は老いた頭を振り、それから声を張り上げて言った。

「彼らだって、ともかく、私がお腹を空かせば食べるじゃままでしないでしょ」

彼女は台所までちょこちょこ歩き、夜の静けさの中で、キルシュを何滴かたらして香りをつけたクリーム菓子を用意し、ベッドに食べに戻った。クリームを賞味しながら、彼女は耳を欹《そばだ》てた。彼女の部屋は夫婦の部屋の隣りだった。長い呟きが聞こえた。二人は眠っていなかった。テレーズの声は何度も高く、激しくなった。

「あの人、あなたの愛人なんでしょ！　私、知ってるのよ……あの人があなたの愛人だって！」

彼は何か答えたが老婆には聞き取れなかった。彼女は大理石に当たたって音を立てないように用心しながら、お皿をナイトテーブルの上に置いた。もしテレーズがぎりぎりまで問い詰めたら、彼、白状しちゃうわ。喧嘩が危ないのはいつだって男が終いには白状しちゃうから……それがひどくまずいの……それから仲直りする手立て？……必ずそこに行き着かなきゃいけないけど。パン夫人は考えた。〝いつか、私から彼に言ってやりましょう。「絶対白状しちゃだめ」って。愛人ねえ……〟彼女はなおも聞き耳を立てた。〝ルネ……ルネ・デタン……〟何ですって？　またあの女？　まあ、これは深刻だわ。昔のパンみたいに女優や踊り子たちの方がずっとまし……それにしても同じ女と、十年も間を置いて……あの女が彼を捕まえたのね、そうに決まってる……あの母親もそんなだったわ。浮気をしては……男たちを引き留めるの……そう、あれは家《うち》とは別の人種。遊んで、派手にお金を使って。テレーズは優しくて、快活。だけど、この娘《こ》は配偶者、義務なのよ。今時の男どもは義務から逃げるの。（それがとっても嫌になることがあるのね）でも、義務が私たちを捕まえるわ、こっちが望もうと望むまいと。〝色男、着いて来るのは気が進むまい。今はこっちがお前をしょっ引くぞ。髪を引っ掴んで、しょっ引いてやる〟パン夫人はふっと笑って呟いた。彼女は思わず飛び上がった。〝まあ、この娘《こ》泣いてる……彼が泣かせたのね。可哀そうに……〟彼女は決して泣かなかった子どもの頃のテレーズを思い出した……〝ああ、愛、それが私たちを愚かにする……この娘《こ》、彼を自分のものにしておけないわ〟彼女は突然、稲妻のように、痛いほどはっきりと悟った。〝目をつぶって、黙って、待つしかないでしょうね……この娘《こ》は若過ぎる。時が全てを癒してくれること、何もかも消し去ってくれることを知らないわ。ベルナールが変わることも知らないわ、自分だって変わるように。年をとれば、二人の心も体も二度も、三度も、もしかしたらもっと何度も変わるのよ。今、このベルナールを引き留めることは、この娘《こ》にはできない。放っておいて、忘れることね。明日はもう一人のベルナールがやって来るんですもの。全部この娘《こ》に説明してあげなきゃいけないけど……でも無理ね……しようがない、私、疲れてしまったわ……しようがないわね！　二人が分からなくちゃいけないのよ。この娘《こ》、どうやって彼の裏切りを見つけたのかしら〟彼女は改めてあれこれ思い巡らした。〝私の時は手袋だった……ポケットに香水をつけた手袋が残ってて……もう一回はアンギャンへの行き帰りの二枚のチケット……私だって泣いたわ……私も待たなかった……あら、今度は黙りこんじゃって……寝るんでしょうね。おやすみなさい、可哀そうな子どもたち、苦しめ合うのは明日にしましょ。なんて静かなの！　ああ、もうここが嫌だわ。もうこの家も、家族といるのも、この世にいるのも嫌。私、覚えてる、マルティアルが学生だった時、言ったことがあるわ。体はずっと一緒にくっついてる小さなかけらでできてて、それがある日、ばらばらになるんですって。死が近づくと、一つ一つの小さなかけらがむずむず動いて、自由を取り戻したがるんじゃないかしら。こんな手に負えない苦しみはそのせい……まだ生きてるのに、ばらばらになっちゃうの。でも、私死ぬのかしら？　死なんて全然考えもしなかったけど。

私はただとっても年を取っただけ、とっても年をね、寝ましょう……〟

短く浅い眠りに沈むと、彼女は見知らぬ場所にいた。テレーズが近づいて来るのが見えた。彼女はテレーズを腕に抱きしめ、その顔に優しく触れながら言った……ああ、どれだけ叡智を注いで語ったか！ テレーズに現在を説き、未来を解き明かした。テレーズの手を取り、二人で火の燃えている広い野原を歩いた。「見えるでしょう」彼女は言った。

「これが秋の火よ。これが大地を浄《きよ》めるの。新しい種のために大地の用意をするの。あなたはまだ若いわ。あなたの人生の中で、この偉大な火が燃えたことはないのよ。でも火は熾《おこ》るわ。多くのものを燃やし尽くすわ。分かるわね、分かるわね……」

彼女は目を覚ました。もう自分の夢をよく覚えていなかった。だが何かしら切迫感が残っていた。彼女は思った。〝そうね、テレーズに言わなくちゃ！ 時間がないわ。親は自分の子どもに決して話してやらないから。私、急がなくちゃ……〟

彼女は何度も呼びかけた。「テレーズ、テレーズ……」

だが、彼女はもう一度半ば無意識に沈み、そこから浮かび上がると、枕元のテレーズが額に冷たいガーゼをあててくれ、誰かに話していた。

「発作が起きたんです」

〝発作ですって！ なんて馬鹿なことを〟パン老夫人は思った。〝でも、やっぱり、この娘《こ》に何を言いたかったのか忘れちゃったわ……そう、火が……そう、この娘《こ》は生きたつもりだけど、まだほんの子ども、彼だって……〟

彼女は話したいと合図を送った。テレーズが彼女を黙らせた。だが、送っておきたい忠告が山ほどあった。彼女は自分の中に、子どもたちに伝えたい経験の賜物《たまもの》をいっぱい発見した：お母さんが疲れちゃうからコレットを早く離乳させなきゃ、幼いイヴは頭が良過ぎて、考え過ぎちゃう、あの子の前では何も言っちゃだめ、あの家政婦はくびにした方がいい――そう、彼女が伝えられなかったたくさんのこと。それは彼女の口を通ると穏やかで子どもっぽい嘆き声、時には口ごもった呼びかけに変わってしまった。

「テレーズ！　テレーズ！」

「はい、お祖母様、苦しいでしょ。話さないで」テレーズは言った。

だが、彼女は苦しんでいなかった。とても暑いだけだった。自分の枕元に集まった可哀そうな子どもたちを哀れんだ。彼女は子どもたちに手を差し延べた。その仕草は同時に祝福であり、哀願であり、愛撫であり、無力の告白だった。彼女は子どもたちに何もしてやれなかった。哀れむことしかできなかった。

10

夫婦喧嘩で、最初に、「別れた方がいい」と口にした者は、直ぐに殺人を犯したような気持ちになる……二人の間に愛はあった——まだ生きていた。この言葉がそれを殺してしまった。もう何があろうと愛は息を吹き返さない。愛が死ねることを二人が認めてしまった以上、それは果たされてしまい、亡骸《なきがら》が残るだけ。ベルナールは妻に言った。

「聞いてくれ。こんなに言い争っても、どうにもならん。お互い分かり合えないんだから、君にとっても、俺にとっても、子どもたちにとっても、俺たちは別れた方がいいんだ……」

そう言うと、彼は絶句し、真っ青になり、しばらく壁から壁へ、部屋を横切って歩いた。それから身じろぎ一つしないテレーズの側に戻って、その髪を撫でた。その優しさの中に、抵抗し難い何かがあった。彼女はそれを感じ、争うのを止め、離別に同意した。

これが四年に渡る諍《いさか》いの結末だった。「あなたはもう私の夫じゃないわ」テレーズは何度もそう言った。「あなたはもう私のものじゃない、私のところにいないわ」あなたは単にもう一人の女のところにいるだけじゃない、それ以上に以前は私たち二人にとってかけがえのない富だった習慣、感情、歓びと苦しみを一まとめに裏切るのね、私だけが残されて、それを守るのね、彼女はそう言いたかった。ルネと関係を持ってから三年間、彼は不可能なことを試みた。決して相容れない二つの世界、デタンの世界と、ブリュンの世界を自分の中で合致させようとした。一方では、つましい銀行員で、市民家庭の父、もう一方では、パリでも指折りのエレガントな女の愛人で、ベルンハイメル、レイモン・デタンと親しく、彼らと生活をともにする。そんな生き方には金が必要だった。ルネは彼がベルンハイメルの申し出を受け容れ、その資金で、自分の事業を立ち上げるように急《せ》き立てた。デタンもこの組み合わせに興味を持つかもしれない……デタンはあらゆる組み合わせに興味を持った。彼は大臣ではなく、もう代議士でさえなかった。十人か十二人いるこの時代の影の帝王の一人。事情通で、あらゆる党派から重んじられていた。誰もが彼に気を配り、彼は全てを得た。

「あいつにゃ脱帽するよ」ベルナールは言った。「あいつは成功した。まあ、天分や知識があったり、並みはずれて頭のいい人間が成功するのは、結局、月並みな話さ。抜け目ない奴は、そんな才覚がまるっきりないくせに成功するんだ。才能がなくてもアカデミー会員に、地図上でジャワ島が分からなくても政府の高官になるんだ。働かずに財産を作り、何でも凡庸なんだが世間を動かす、レイモン・デタンはそんな奴さ。そりゃあそれで讃嘆に値する。フランスにはそんなのが二百人か三百人、パリには百五十人いる。それが俺たちの先生さ」

「そんなの有害な連中だわ」テレーズは激しく言い返した。「そんな連中が私たちに危害を加えるのよ」

彼は腹を立てずに彼女の言葉を聞き、ほとんど謙虚に答えた。

「それが大きな誘惑なんだよ、テレーズ。君には分からんが……今フランスで起こることは、善悪お構いなく、全てあの連中の手中にあるんだ。だから、合衆国に戻って、航空省のために、航空機の部品の注文を通すのが、俺にとっての問題さ。勿論デタンが手筈を整えたんだが……あいつが一番大金を取るだろうな。嘆かわしいが、仕方がない‥避けては通れん。だがな、俺にとって、それがどんなに面白いか思ってもみろよ。渡航して、コネを使って、もし俺の計画が成功したら、ベルンハイメルみたいな財界の大立者をバックにつけて、自分の事業を立ち上げる望みだってあるんだぜ。一発で大金を掴む歓び、そいつを使える歓び……もし俺が君の言うことを聞いちまったら、もし奴らともう一度切れちまったら、それこそ平々凡々さ、で、今度こそ決定的だ」

「そんなのが幸せ、安らぎだなんて！」

「大きな誘惑なんだよ」彼はもう一度言った。

「それで、テレーズ、もし君が望めば……俺たちは素晴らしい暮らしができるんだぞ！」

「ルネとの関係に目をつぶって？　軽蔑する連中に微笑んで？　あんな連中を家に迎えるの？　もっと経ったら、連中からイヴの雇い主を探すの？　嫌だわ、絶対に！　嫌だわ、絶対に！　そんなこと、私に期待しないで。私だって皆と同じ、勿論、貧しいより豊かな方が、足で歩くより車の方がいいわ。でも、私はあんな世界には入らない。あなたの航空機の仕事、もう話してくれたじゃない。私、あなたに聞いたわね。〝それをフランスで作れないの？〟って。あなた、答えたわ。〝君はなんてお人好しだ！　なんでもそんなに簡単に行ったら、デタンみたいな連中は何をやる、それにこの俺も〟そうね、そんなのは全部……」

彼女は自分の感じていることを表そうとした。怒り、嫌悪、恐れが複雑に入り混じっていた。これだけ言った。

「そんなのは全部、悪だわ」

彼女は不倫なら受け容れられたかもしれない。多くの女が仕方なくそうする。苦しんでも、口を噤《つぐ》む。子どもたちのため、あるいは過去の思い出のために。この場合、女が奪ったのは夫の心ばかりではなかった。女は彼自身を丸ごと変えてしまった、彼女の目の前で。彼女にはほとんど彼が分からなかった。その欲望、その意見、その夢、全てが彼女には他人のものと思われた。パン老夫人が亡くなってからというもの、ああ、彼女がどれだけ孤独だったか！　女は抽象的に愛することも、憎むこともできない……テレーズの忌み嫌った世界は一つの顔、一人の競争相手の目鼻立ちをしていた。彼女はルネを罵倒する度に、彼女を呪っているような気がした。彼女は泣き咽んだ。

「でも、結局、こんなにしっかりあなたを捕まえるために、何をしたっていうの？　あの娘が」

最初の年、彼は自己弁護した。自分がルネの愛人ではないと誓った。二年目、彼はうんざりしてため息をついた……「君は狂ってる、狂ってるんだ」何も白状せず、何も否定しなかった。三年目、もうだめだ……彼は開き直った。ああ、そうさ、愛人はいるさ！　そうだ、ルネだ！　これがいつかは鎮まる恋、欲望、一種官能の熱なのか、彼には分からなかった……ただ自分がルネを欲し、彼女を手放さず、それなりに二人が幸せなことだけを知っていた。

とうとう、彼は妻に離婚を、あるいはむしろ、和解的な別居を持ち出した。それなら、夫婦の体面は守れるし、子どもたちは何も知らずにすむ。彼らには仕事で外国にいると言おう。時々テレーズの家に戻って来よう。同じアパルトマンで何日か過ごすが、同じ屋根の下で、二人は他人でいよう。

「その方が、簡単で、いいと思わないか？」

「あなたには何でも簡単に思えるのね、今は。二つの所帯を養うお金ぐらい十分あるしね。何でもお金で片づけて、取り繕うのよ、そうでしょ？　それで、どうすればいいの？　出て行って！　もうだめだわ。四年間、あなたを引き留めるために精一杯やったけど。出て行って！　そうね、私たち、別れた方がいいわ」

それから何日か経ったある晩、彼はデタン夫婦と会うためにテーブルを離れた。正装した彼はとても美しく、若々しく見えた。妻と息子は言葉も無く彼を眺めた。この市民の狭い食事部屋はこの人のいる場所じゃないわ、彼女はそう思い、彼を奪った眩しい世界を悲しく思い描いた。

「どこに行くの、パパ、今夜は?」イヴが尋ねた。

イヴは十五歳だった。小柄でがっしりして、首がちょっと短く、頭が大き過ぎ、肩幅が広い少年だった。彼の中には、きりっと引き締まって、意志的な何かがあり、人目をひいた。重苦しい顔だちだったが、年とともに美しくなった。子どもではなく、大人の顔をしていた。厳しく、男らしい顔と、まだ子どもっぽい服、物腰、声の不釣り合いが微笑ましかった。三本の皺が走る白皙の額、鼻腔の形のいい大きく真っ直ぐな鼻、黒々とした目をしていた。

「一体どこに行くの? パパ」彼は尋ねた。

「オペラ座さ。モーツアルトの『魔笛』を聴きにな」

「ママを連れて行ってあげなきゃ。ママは音楽好きじゃないの?」

「ええ、音楽はあんまり好きじゃないわ」テレーズが力なく言った。

「母さんは私について来たがらんのだ」ベルナールが答えた。

彼は席を立った。イヴは父に近づき、礼服のサテンの襟を無意識に撫でた。ベルナールは彼から身を離した。

「よしなさい。手にインクがついてるぞ」

「パパ……ママは毎晩退屈してると思うんだ、一人きりで」

「止めて、イヴ」テレーズが呟いた。「止めて、お願いだから」

「一人じゃないだろ。お前がついてるんだから」一瞬沈黙を置いてベルナールが言った。

三人とも黙り込んだ。女中がカフェを運んできた。ベルナールは手早くそれを飲んで呟いた。

「妙だな。あの娘が熱いカフェを出してくれるわけがないんだが」そしてテレーズの髪に軽くキスした。

「帰りは遅くなる。いいから待たんでくれ。イヴ、私の書物に触らんでくれるとありがたい、いいな？」

彼は出かけた。母と息子は二人きりになった。テレーズはちょっと重い足取りで、暖炉の片隅の肘掛け椅子まで歩いた。彼女は四十近くになっていた。肌も顔もまだとても若々しかったが、足取りだけが時々歳を露《あら》わにした。ため息をつきながら、繕《つくろ》い物でいっぱいの籠を自分の方に引き寄せた。イヴがぴくりと体を動かした。口を開きかけたが、思い直し、何も言わずに顔を背けた。

テレーズが彼を見た。

「なあに？　どうしたの？」彼女は穏やかに尋ねた。

「別に。ただ、ママがとっても……がっかりしてるみたいだから」

「私この頃ちょっと疲れてるの、確かにね」

「僕は〝がっかりしてる〟って言ったんだよ」

彼女は返事をしなかった。籠の中のかぎ針と毛糸玉を探して編み物を始めた。素早い仕事ぶりは息子を魅了した。幼い頃、母が縫い物に取りかかると、その足元に坐っているのが好きだった。毛糸を引っ張る白い指の軽やかで敏捷な動きに飽きることなく見入った。長い間、母の顔より手をよく知り、親しんでいた：大人は子どもの目にはいつも半分影の中に隠れている。眼差しも微笑みもあまりに遠く、はるか頭上にある。だが自分をベッドに寝かせてくれ、洗ってくれ、優しくさすってくれるその手は身近にあった。クレヨンを握れるようになると、直ぐに覚えているその手を描いた。人差し指に残った針の痕も、暖炉の中に落としてしまった自分のボールを取り出そうとした時の薬指の火傷の痕も、袖口の手首の血管の網目も忘れていなかった。

「宿題は終わったの？」テレーズが尋ねた。「うん、ママ」

「それじゃ、本を読んだら。お父さんの本には触らないでね」

彼は本を取って読むふりをした。しょっちゅうページから目を離し、自分の中のイメージと比べるように、部屋の中の物を順々に見渡した。とうとう彼は問いかけた。

「ママ、この家いいよね、そう思わない？」

「そう……思うけど……なんでそんなこと聞くの？」

直ぐに彼女はその言葉を口にしたことを悔やんだ。彼が答えないことはよく分かっていた。子どもは——彼はまだ子どもでしかなかった——決してはっきり言わない。この子は特に……そして、彼が言いたかったことも分かっていた。〝このアパルトマンはきれいで、清潔で、充分整って、僕たちには快適だよね。なのに、なんでパパはここから逃げるの？〟

暖炉の上の、柊《ひいらぎ》の枝でいっぱいの銀の鉢とランプの間に、イヴがずっと目にしてきた何枚かの写真があった。細身でふんわりした髪をして微笑んでいる娘時代のパン夫人の写真、三歳のイヴ自身の写真、二人の幼い妹の写真、マルティアル・ブリュンの写真。イヴはマルティアルの写真をいつも不思議な興味を持って見てきた。〝お前の母さんの従弟で、戦死したんだ。医者だった〟と聞いていた。

この晩も、よくやるように、イヴは暖炉に近づいて額縁を手に取った。痩せて、髭を生やし、窪んだ目をして、軍服に勲章をつけたその男は、彼には別時代に属する人に見えた。彼は目を瞠《みは》り、しげしげと写真に見入った。僕が生まれる六年前に、大戦で死んだんだ。その事実はいわば、歴史、伝説の想像上の過去の全てとイヴを繋ぎ、同時に、彼を自分自身に近づけた…実際、イヴはこの世代の全ての少年と同様、自分は戦争に行く運命にある、と信じていた。五年、十年、あるいは二十年のうちに戦争は起こる。誰もがそれを憎んでいるように見えた。ところが、誰もがそれを待っていた。人が死を恐れ、死を待つように。あるいはむしろ蛇にすくんでしまい、逃げようとせず、震えながら下を向く鳥のように。戦争……彼は両手で額縁を持ったまま、テレーズの側に来て坐った。

「この人は戦争の初めに死んだの？　それとも終わり頃に？」

「誰のこと？」

「ママの従弟さ」

「始まって何か月よ」

「どんなふうに殺されたの？」

「あなたに一度も言わなかったかしら？」テレーズは言った。

「砲弾が降る中で見捨てられたけが人を探しに行って、亡くなったの」

彼は想像のシーンをくっきりと、痛いほど鮮《あざ》やかに再現しようと目を閉じた。しばしば語られるぬかるんだ広い戦場、有刺鉄線に挟まれて死にかけた一人の兵士、銃の閃光に照らされて彼に這い寄るもう一人の兵士、最後に彼を掴み、抱え上げ、運び出す。それから二人とも機関銃の連射を浴びる。二人は倒れ、骨が砕け散る前に、死が彼らを一緒くたにする。戦士たちが最早一人一人ではなく、軍隊の兄弟たち、既に大地に斃《たお》れた死骸たちと一つになるように。だがテレーズは彼にマルティアルの最後を語った：

「彼が救った人はまだ生きているの。ブルゴーニュのお百姓さんなの。戦争が終わってから、マルティアルがその人のためにやったことを手紙に書き送ってくれたわ。〝奥様、あなたのご主人は本当に勇敢でした。あの方は私のために亡くなりました。勇敢な方でした〟」

「あなたのご主人？」イヴはオウム返しに言った。

「そうよ」彼に見詰められ、頬を染めたテレーズが言った。

「私は従弟のマルティアルと一九一四年に結婚したの。何か月かだけだったけどね」

「どうして僕にそれを一度も言ってくれなかったの？　ママ」

「分からないわ。あなたが興味を持つとは思わなかった」

「だけど、僕は……」

彼は話しかけて、口を噤《つぐ》んだ。

「あなたは？」

「そう、僕はこの人の息子じゃないよね？」

「マルティアルの息子ですって！　考えてみて。彼はあなたが生まれる六年も前に死んだのよ」

「そう、そりゃそうだね……残念だなあ……」

「何ですって?」テレーズは叫んだ。「あなたおかしくない?」

「僕はこの人の息子でありがかった。この人はいい人さ。それにこの人のしたことは立派だし、勇敢だよ」

「でも、イヴ、あなたのお父さんだって勇敢に行動したのよ。あなたよりいくつも上じゃなかった。戦争が始まった時、十八になってなかったのよ。志願して、エーヌやシャンパーニュや至る所で戦ったの。負傷して、勲章ももらったわ。勇敢な人よ。あなたは彼を誇っていいの」

「僕は思うんだ」イヴは言った。「もう一人との方がうまくいったかもしれないって……」

「あなたがそんなことを言っちゃいけないわ」

「ママ、絶対息子はいない? 最初の人との」

「いないわ」

「じゃ、それでいいと思う? この人が……つまり、彼を惜しむ人間を後に残さずに死んだなんて、どう?」

「でも、私が彼を惜しんだわ……惜しんで泣いたわ……」

「彼を敬愛する人だって、やっぱりいないよね? そう、よく分かってるよ。ママがこの人を敬愛したって言うんでしょ。それとは違うんだ。もし僕がこの人の息子だったら……」

「あなたはちょっとだけこの人の息子よ、あなたのために死んだ兵士たち皆の息子であるようにね」

テレーズは言った。

彼は彼女を見つめ、下唇を噛み、最後に呟いた。

「パパは生きたのに、この人は……」

「あなたはやっぱり、お父さんが好きじゃないの？」

彼女は息子の手を掴み、目を探りながら尋ねた。

「僕たちをもう愛していないのはあっちさ。僕に嘘《うそ》を言わないで、ママ。僕は十五だよ、物事が分かってるよ。あなたたちが別れたがってることだって知ってるんだ」

テレーズは一瞬躊躇《ためら》った。それから彼に真実を告げることにした。そう、二人はもう分かり合えない。二人は別れるだろう、でもイヴは、勿論、ずっと自分の父親を愛し、尊敬しなければいけない、と。

「自分の親を裁いてはいけないの、分かるわね？　イヴ」

「分かるよ。僕はあの人を裁かない。結局、あの人の勝手さ……でも僕にはあの人が分からないんだ」

「残念ながら、親のことは決して分からないものよ」

「だけどあなたは分かるよ、あなたはね」少年は母にキスしながら言った。

彼はしばらくテレーズの肩に頭を載せていた。それから絨毯に滑り落ちたマルティアルの写真を見せた。

「それにこの人なら分かるよ、この人ならね」

第三部（一九三六～一九四一）

1

一九三六年に始まった航空機の部品事業は、二年間実を結ばなかった：技術者たちがアメリカ製の部品はフランスの航空機には適合しないと断言していた。問題は議会で審議された。レイモン・デタンは言った。「よろしい、議会は私が引き受けよう。朝、空席の前で片づけてしまおう。人の楽しみを邪魔だてする連中に、止めさせてはおかん。技術者たちが何をやるか？　彼らは専門家で、専門家は必ず問題を自分の側からしか見ない。これは彼らには想像もつかん、非常にスケールが大きく、偉大な話なんだ。諸君（彼は専門委員たちを前に語っていた）、航空機産業は正に現在の軽微な困難からこそ、見事な流儀で、これ以上うまく言えんが……フランスの流儀で、それを克服する着想を得なければならん。私が何を言わんとするか、お分かりかな？　製品の欠陥を逆手《さかて》に取る大胆で逞しい発想だ。私には今からこの問題に懸命に取り組み、情熱を燃やし、解決を見つける我らが労働者、エンジニア、科学者の姿が見える。それで解決が見つからんことなどあり得んではないか。フランスの才能をもってして何が不可能か？　諸君。私の眼中にはフランスの偉大、その空軍の威力以外なく、これからもあるまい。現に諸君、我々が如何なる時代に生きているか、忘れてはならんぞ。東方では、雷鳴が轟いている。諸君は同胞に何と言う？　マジノ線防衛のためにその航空機に乗るかも知れん息子たちに何と言う？　諸君が我が空軍を強化するために全力を尽くさなかったと非難されたら。彼らは叫ぶだろう、あなた方はアメリカ工業のあらゆる資源を手にしながら、それを利用できなかったのか？　どうして躊躇《ためら》い、尻込みしたのか？　細部のつまらん問題のためか？　祖国の真骨頂を信じなかったのか？　と。ああ、諸君、歩もうではないか。困難を物ともせず、困難にぶつかった時こそ一段と高揚するあの光、輝かしいフランス精神に立ち戻ろうではないか……弱者が呼吸できない空気の中でこそ力を揮《ふる》う頂《いただき》の鳥のように！」

結局、専門委員会の面々は同意し、注文はベルナール・ジャックランが仲介して行われた。彼は数か月前からベルンハイメルと、密かにデタンが出資した民間エージェントの支配人になっていた。ベルナールも、デタンも、この航空機部品事業について考慮すべき問題は何か、しっかりと分かっていなかった…専門家の意見は二派に分れ、一致しなかった。その上問題は直ぐに純粋な技術領域を離れ、イデオロギー的、政治的な見解が入り混じった。

「結局、誰も何にも分かっちゃいないんだ」デタンはベルナールに言った。「俺の机の上に矛盾する六つのレポートがある。高みから偉そうに大声をあげて、俺の素晴らしい仕事を妨害する連中を信じろと言うのか？　凄く優秀な男たちが行けると断言してるんだぞ。人は〝極めて重大な問題〟と言うが…なあお前、今この時に、重大問題なんかありゃせんぞ。何故って、もし物事の複雑さ、重大さを本当に考えようとしたら、自分の頭に銃弾をぶち込むしかないんだから。そうする時間なら、いつでもあるだろうが……ならば、どうする？　自分の判断力を信じるしかないが、俺は、この仕事に乗り損なうのは損失だ、と判断する。何しろ六人のうち三人の馬鹿は意見を変えて金をせしめたがってるんだ。だが、絶対にそんなことはしてやらん。良心があるんだ、俺には！　買収なんかやらん。全て白日のもとでやってやる」

ベルナールは問題を調べようとしたが、矛盾するレポートと夥《おびただ》しい技術的な解説には、お手上げだった。

一九三七年までは、航空機の各部品は熟練工の手で、個別に作られていた。この時期、航空機製造会社は、流れ作業で航空機を生産できる設備を備えた。これはデタンにとって非常な痛手だった。だがある種の飛行機には古い工法が守られていた。「フランス空軍はこれでもっと豊かになる他《ほか》ない」デタンは言った。「一方ではアメリカの部品を使わなきゃならんし、もう一方では新しいプランに沿って航空機を開発する。我々は期待以上の装備を持つことになる。フランスでは克服した困難から勝利が溢れ出すと、俺が言った通りだ！」

〝結局、俺には関係無い〟ベルナールは思った。〝とにかく国の空軍を故意にぶち壊す輩《やから》がいないことを切に願おう。技術的、実践的な観点で物事を検討し、責任を持ってくれ。俺はと言えば、ブローカーに過ぎん〟

もっとも、一九三八年、ベルナールは一年中激流に運ばれるように暮らした。毎晩、四時間しか寝なかった。ベルンハイメルは様々な取引を彼に課した。彼は数字を巧みに操り、その手に数百万、あるいはむしろ数百万の記号が流れた。それを示す書類を扱ったが、彼自身は何度もテレーズに養育費を払えなくなるほど金に窮していた。(二人は彼が一定の額を彼女に支払うことで合意していた)

〝だが、来月には払う〟彼は彼女に書き送った。〝私の夢はひたすら、イヴが二十歳になった時のために、金を蓄えることだ。私は貧しかった若い頃の腹立たしさを覚えている。息子にそんな思いはさせたくない。イヴはしっかりしているし、賢い。彼にとって金は支配者ではなく、良い使用人になるだろう〟

テレーズとベルナールはもう滅多に会わなかった。立てた計画通り、彼は一度出張から戻ると、妻の家に来て過ごした。三日目にテレーズは彼に言った。「だめ、嫌だわ。私、きっぱりと別れたい。娘たちはあなたを忘れていたの。またあなたになついちゃうでしょうし、そうしたらあなたが出て行く時苦しむわ」

「イヴを君に任せられんが……」

「分かってるわ。イヴは十七よ。あの子に事実を隠せるわけがないでしょ。あの子があなたの所に行けばいいわ、あなたが望むだけしょっちゅう。でも、お願い、ここにはもう戻って来ないで」

「絶対だめか？　テレーズ」

彼らは二人きりで、とてもひっそりとした小さな客間にいた。彼は彼女に妻のままでいて欲しかった。彼の心は彼女からも、子どもたちからも離れていなかった。〝どこまで妻子に愛着があるのか不思議なくらいだ〟彼は思った。妻子を幸せにしてやりたかった。だがそんな忠実な思いに身を捧げるには、彼にとってこの地上にあまりにも刺激、快楽、関心事があり過ぎた。

〝善良なテレーズ……結局、この女しかいないんだ……〟彼は思った。〝ずっと経って、全てを味わい、遂に、全てを知り、全てを汲みつくした時、ヴォークレッソンのベルンハイメルのプールを囲むどんちゃん騒ぎにも、ジャンレパンの狂熱の夜にも、フォンテーヌブローでルネ・デタンと過ごす時間にも疲れた時、金がくれる快楽にも、金がよこす不安にも疲れた時、（だが不安と快楽は分かちがたい……それは人間という動物を責め苛《さいな》み、興奮させ、傷つける諸刃《もろは》の剣だ）そうだ、最後に、その全てが去った時、俺はテレーズに戻ろう。自分とやり直してくれるか、本当に、いつか、自分を許せるか、彼の問いかけには媚《こび》があった。それから幾晩も、彼は彼女の眼差しを夢に見た：彼女は「ええ」と言った。彼を見上げた。努めて笑みさえ浮かべた。：「そうね、まあ、あなたのリュウマチのお世話はしましょ」

二人は打ち解けて語り合った。かつてお互い、決して見せたことがない信頼すら込めて。

「あなたは意地悪な人じゃないわ。ねえ、どうして私を苦しめるの？」

「君は自分から望んで苦しんでしまうんだ。妥協も必要だよ、人生と、愛と、全てと、折り合いをつけなきゃ。君はあの素晴らしくも愚かなマルティアルの妻のままなんだ。あの人はこう言っていたな：〝良心の類《たぐい》は曲げんぞ〟可哀そうに、テレーズ、君は犠牲者になってしまう運命なんだ。君や君みたいに考える人は誰だって。あいつとの関係は……君が知ってて……怪物扱いする奴さ。ありゃもう情熱じゃない、欲得ずくで、馴れ合いなんだ……あいつ自身、君の所に戻るように俺に勧めてる。あいつにとって俺は一人の友に過ぎんって約束できるよ。だがな、分かるな、俺はあの世界が手放せない。あれが俺の人生、俺の生きる道なんだ」

「やめて、あなたが怖くなるわ！」

「テレーズ、世間は唾棄《だき》すべきもんだ。人間どもは愚かで、卑劣で、見栄っぱりで、無知蒙昧《むちもうまい》だ。良心的で無欲になったところで、誰も感謝はすまい。信じてくれ。俺は戦争で忘れられん授業を受けちまった……謹んで、人として敬意をこめて、俺はブリュン家の考えで息子を育てることを、君に任せよう。俺は道を誤ってる。あいつの目を開けてやらなきゃいかん」

「あなたはもうそうしてくれたわ、そう……」テレーズは呟いた。

こんなやり取りの後、夫婦は別れた。ベルナールはアパルトマンを持たず、クラリッジホテルで暮らしていた。年に二三度、車でイヴと小旅行に出かけた。父の考えでは、それは互いの和解に役立ち、じっくりした会話や打ち明け話ができるはずだったが、二人とも一緒にいると気詰まりを感じた。親密な調子で始まったやりとりが、しょっちゅう、ほとんど喧嘩で終わった。

一九三九年の冬、ベルナールと息子は二人きりでムジェーヴに旅立った。青年は初めて雪を見て、スキーを習えると思い、素直に嬉しそうだった。

〝居所は誰にも知らせずにおこう〟ベルナールは思った。〝あいつにかかり切りになろう。あいつと和解するための八日間だ。あいつが俺を恨んでるのはよく分かってる。こっちはあいつを知らなきゃいかんし、こっちを好きにさせなきゃいかん。あいつも、俺がペダンチックで嫌味な連れじゃあないと分かるだろう。俺があいつの年頃で、俺みたいな親父がいたら嬉しかったろうしな〟

かくて二人は一月のある晩ともに旅立った。汽車の窓ガラスにかかった青いブラインドを開けると、澄み切って凍てついた空の下に黒々とした田園が見えた。

「雪になるといいな」ベルナールが言った。

彼は息子と和解するために、この車中の最初の夜を大いに当てにしていた。勉強や将来の計画について息子に尋ねた。政治のこと、女のこと、若者を熱くさせるあらゆることについて息子に語った。〝だがもっと早くこうするべきだった〟彼は思った。〝こいつはもう十五じゃない。十八だ。この年で、俺は志願したんだ〟

自分の青春の思い出すと、彼は寡黙《かもく》で、シャイになった。実際、親子の間には、決して現にある者ではなく、かつてあった者が立ち塞がる。最早存在しない二十歳の子どもが、父親の口を封じた。二人は最もありきたりな言葉を交わしただけで、イヴは眠りに就いた。ベルナールは夜遅くまで通路に立ったままでいた。煙草を吸い、天井の揺らめく小さな青いランプを眺めた。

彼はムジェーヴでは誰にも居所を知らせていなかったが、ホテルは友人たちで溢れていた。直ぐ翌日、イヴと彼は著名な議員夫人に昼食に招かれた。男たちはスキーのいで立ちをしていたが、派手なセーターの中で太鼓腹が突っ張り、未だ吸っていない澄んだ大気ではなく、バーで飲んだワインやアペリティフのせいで頬が赤かった。女たちは細身で厚化粧していた。老人たちはロシア、ダンツィヒ、*ドイツ、来るべき戦争について語っていた。

* Dantzig 現在のポーランド、グダニスク。第一次大戦後ヴェルサイユ条約により自由都市として成立。この年、一九三九年にナチスドイツの侵攻を受ける。

彼らはグリーンソースをかけたサーモンの大きな切り身を食べながら、フランスの諸都市を襲う敵の航空機について語った：「お手上げだ。まるっきり。最初の晩で、ブーンと来て、全部やられちまう」マデラ酒のソースで焙《あぶ》った腎臓を食べながら、また口を揃えた。「幸いなるかな、奇跡の国だ！死んだと思われて、ズン！　踏ん張って、世界を驚かす！」

熱いチョコレートをかけた円錐形のアイスクリームを食べながら、彼らは外務大臣から受け取った報告書の内容を辺りの者に明かした：「よろしいな、これは全部、ここだけの話ですぞ」黒い顎鬚と口髭を生やした男がツールーズ訛りで、ドイツは糧食不足で戦争はできないことを明らかにした。異口同音にフランスが陥っている分裂状態を嘆いた。「一人の凄腕《すごうで》が、一人のリーダーが我々には必要ですな」彼らは言った。話声、グラスのぶつかる音、弾ける笑い声の喧騒越しに、横笛のような甲高い音が聞こえた：一人の女がかつての首相に尋ねていた。「でも、首相、どうして権力を握られないんです？　そうですとも、さあ、権力を握ってくださいな、首相」彼女はまるでフォアグラの一切れを彼に差し出しているようだった。小柄ででっぷり肥え、きれいな白髪をした首相は、慎重ながら貪欲な様子で、答えず、首を振った。〃うん、まあ、やらんこともないが。権力か……やれやれ！……そこは考えずばなるまい〃と言わんばかりに。

イヴは現実離れした、悪夢の印象を抱いていた。子どもの頃、冒険小説を読んだ後、喚《わめ》き動物でいっぱいの洞窟の中にいる夢を時々見た。ここにいると、苦しくグロテスクなその印象が蘇《よみがえ》った。デザートになると、男たちが葉巻に火を着け、その煙で一層気分が悪くなった。彼は窓ガラス越しに見える雪を被った庭園に、切望の眼差しを送った。遂に、我慢できなくなった。しゃべるがいい、延々と議論するがいい、好み通りにヨーロッパをまとめろ、（口先で）ドイツを叩きのめせ、武器だろうと有価証券だろうと、さっさとあくどい取引をしやがれ！　彼はもう彼らを見ていたくなかった。

父が注意を逸らした一瞬を捉え、部屋の外に身を滑らせ、ドアマンに告げた…「ジャッククラン氏に心配することはない、今晩戻ると伝えてください」「お気をつけください。天候は変わりますよ」

彼は山の方向に逃げ出した。

2

サヴォア山中で過ごした孤独の一日を、イヴは決して忘れないだろう。天候は本当に変わった。雪が降り始め、小道を覆った。若者たちが肩にスキーを担ぎ、彼の前を登っていた。彼らのような装備をしていないのが残念だったが、何より彼が望んだのは、一人になり、清浄な空気を吸い、自分の考えを整理することだった。これまで、彼の内面生活は思春期のそれだった…論理ではなく、突発的な憧憬か反抗、思索ではなく、盲目的な願望だった。一人前の男として頭を使う必要があった。自分のしたいことを正確に知り、自分の意志に従って行動する。先ずは、父と母の性格がどういうものか、十分に理解する。実際、問題の根本はそこにある、と彼は思っていた…どっちに着くのか。〝両親を裁くのは悪《あく》だ、確かに〟彼は思った。〝だがその悪に一番責任があるのは二人だ。二人が僕に選択を強いるんだ〟自分で無邪気に口にしていた通り、彼はいつも〝ママの側に〟いた。だが彼を彼女の方に押しやるのは感情的な理由に過ぎず、十分ではなかった。不公平ではありたくなかった。父を理解してみようとした。意地の悪い人間ではない。不誠実な人間でもない。頭が切れる。イヴが知性以上に好ましいと思う、勇気も持ち合わせている。一九一四年には立派に戦った。ジャックランのお祖母さんは十八、十九、二十の父が、危険とあらゆる窮乏の中で、前線から書き送った手紙を彼に読ませていた。奔放さと面白みに溢れた、感動的で、魅力的な手紙だった。一通の中で、彼はいつか持つかもしれない息子を語っていた：〝その子といるとどんなに楽しいだろう！　雨の朝、学校に行くのにぐずぐず言ったら、こう答えてやろう：〝一九一五年の父さんみたいに、森の中で体の半分まで水に浸かって、靴もずぶ濡れで、夜を過ごさなきゃならなかったら、お前は何て言うだろうな？〟そいつは、すごすごと出かける、で、こっちは昼までベッドでのうのうとしてやるんだ。ああ、幸せな時間だろうなあ……〟さらに書いていた。〝戦争の何もかもが醜くはないんだ。榴散弾が炸裂した、そこからシャーベットの泡みたいな薄いピンクの煙が立ち上って……〟

こんな文章を読むと、イヴは父を失ったように泣きたくなったものだ。しかし、父は死ななかった。そして戻った彼が、どんなにシニカルに、どんなにがつがつと生き始めたか！

〝結局、彼をどう思うかと聞かれたら〟イヴは思った。〝こう言わざるを得ないだろう。〝彼は有害な徒党の一味だ。奴らは無気力、無分別、もしくは十分考え抜いた裏切りで、フランスに害を及ぼす〟奴らに属しているから、奴らと組んであくどい取引をするから、もうけと快楽を奴らと分かち合うから、彼はやっぱり……恥知らずな人間なのか？　ああ、だめだ、恐ろしい、僕にはそんなことは言えない。それにしても……あのデタン……あのベルンハイメル……あの女ども……とりわけ恐ろしいのは、モラルの観点から奴らを見るのが、ほとんど恥ずかしくなることだ。実際そのモラルで、奴らは、グロテスクで、幼稚で、笑うしかないことをやったんだ。もし僕が親父に〝だけど結局、デタンみたいな奴に仕えるのは悪だ！　こっちで作れるもんを外国から買って、国の失業を増やすのは悪だ！　ベルンハイメルみたいに、フランの下落につけこむのは悪だ！　あんたが僕に自慢したように、フランス国外に送金して脱税するのは悪だ！〟って言ったら……親父は僕に何て答えるだろう？　肩を竦《すく》めるだろうな。なんて世代だ！　彼らはなんで恐れるんだ？　ほんとに、彼らは何でも恐れる。自分たちの命、それに自分たちの金に、びくびくしながら人生を過ごすんだ。二十歳でただ同然で命を捧げた彼らが、今、なんでフラン紙幣のために魂を売るんだ？〟

　こんな考えに耽りながら、彼は雪の中を足任せに歩いた。冷たい微風が立ち、首と耳の後ろに吹きつけた。肌を噛むきつい寒風が、心地よかった。人々から離れているのが、心地よかった。彼はずっと人見知りだった。子どもの頃はアラン・ジェルボー*を真似て、ヨーロッパから離れるのが夢だった。（彼をひきつけたのは島での休息ではなく、嵐や危険時の海上の船の操作だった）そう、彼は一人でいるのが好きだった。全てが静まり返っていた。彼は落ち着いて、冷ややかに、容赦なく、明晰な目を人間たちと物事に向けた。親父は……自分の命を救おうとしたんだ。たった一つの命を、決して諦めて放棄しなかった。自分の全てを捧げ尽くさず、一部を取っておいた。疑い深く、多くを語らず、エゴイストであり続けた、戦争でも、平和でも、恋愛でも。

＊　Alain Gerbault（一八九三〜一九四一）フランスの航海士、パイロット、テニス選手　一九二三年ヨットで初の大西洋横断に成功。

〝僕は彼のようにはしない〟イヴは思った。〝自分の命を救おうとする者は、それを失うだろう。この命、僕はそれを差し出してやる。まるごと投げ出してやる。自分を犠牲にしたっていいんだ、僕は、必要とあらば〟

異様な、預言的な悲しみが彼を鷲《わし》づかみにした。

〝僕らを犠牲に投げ込むのは奴らだ〟彼は思った。〝戦争になるだろう、避けがたいし、もう直《じき》だって奴らは言う。だがその準備をしたのは奴らじゃないか。戦争が怖いと奴らはしきりに言う。分からないが、多分本音だろう。だが、時々、奴らはそれを願っているように見えるんだ。それとも戦争に魅入られちまってるのか？　もう後戻りできないほど進んで、深淵の淵にいると思っているのか？だけど確実なのは、その深淵の中に、若者が最初に落ちることだ〟

彼はどんどん足を速め、山をよじ登った。立ち止まった。息が切れていた。ずうっと歩いていた。短かい冬の日が終わろうとしていた。夕陽が赤かった。

「風が吹く徴《しるし》だぞ」通りがかりの農民が言った。

ほど近くに宿屋があり、イヴは入って牛乳と黒パンを注文した。部屋には誰もいなかったが、藁束の上で一匹の雌犬と六匹の子犬が寝ていた。イヴが子犬たちを撫ぜようとすると、最初、雌犬は歯を剥きだしたが、それから注意深くイヴを眺めた後、子犬たちを彼に委ねた。イヴは一匹の子犬を抱いて、上着の中に滑り込ませ、外に出た。ほとんど夜になっていた。所々で雪が輝いた。イヴは身を屈め、ムジェーヴを眺めようとしたが、厚い霧が街を覆っていた。山沿いに、氷を砕きながら流れる急流さえ、見分けがつかなかった。冷たい窪みの匂いだけで見当をつけ、深く荘厳な水音を聞いた。とても長い間、イヴは身じろぎもしなかった。穏やかに息をつき、鼻を鳴らす子犬の毛並みを撫でながら。イヴは様々な思いに耽った。くっきりした鋭い思い、夢のように混沌とした思い。男子たる者の人生には、態度を決する、一つの生き方を肯定するのか否定するのか、きっぱり決断する時がある。イヴは思った。

〝僕には孤独が必要だ。それと清廉《せいれん》であることが……この山に似た何か、峻厳で、荒々しく、強靭な何かが僕には必要なんだ。僕は街から、人から、離れて生きたい。信仰があったら、司祭になるんだが〟

彼は雪の中に何歩か踏み出し、山の清浄で香《かぐわ》しい空気を吸い込んだ。

〝僕は飛行士になろう〟彼は思った。〝親父が言いそうなことはよく分かる……僕が世間知らずで、この仕事だって他の仕事と同じように、ずるいやり口や裏取引があるんだと。僕だってよく分かってるさ……でもこの仕事には全てを救う努力と危険があるぞ。それに少なくとも、自分の天分を丸ごと要求する仕事だ。ママは何て言うだろう？〟彼はなおも考えた。〝なあ、お前〟、子犬を地面に置きながら呟いた。子犬は尻尾を振って、さっさと逃げ出した。

〝彼女は何て言うだろう？　それにあの人なら何て言っただろう……凄く僕の父になりたかったあの人、僕はそう信じてるぞ、息子を一人残したっていう希望を持って死んだかもしれないあの人なら？　そうだ、マルティアル・ブリュンなら、何て言っただろう？　それと現実の親父は何を言うか、夢の父じゃなくて？〟

彼はその声が聞こえるような気がした。

「おい、よく考えろ。そいつはとっても美しいさ。だがな……そこで大したもんは得られんぞ、分かるか？　女たちにもてるのは事実だが」
女たち！　金と色事！　ビフテキとベッド！……彼は激しく頭を振って、宿屋に戻った。少しは金を持っていた。何もないきれいな小部屋で夜を過ごした。ムジューブの父親に宛てた手紙を、子どもに届けさせた。彼は書いた。

今晩戻らないことを許してくれますね。でも私たちが会った人たちには吐き気を催しますし、あなたは彼らと繋がっています。お許しください。僕は無情でも無礼でもありたくありません。しかし、あなたが怒らないこと、ただ僕を笑うだけだということを僕は知っています。帰りの切符は持っています。明日一人でパリに帰ります。改めて、ごめんなさい、パパ。お元気で。　イヴ

3

ベルナールは電話でベルンハイメルの死を知った。八月の暑苦しい晩だった。彼はその夜、デタンのフォンテーヌブローの屋敷で過ごしていた。一九三九年の夏、誰もパリを離れようとしなかった。デタン家で盛大なディナーが催された。ポタージュが出たとたんに、会食者の一人が〝戦争〟という言葉を口にすると、ルネ・デタンが金切り声を上げた。

「いいえ！　もうたくさん！　あなた、遅れてるわ！　古いのよ、戦争はあり得ないってご存知ないの？　主人はスカンディナヴィア銀行の頭取と会ったの。戦争にはならないらしいわ、だってドイツは貨車が足りないから。あなたご存知なかった？　ね、それが最新のニュース。さあ、お願い、話題を変えましょ！」

ディナーはとても賑やかだった。デタンはことのほか元気そうだった。歳月は彼になんの影響も及ぼしていなかった。さらにでっぷりし、血色はかつてなく良かった。ベルナールは改めて見るまでもない程、長い間この男を知っていたが、その夜、気づかずにいたか忘れていたデタンのある特徴に驚いた：デタンの目は、光っていて虚ろだ。それはきらきらした鏡面を思い出させた。外部の世界を反射し、楽しい雰囲気の時は明るく、人々の悲しみには悲し気に陰って反応する。だがその目自体は、何も表していない。デタンはベルナールに近づき、肩に手を当てた。

「どうだ、わしらと一緒に来るか？　月曜から八日間カンヌだ、そこからロンドンに小旅行に出るぞ」

それから通りかかった女のことで何か言おうとして声を低めた。彼が女たちを語ると、耳の後ろに、暗い紫の波のように血がゆっくり上った。

「結局、俺はあれしか愛さんのだ、それも増々な」彼は声音を変え、低いしゃがれ声で言った。

彼がいきなりベルナールから離れた。

同じその男が、二時間後、ベルナールを起こし、ベルンハイメルの死を知らせた。オランダの投資家はフローリン［オランダの通貨］の下落に賭けてしくじった。フローリンの価値は下がらなかった。ベルンハイメルは破産し、死んだ。彼の破産は、一見堅実で繁栄している多くの事業を引きずりこんだ。ベルナール・ジャックランの事業もその中にあり、ベルナールは八日前、持ち金を丸ごと彼に貸していた。デタンと言えば、こちらは盲目的にベルンハイメルに賭けていた。

「やっちまったぜ」彼はベルナールに言った。「全部の卵を一つの篭に入れちゃいかんってことだな。オランダフローリンの高騰に賭けろって勧めた奴もいたんだ。俺は拒んだ。あの余所者《よそ》を信頼してたからな。その信頼のせいで、おじゃんさ。あいつを追っ払うべきだった。聞いてるのか？　ベルナール」

「聞いているよ」ちょっと間を置き、ベルナールは答えた。

「こっぴどくやられるか？　お前も」

「何もかも失くすね」

「ああ、俺が最初に考えたのは、この脳天を撃ち抜くことだ。それからそんな時間ならいつでもあるって自分に言い聞かせた」

「知って大分経つの？」ベルナールは尋ねた。

「午後五時に知った」

彼は電話を切った。ベルナールは深いため息をついて、立ち上がった。災厄を知っても妙に信じられない気がした。〝まさか！　こんなことが俺に起きるか、この俺に？　あり得んことだ！〟

人が簡単に慣れるのは幸運、成功だけだ。危機に瀕《ひん》すると、人間の本能は不屈の希望の壁を築く。絶望感はその壁を一つ一つ取り除かなければならない。そうして初めてそれは人の心まで入り込み、人は少しずつ相手を認め、絶望と呼んで慄《おのの》くのだ。

〝やり直すしかないな〟ベルナールは思った。〝起こっちまったことだ。融資を見つけよう〟

最初は落ち着いて明晰に、それから必死に、それから絶望的な怒りを込めて、彼は自分の周囲を思い巡らし、支えを探した。あのロンドンの銀行、あのアメリカ人たち、あのフランスの大企業。さあ、さあ！　そんじょそこらの人間じゃないんだ！　ベルナール・ジャックランだぞ！　だが……実際……ベルナール・ジャックランが何者か？　彼はこの世界に何か新しい、価値あるものをもたらしたか？　天才か？　目覚ましい仕事、何かの発明をやったか？　違う。考えてみれば、彼は電話一本で、会話で、会食で、一種世渡りの才覚で、口先と、何であれ事情に通じる能力で財産を築いたのだ。本当の仕事に比べれば、煙と炎のようなもの。この四半世紀のパリジャンの仕事の九十九パーセントは彼と同じだった。ベルナールは思わず低くこもった呻《うめ》き声を洩らした。突然、敗北感が満ち潮のように彼を襲い、あらゆる脆弱な希望を奪い去った。彼は途方にくれた。彼がそのトップと本当に親しくしていたロンドンの銀行、ニューヨークの銀行、フランス企業がこぞって彼を見放した。誰も彼の救済に関心がなかったから。その逆だった。この十年、フランスには金融スキャンダルがあり過ぎた。誰であれベルンハイメルの旧友の救済に巻き込まれ、我が身を危うくするのを恐れる……彼は見捨てられ、打ちのめされた。彼はもがいた。猶予、融資を探し求めた。無駄だった！　そもそも、彼は幸せだった。人はそれを許さない。こうなったら、幸運の代償を彼に支払わせる。彼に投げつけるために、彼の再起を妨げるために、フランスの泥では足りないだろう。彼の背後に、何があったか？　家族もなければ、強力なグループもなかった。人間関係。それも大したことはなかった。成功の中での有力者の誰もが、失敗の中では最も無力だった。掴《つか》まろうとして手を延ばすと消えてしまう支えだ、彼はそれを思い知った。株価の暴落、崩壊。万事休す。デタンはもう、多分、スキャンダルのせいで古い話、例えば、航空機部品の話が発覚する恐怖に縮み上がっている。（実際あれの結末はどうなったんだ？　自分の取り分を受け取ったことは分かっていた。その残りは……デタンは、ついでのように、彼に〝あれは航空大臣に押しつけて始末した、だがそいつが骨だった、二十パーセント賄賂を払わされたぜ〟と話していた）もしこの古い話が蒸し返されたら、下っ端に過ぎなかった彼、ベルナールを潰すために、人はそれを利用するだろう。

初めて重苦しい恐怖が彼を揺さぶった。つまり、俺のやったこと、ある世界ではあんなにありふれていたことが、俺に襲いかかる罰に値するというのか？　だが直ぐに彼はそんな考えを振り払った。そんな馬鹿な……俺は誰も騙しちゃいない。裏切ったことも、盗んだこともない。倒産自体、刑法から見て非難されることじゃない。俺は偶々《たまたま》、名誉と富を共有する連中の世界に投げ込まれたんだ。ほとんど意に反して、第一線に押しやられた。他の連中のようにやらなきゃ、馬鹿をみていただろう。なんで慎まなきゃならん？　なんでだ？　何の名に於いて？　誰もが投機に手を出し、誰もが嘘をつき、誰もが策謀を巡《めぐ》らせていたじゃないか。ただ、偽善者と、そうでない奴らがいただけだ。俺はいい気になってスキャンダルをひけらかした。それが楽しかった。汚濁《おだく》の中で、楽しく、シニカルに、熱くなって遊んだ。来るべき世代（彼はイヴのことを考えた）は罪そのものじゃなく、罪を衒《てら》ったことに、高い代償を支払わせるのか。もしかして、そうなのか……分らん……彼は酷い疲れを感じた。窓を開けて、タールのように喉の奥に貼りつく熱い空気を何度も吸い込んだ。死を思った。絶望していた。ルネは？　ずっと前から彼女は彼に構わなくなっていた。では、自分は？　彼は幻想を持たなかった。奇妙なことに、彼は自分が最も幻想を持たぬ人間だとずっと思っていた。今、それとは逆に、自分ほど念入りに身の周りに煙、蜃気楼、嘘を張り巡らせた人間はいないと気づいた。自分が金持ちで、有力で、愛されていると思っていた。貧しく、非力で、孤独な自分を知った。ルネは、デタンのように、俺を見放すだろう、彼はそんな予感を感じた。そう確信した。ある日、デタンが言ったことがある。「人生じゃ難破船の中みたいに、船に捕まろうとする人間の手を切らなきゃならん。一人だから、浮かんでいられるんだ。他人を救って遅れたら、お陀仏さ！」

彼はデタンの家に行こうと、じりじりしながら夜明けを待った。そこでは迎え入れられず、デタンは出かけたと言われた。ルネの姿も見えなかった。彼は夜まで駆けずり回った。全ての友人に急を報じた。ロンドンとニューヨークに電話をかけた。必死に自分を救おうとした。デタンがうっかり洩らしたことや吹聴したことで彼を脅迫し、恐れさせれば、何かの援助を引き出せるかも知れない、と思ったが、そんなことはできなかった。あまりにも下劣で卑怯だ。廉恥心《れんちしん》が不意にこみ上げ、誘惑を押しとどめた。〝ああ、いかん、そりゃだめだ。止《とど》めの一撃になっちまうぞ！　その後、イヴを面と向かって見られなくなっちまうぞ。イヴ……〟とても小さな声で彼は言った。〝そしてテレーズは？……〟彼は路上にいた。ベンチにへたり込んだ。あんまり顔色が悪いので通行人が近寄り、具合が悪いのか尋ねた。彼はいや、と答え、礼を言い、立ち上がって、また歩き始めた。彼は歩き続け、パリの街路を通り抜け、めくら滅法進んだ。昔馴染んだ界隈の道を改めて辿《たど》っていた。かつて住んでいた通りに出た時、やっと彼はそれが分かった。このくすんだ通り、窓辺のレースのカーテン、どぶの中で鳴いている猫たち、サンシュルピス教会の鐘の音、広場の噴水。

夢遊病者のように、彼は車道を渡った。鍵束から三年使っていなかった一番小さく、平たく、念入りに細工した鍵を取り出した。管理人に名を告げ、三階まで上った。彼は扉を開けた。自分の家にいた。

4

父と息子は宣戦布告の日、ともに出征した。ベルナールはロレーヌ地方に、イヴはボースの空軍キャンプに向かって。以前暮らした家に入るように、馴染んだ家具の中を手探りで進むように、フランスの女たちは、動じることなく、これといった努力もせず、先の戦争の習慣を取り戻した。彼女たちは、例えば、出征する男を駅まで送ってはならず、別れのキスは群衆から離れ、自宅のちょっと暗くした部屋でするべきだということ、兵士は振り向かず遠ざかり、その時、本能的に、あらゆる悲しみを将来にとっておくように涙を流してはならないことを思い出した。

ジャックラン夫人（今はとても年老いて、すっかり小さくなり、蒼ざめて皺の寄った顔、無邪気でとろんとした青い目をしていた）とテレーズは玄関で、発って行く男たちにキスした。テレーズの六歳と四歳半の娘たちは跳ね回り、何も分からず、訳もなくはしゃいでいた。姉のジュヌヴィエーヴは最初はこの出発に驚き、悲しんでいるようだった。灰色の目をした金髪の子で、ベルナールに似ていた。一方妹の方は母親の滑らかでくすんだ肌と黒い目を受け継いでいた。ジュヌヴィエーヴは不安そうな小さな声でパパとイヴはいつ帰って来るのか聞いていた。二人は「直《じき》だよ」と答えた。それで彼女はすっかり安心し、妹と一緒に笑い始めた。二人の男のうち、前線の危地に赴くのはベルナールだった。〝でもマジノ線*があるから〟とテレーズは思った。イヴは三か月間は、安全な場所にいるだろう。その後は…

…飛行中の危険、空中戦、爆撃……神様！　なんて悪夢！　全てがきな臭く不吉な夢のように思われた…十五日前、夫は彼女の元に戻された。なんの奇跡で？　どんな熱い祈りに答えて？　神のみがそれを知っていた。三年待ち望んだ、そのために生きた、千回以上思い描いていたその瞬間に、彼は着いたのだ…錠に鍵を入れる音、躊躇いがちな声…「テレーズ、そこにいるのか？　……」あの玄関の大柄な男の姿、そして突然、直ぐ目の前に、苦悩にやつれ果てたあの顔が……そう、彼女はそれを生きる前に全部夢に見ていた……それに続く夜……乾いて、惨《むご》たらしく、獣のような号泣に打ち震える夫は彼女の腕の中。そこで打ち砕かれた誇りと悔恨が愛に混じり合った、それからほっとした彼の眠り、そして彼女にとっては、あの神聖な安息！　ああそれが、ああそれが、たった十五日で、戦争に！　彼女は二回ベルナールを失った。一方、ジャックラン夫人は夢を見ているか、ひょっとして地獄とも思えるあの世にいるとしか思えなかった。そんなふうにしか過去は甦らない。この戦争の恐ろしさ、無情さはそこにある、と彼女は思った。時々、彼女はちょっと自分を見失った。孫の方を向き、優しい声で呼びかけた。「ベルナール」

＊　第二次世界大戦前、フランスがドイツ国境を中心に構築した対ドイツ要塞線

テレーズ自身、奇妙で暗い分裂感を味わっていた。彼女自身であり、もう一人の女、一夜の結婚をし、直ぐにやもめになって一人のままでいるかつてのテレーズだった。マルティアル……狭苦しい玄関が亡霊でいっぱいのように思われた。普段はあんなに慎ましい死者たちが、突如、自分たちの居場所、生者の重みを取り戻した。彼女は彼らを思い、惜しみ、呟いた：〝もしあの人たちがこの有様を見たら……〟それから〝見ずにすんでよかったわ〟彼らの美点を思い浮かべ、彼らに相応しい自分であろうとした。ベルナールは説明できない密かな恥辱を感じていた。確かに、前回の出征の方が良かった。思いは苦かった。〝あの時俺は無邪気だった。舞踏会に行くようにあの殺戮に行ったんだ。今、俺は知ってる……〟自分が何でも信じた頃を思い出した：政府の高い見識、イギリスとの同盟、砲弾に対する銃剣の優越。彼はイヴが同じ幻想を持っているか、自分に問いかけた。イヴを理解できなかった。イヴは戦争をひどく嫌っていた。イヴは戦争より高い何か、もしかしたら、戦争とは全く無関係な何かに命を捧げるというのか。単に命を捧げると。

とはいえ、夫婦は日々言葉を交わした。

「汽車の中はどれだけ暑いかしら！」

「忘れんでくれ、テレーズ、デスクの上に残した書類を送ってくれるな？」

「大丈夫、安心して……」

書類！　取引！　倒産！　金！　戦争は有難くも、あらゆる追及を止めてくれた。しかし、彼はテレーズに、ほんの僅かな生活費しか残せなかった。

ベルナールは妻に近寄り、黙ってその額と頬にキスした。最初に彼が出て、イヴが続いた。扉が閉まった。テレーズは涙もなく、唇をきっと結んで、椅子にへたり込んだ。

「あんまりだわ。一生に一回なんて、あんまりじゃないの！」ジャックラン老夫人は激しくせがむような口調で言った。まるで戦争がテレーズのせいであるように。

一瞬びっくりした子どもたちは気を取り直し、テレーズの手を取ろうとしながら彼女の周りを跳ね回った。彼女は娘たちをそっと押しやり、自分の心が挫《くじ》けるのを感じた。

「来て、ママ、来て、ママ」娘たちは彼女を引っ張りながら繰り返した。

彼女は娘たちに抗《あらが》った。脚が震えていたし、離れたばかりの食堂に戻るのが辛かったから。そこでは煙草の端が詰まった灰皿、食卓から引いた椅子、男たち、戦争が彼女から取り上げた男たちの食器が見えてしまう。こうした苦しみ、彼女はそれを記憶に留めた……片づけねばならぬ衣服、ページの間にパイプの灰がちょっと残った書物、ゆっくり消えていくラヴェンダー化粧水と葉巻の匂い、冷たい空のベッド。

娘たちは目を上げ、じっと動かない母を見て、心配した。それでも彼女は冷ややかで落ち着いて見えた。年齢と苦しみで、彼女の内なる一種の輝きは消えていた。あるいは、かつてあれほど強烈だった炎は、弱弱しい光となり、滅多にきらめくこともなかった。彼女はやっとため息交じりに立ち上がった。

「いらっしゃい、あなたたち、お片づけしましょ」

幸いにも女たちにはそれが残っていた。幸いにも空いた手は衣類や下着をたたみ、そっと撫でることができた。幸いにもその夜、涙の一粒一粒を繕《つくろ》い物の上に零《こぼ》すことができた。幸いにもするべき用事があり、面倒を見る子どもたちがいて、準備する夕食があった……幸いなる、幸いなる女たちの運命！

5

召集の二か月後、ベルナールはロレーヌ地方の陰気で寒々しい小さな町にいた。戦争は彼にとって、まだ始まっていなかった。彼が知った唯一の敵は――孤独。魂からこみ上げ、雑踏のただ中でのしかかる最悪の敵だった。世界は、いきなり、芝居の幕が下りて、あっけなく眩い舞台を隠すように彼の前で閉じた。彼は一人で、否応なく、人生を忘れていた暖かく快適な劇場を去る。改めて見つけるのは風、暗い街路。二十年間、彼は自分が運に恵まれていると思っていた。友人たち、金、情熱、快楽があった。これからは、もう何一つ。全ては逃げ去った。心地よく、軽佻浮薄《けいちょうふはく》な全てが彼を見捨てた。彼は一文無しだった。力も、コネも、愛人も無かった。

彼は侘しい小さな町で、一人だった。通りはうら寂しかった。ぼやけた光、窓ガラスの青い反射、そのくすんで似たり寄ったりの青が魂を何か茫然と、暗澹《あんたん》とさせた。時折サイレンの音と近くの爆音が敵機の来襲を告げた。ベルナールは兵営と宿舎の部屋の合間に、グランカフェに行った。普段そこに逃げ込んでいた。誰とも口を利かず、パリの新聞に目をやり、蓄音機の音楽を聞いた。

ある晩、彼が息子の死を知ったのはそこでだった。

彼は一人だった。ミルク抜きのカフェを頼んだが口を着けなかった。外は、雨だった。湿った電報が彼の手に届いた。彼が時々ボンボンをやっている宿舎の主《あるじ》の十歳になる息子は、朝から帰らない彼がグランカフェで夜を過ごすのを知っていて、そこなら会えると思ってやって来た。少年は電報を彼の手に滑り込ませ、おずおずと問いかけるように彼を見ながらにっこりした。ベルナールは驚き、電報を開いて読んだ。


イヴの飛行機が今朝墜落してブールジュの飛行場で炎上。私たちの息子は死亡。来て。不可能でもそうして。　テレーズ

彼は目を上げ、ひどく怯えてじっとしている子どもを見て、思った。

〝いったいこの子はここで何をしてるんだ、こいつは？〟

「どうしたの？」自分が好きなベルナールが蒼ざめるのを見た少年が尋ねた。将校の顔色はゆっくり土気色《つちけいろ》になっていった。ベルナールは答えなかった。ポケットに手を入れ、小銭をいくつか取り出すと、機械的に少年に押しつけた。少年は逃げ出した。ベルナールはもう一度電報を手に取った。改めて災厄が彼の中に深い不信を、それから少しずつ、激烈な否定の念を呼び覚ました。うそだ！　俺の息子が死ぬわけがない。違う！　そんなことがあるか。まさか、俺の息子が。名誉もなく死ぬ、馬鹿げた事故で！　なんで事故が？　なんで飛行機が？　ああ、絶対に彼が認めるはずがなかった……

何故ある機種が説明のつかないような事故で失われるのか、何故十分な戦車が無いのか、何故武器が不足するのか、どんな理由で混乱が続くのか、何故だか、何故だか、彼は誰よりも知っていた……知っていたのだ。彼はうろたえた眼差しで周囲を見回した。誰もが見抜き、誰もがこう思っているような気がした：〝あいつは自分の息子を殺したんだ〟身じろぎもせず、目を据え、真っ青になった彼は、立ち上がってこの騒々しい場所を去る力がなかった。今度は、絶望が彼の中で溢れた。ほとんど人間のものではない、原始的で、野蛮な何かが波のように彼の中で轟《とどろ》いた：〝俺の息子、俺のあいつ、俺の子、たった一人の俺の息子が……そんなことはあり得ん！　お前であるはずが……神が許すはずがない、そんなことを！　神はいるのか？　いるんだ、神が俺を罰するんだから。そうだ、神よ、我を罰せ、我を懲らせ、我を殺せ、だがお前は！　神よ、お前を生かし給え！　だめだ、だめだ、今更。奇跡を望んだところで。あいつは死んだんだ。だが俺は狂ってしまう……俺のせいじゃない。あの航空機の話は、これとは関係ない……毎日事故が起きる、俺は思ってもみなかったが……今、その考えが俺にとりつく、俺を殺す……〟

彼は乱暴に頭を後ろに投げ出し、レジの女が興味深げに自分を見ているのに気づいた。彼女は彼をよく知っており、美男で感じがいいと思っていた。

「悪いお知らせじゃありませんよね？」彼女が尋ねた。

彼は取り乱した様子で、一瞬口を噤《つぐ》んだ。

「いや、悪い知らせだ」やっと彼は答えた。「パリに電話できるかな？　パリとの通話を頼んでくれ」

彼は自分のアパルトマンの電話番号を教えて待った。
一時間経った。周囲では将校たちがドミノで遊んでいた。読書する者たち、声高《こわだか》に議論する者たちがいた。ビリヤードの玉がぶつかる音が聞こえた。台所の扉がばたんばたん音を立てた。誰かが蓄音機を着けると何年も前の古い歌がかかった。低俗で粘っこい歌の歌詞が聞こえてきた。

心、心、心配なさんな、ブ、ブ、ブーブ、ル、ル！

周りの者たちが機械的に口ずさんだ。

心配なさんな、ブーブール、
悩みなさんな
終いにゃ何でもうまくいくって……＊

＊ フランスの歌手、俳優、ジョルジュ・ミルトン（George Milton）一九三一年の俗謡。

ベルナールは電話に呼ばれた。ガラス窓がある電話ボックスはカフェのがやがやした物音に囲まれ、壁は〝チチンとスゼット〟〝リリが好き〟などという書き込みや、猥褻な落書きだらけだった。彼はその中で、死亡事故を認めるテレーズの静かなかすれ声を聞いた。（それまで、彼は何もかも間違いで、苦難は去るという常軌を逸した希望を持ち続けていた）尋ねる自分の声が聞こえた。

「体は？　あいつの体は見つかったのか？」

「ええ、遺骸は燃えている飛行機の外に引き出してくれたわ。両脚が折れていたけど、顔には傷が無くて、胸元には二枚小さな写真まで残っていたの」

「ああ、そうか？　そうなのか？」ベルナールは飢《かつ》えたように呟いた。息子は自分を愛していた、息子は両親の写真を持ち続けていた、写真はそれに違いないと思うと一種狂おしい慰めを感じた。

「君と俺の写真か？　テレーズ。あいつは俺たちの写真を持っていたのか？」

「私のはね」テレーズはとても小さな声で言った。言い辛そうに限りない哀れみを込めて。

「もう一枚は……」

彼女は躊躇《ためら》った。

「もう一枚はマルティアルの写真よ」

「何だと？」ベルナールは言った。

彼を揺すぶるしゃがれた短かい嗚咽《おえつ》を彼女は聞いた。彼はとても早口で言った。

「明日、許可を願う。いつになる？……」

〝埋葬はいつになる？〟という言葉は口を通らなかった。

彼女は理解した。

「木曜日、十一時よ」彼女は言った。

二人は別れの言葉を交わし、彼は静かに扉を開けた。側にいた二人の将校がレジ係の女と話すのが聞こえた。

「問題を調べた俺の友人が、離陸したとたんに必ず地面に激突してばらばらになる一連の飛行機があるって言っていたぞ。アメリカから購入した部品はこっちの飛行機に合わんらしい」

「不運な若者だな」もう一人が言った。

二人ともベルナールの姿を見たとたん口を閉ざした。ベルナールはレジ係の女がテーブル上に忘れられた電報を読まずにいられず、彼女が将校たちにそれを告げたことが分かった。ベルナールが二人の側を通ると、彼らは敬意を表して立ち上がった。彼は彼らに会釈し、外に出た。表の通りは寒く、暗く、静まり返っていた。川の上空に漂う霧は甘ったるく、むっとする沼の水の匂いがした。街中、漆黒の闇。空には遥か彼方の小さな星々……背後でレコードの耳障りな、鼻にかかった声が終わった。

心配なさんな、ブーブール
あんたは抜け目がない人だ
腹立てなさんな
そうすりゃ弾は当たらんよ
…………………………
心配なさんな！……終いにゃ何でもうまくいくって

〝そうだ、男が〝結局、そいつぁ俺の知ったことじゃない……〟と口にする度《たび》に、〝もし俺がこれを利用しなきゃ、他の誰かに利用されちまう〟と思う度に、〝あなたは人がよすぎるわ……他の人たちを見てみなさい〃と女が囁く度に、その度に、その度に……一つ一つが、知らぬ間に、潔白な人生をぶっ壊す力になっていたんだ。俺がデタンの用意した契約書に盲目的にサインした時、〃仕事の核心なんぞ知りたくないさ。俺は誠実なブローカーに過ぎん……〃とシニカルに思った時、金をポケットに入れる度に、俺はこの手で、自分の息子が死んだ飛行機を破壊していたと言えるんだ。もしこの事故が偶々《たまたま》起こっただけだったら？　俺の不安な心が、犯していない罪で自分を責めるんなら？　それだって他の飛行機が落ち、他の子どもたちが死ぬんだ。この俺、とりたててワルでも、不誠実でもない、だが、人並みに、ああ、人並みに、快楽と金を愛したベルナール・ジャックランのせいで！　騙《だま》されるのがいやで、小商《こあきな》い、小細工を深刻に受け取らず、最悪の事態など信じず、こんなふうに思い込んで〃

心配なさんな、ブーブール

……………………

終いにゃ何でもうまくいくって

6

軍はフランドルで敗れ、ダンケルクで敗れ、エーヌ河畔で敗れた。今は糧食も尽きていた。最早魂に不屈の希望を持ち続けているのは市民たちだけだった。ロット＝エ＝ガロンヌ＊のカフェでは、まだロワール川南部の防衛線が想像されていたが、軍人たちはもうそんな幻想を持っていなかった。彼らは軍隊が負けたことを知っていた。最早軍隊などなくなり、嵐の中で、船の残骸が海に呑み込まれるように、兵士たちが、逃げ惑う群衆の中に姿を消す日が近づいていることさえ分かっていた。連隊は指揮官を失い、兵士たちの一団が逃亡民に紛れてさまよっていた。奇跡的に敵から逃れた十人の男たちが、疲れ切った将校の後ろを歩いていた。痩せた髭面の将校の目は血走っていた。それがベルナール・ジャックランだった。

＊　Lot-et-Garonne フランス南西部の県

一種獰猛《どうもう》な絶望感を持って戦ったダンケルクを奪取された後、彼はこの十人の男たちを連れて砂丘の道をたどっていた。他の連隊兵たちは捕虜になった。彼らは四日間食うものもなく、砂の中で生きた。何より応《こた》えたのは水が無いことだった。ベルナールは海が見えるので、なおさらかき立てられるこの酷い渇きを決して忘れないと思った。ドイツ人たちと出くわす地点で、彼らは海に身を投げ、砲火の下、イギリス軍の食糧樽、沈んだボートの残骸、生存者たちと死者たちがごちゃごちゃに漂う海の想像を絶する混乱の中で、岸に沿って泳いだ。ようやく、ベルナールと十人の連れたちは、まだフランスの手中にある前線を見つけた。しかし正にその夜、敵の戦車の攻撃に会い、逃亡を迫られた。それ以降、南に向かうベルギー、オランダ、フランスの自動車、はぐれた子どもたち、溝の中で分娩する女たち、路上を駆ける一般の犯罪者たち、記録資料を載せた役所のトラック、ドアから飛び散る書類を詰め込んだ政府の車両の中で退却を続けた。大砲、荷車、乳母車、二人乗りの自転車、手押し車、牛の群れ、葉のついた枝を被《かぶ》せた機関銃、へたばった馬たち、人間たち……

時折市民たちが彼らを罵《ののし》った。食べ物を頼んだある家では、台所で仮住まいしている避難民たちが叫んだ。「恥を知れ、兵士どもには自分たちに相応しいものしかないぞ、抵抗もせんで」だが大抵の場合、人々は通り過ぎる彼らを無関心な暗い眼差しで眺めた。

ある村の宿屋の門前で、土埃の中で遊んでいた少年が立ち上がってベルナールに近づき、顔を赤くしながら一杯のビールが欲しいか尋ねた。

「ママの宿屋なんだ。ママがあなたに飲ませてあげたいって言ってるよ。だってあなたは兵士だからね、パパみたいに……どうしちゃったのか、分からないけど」子どもは悲しそうに言った。

ベルナールはイヴに似た黒い目をした美しい少年をじっと見つめた。あるいは彼にはそんなふうに見えるのか？　何もかもが彼にイヴを思い出させた。

「ビール欲しい？」黙っている彼に驚いた少年はもう一度聞いた。

「そうだな、ありがとう、ひどく喉が渇いてる」ようやくベルナールは言った。

少年は館の中に姿を消し、直ぐにビールの缶とごついグラスを持って戻って来た。ベルナールは飲んだ。それからポケットから少し小銭を取り出したが、子どもは受け取らなかった。

「ママがこれはあなたに差し上げるって言ったんだ」

ベルナールは陽の当たるベンチに一人佇《たたず》んだ。荒れ模様の一日で、絶えず遠くで雷が轟き、大砲だと思った人々は怯えながらその音を聞いた。

兵士たちは食べ物を見つけ、メロンと大きなパンをベルナールに分けようとした。だが彼の絞めつけられた喉に、食糧は通らなかった。彼はパンの端を噛むと、傍らのベンチに置いた。それから両手で顔を隠し、眠るふりをした。同胞たちは一瞬彼をまじまじと眺めた。農民風の大柄な若者がパンを切り、ナイフの先で口に運ぼうとした手を止め、ジャックランを見た。

その時、彼らはジャックランが泣いているのに気がついた。握り締めた指の間に涙が一滴こぼれた。気遣った彼らは目を逸らし、自分たちの中尉殿に気を取り直す時間を与えようと、仲間内で冗談を言い、笑い合った。

「気の毒に!」

しばらくすると、ベルナールは落ち着いたように見えた。パイプに火を着け、深く苦い物思いに耽《ふけ》った。路上には絶えず自動車が波のように流れていた。蒼ざめ、疲れ果て、埃にまみれた顔が見えた。子どもたちは鞄の上で丸くなって眠っていた。腰かけのついた長い車が通り、ホスピスを立ち退いた老人たちが衣類の包みに頭を載せてうとうとしていた。救急車が通ったが、他の車並みに徐行していた。小型のシトロエンが通り、泣いている子どもたちでいっぱいだった。運転している少年は十五くらいに見え、一緒の大人はいなかった。それからまた出発が迫った。ドイツ軍が近づいていた。彼らはパリを踏みにじり、フランス軍は敵前逃亡していた。ベルナールと十人の男たちの小集団はやはりパリへの道をたどった。セーヌで戦闘が始まるという者もいた。

〝戦闘だと？〟ベルナールは思った：〝そいつはとっくに始まって、負けたんだ。昨日からの話じゃないし、人が思ってるようにドイツのベルギー侵攻からでもない。フランスは二十年前から戦闘に負けてるんだ〟

彼らは歩いた。夜になった。空気は埃とガソリンの耐え難い臭いがした。ベルナールは歩き、無意識に、小さな声で繰り返した。

「負けた……負けた……俺たちは負けた……」

辺《あた》りは暗くなったが、六月の空は薄っすらと光に照らされていた。そして穏やかな黄昏の中で、相手のいない敵の航空機が飛行し、滑空し、君臨していた。

7

どこから出たか分からない命令の後、十時に、避難民の列はパリに直接向かう道を諦《あきら》めなければならなかった。一部は引き返し、他の一部はムラン*の方向へ迂回《うかい》した。ベルナールはフォンテーヌブローの森の中なら、フランスの防衛線がまた見つかると思っていた。だが直ぐにそれは錯覚で、森は避難民で溢れ、軍隊の主力は南に向かって退却を続けていることが分かった。森は放浪民の宏大な宿営地を思わせた。人々は苔の上で眠り、食べ、死んでいた。（森も砲撃されていた）

＊ Melun フランス中央部、パリ南東の都市。フォンテーヌブローはさらにその南方に位置する

昼に食べたメロンと大きなパン以外に、ベルナールとその連れたちは食糧を見つけることができなかった。ベルナールは飢えを感じなかった。もう苦しみもなかった。欲しいのは唯一《ゆいいつ》‥眠り。だが、背後の兵士たちは呟いた。

「ああ！　スープ！　一杯のワイン！」

彼らの一人、農民が叫んだ‥「なんて広いんだ、この森は！」

ベルナールはため息をついた。このフォンテーヌブローの森を、いったい何度、車で横切ったことか！　スズランと、恋人たちと、穏やかな散歩者たちでいっぱいだった森が、今は絶望した大衆の避難場所。（なんとかりそめの！）夜は呼び声、虚しい叫喚《きょうかん》に満ちていた。

「ママ、僕怖い！　ジャック、ジャック！　ジャックを見た人はいませんか？　爆撃の間にいなくなっちゃって。ガソリンを一リットル譲ってくれませんか？　子どものためのミルクをお持ちでは？　どなたか病気の父のために毛布を貸していただけませんか？　ムッシュー、ムッシュー、夫が爆撃でけがをしてしまって。私の声が聞こえないし、もう返事もしないんです。救護員はどこで見つかるんです？　死んでしまいますわ」

ベルナールは大股でその場を離れた。疲れ切った男たちがもう着いて行けないほど足早に。彼らは言った‥「こんなひどい森から出て行かんのですか？」

一人の兵士が言った。「中尉殿、堂々巡りになってしまうと思いますが」

「いや。俺に着いて来い。夜を過ごせる屋敷を知ってる。ここから遠くないぞ」

彼らは星型の空地の中央にいた。ベルナールは迷ったが、方向を見定め、左への小道をたどった。

「着いて来い！　勇気を出せ！」

彼らはデタンの屋敷を見つけに向かった。ふかふかのベッド、ゆったりしたソファー、食糧がぎっしり詰まった戸棚、シャンパンの地下蔵が揃ったあの豪奢な住まいは、そこから目と鼻の先だった。主人たちはどこだ？　出て行った、疑うまでもない、災厄を嗅ぎつけたとたん逃亡したんだ。奴らはいとも平然とロワール川を渡ったに違いない。奴らの背後で橋が吹っ飛び、熱した石、ねじ曲がった鋼鉄、時には人間の残骸を空に放り出しても、デタン夫婦は安全な場所にいる。おそらく、この時間には、金、宝石、トランクを携えて境界線を渡っている。目端が利かず、時間のあるうちに財産を外国の安全な所に移すことも知らず、理解も予測もできず、安心していた連中を、自力で切り抜けるに任せて。

ベルナールは思い違いをしていたか？　デタンが二つの方針の間でまだ迷っている可能性は十分にあった：政治的立場を危うくし、なげうって逃亡するのか、もしくは〝ぎりぎりまで自分の義務を果たし〟同盟が有利にひっくり返ることに将来の望みをかけるのか。ベルナールは彼の声が聞こえるような気がした。

〝とにかく、騙されるな！　ためになるかならんか冷静に考えぬくんだ。思ってもみろ。俺の立場……俺の人生。俺の力。俺の屋敷、俺の妻を〟

だがとにかく、大分以前に外国に預けたルネの金があった。何であれそれには敵《かな》わない。影響力も、コネも、名声も、全て金には一歩譲る。ベルナールはそれを忘れていたか？　思い出さずにはいられなかった。

彼は何歩か進んで、男たちに言った。

「着いたぞ」

大きな庭園に囲まれた白亜の素晴らしく美しい屋敷だった。ベルナールは鉄の門を押した。鍵は閉まっていなかった。玄関の扉が開かなかった。

「大丈夫だ」ベルナールは言った。「一階にしっかり閉じていない雨戸がある。さあここだ。入ろう。ここから、これがサロンだ」

「あなたのお宅ですか？　中尉殿」男たちの一人が尋ねた。

「俺の家？　違う。友人の家だ。食い物ならいっぱいある。全部食っていいぞ。避難民が俺たちより先に来てなけりゃ」

彼らは一人ずつサロンに入り、軍靴で美しい床を鳴らした。窓は用心深く隠してあった。ガラス窓の前に大きな黒いビロードのカーテンが引かれていた。灯りを着けても心配なかった。シャンデリアが優しく輝き、広い部屋の惨憺《さんたん》たる有様を照らした。確かに、デタン夫婦は立ち去っていた。全てがそう叫んでいた。細紐と包装紙の切れ端が床を這っていた。レイモンの事務机の空っぽの引き出しは開けっ放しだった。どれだけの手紙や危険な書類がそこから取り出され、大急ぎで鞄に投げ込まれたか、破かれたか、燃やされたか。ベルナールは暖炉の仕切り板を持ち上げ、新しい火の痕跡を見て、苦笑した。

　ルネの小さな居間では、運ぶには重すぎる宝石箱が空になり、空箱が床に投げ捨てられていた。ベルナールは革の袋にきっちり入れて、ルネの胸、滑らかでひんやりしたあの胸の谷間に隠された宝石を思い描いた。ああ、神よ、あいつを軽蔑し、嫌悪し、まだ愛するとは！　俺を堕落させたのはあいつだ。彼は悪魔を祓《はら》うように呟いた：

「テレーズ……」

　その間に彼は男たちを食堂に案内した。銀の食器は運び出され、サイドボードは空だった。デタン夫婦は何も忘れていなかった。彼らの車は溢れ出さんばかりに違いない。あんなに多くの人間たちが荷物を山ほど抱えて逃げ出したんだから、逃亡がひどくのろくて辛いのも全然驚くことはない……

　ベルナールは思った。〝そうだ、奴らが悪を広めたんだ。以前、悪は限られた小さな社会だけのものだった。だから害にも限りがあった。奴らは罪を大衆化し、腐敗を規格化しやがった。誰もがずる賢く、享楽的で、あくどくなった。その挙句……罪人どもが軒並み被害を被る大渋滞だ。どんな出来事にも皮肉で苦い正義があるんだ。皮肉で恐ろしい〟彼は改めて思った。

　兵士たちは、一瞬たじろいだが、自分たち自身、略奪本能が目覚めるのを感じていた。

「だからそいつは伝染するって言ったんだ」ベルナールは呟いた。彼らは厨房を見つけ、戸棚をこじ開けた。フォアグラの缶、缶詰、砂糖、カフェ、チョコレートを抱えて食堂に戻った。中の二人が地下蔵を探した。

「もっと下、左だ」ベルナールは叫んだ。「扉をぶち破れ！」

二人がボトルを抱えて戻って来ると、彼は優しく言った。

「食え、飲め、可哀そうにな。全部お前たちのもんだぞ」

彼自身、急に空腹を感じた。パテを切り、シャンパンを一杯飲んだ。そして食卓に着いた同胞たちを部屋に残し、人気《ひとけ》のない屋敷の中を時間をかけて歩いた。

ルネの部屋に入った。大きなベッドに近づいた。至る所散らかって、明らかなパニックを示していた。シーツが床に這っていた。彼はデタンが起こしに来た時、半裸の体が掛け布団からいきなり現れるのを想像した。あいつは服も着ずに宝石の隠し場所に駆け寄り、小箱から取り出して胸の谷間に隠したに違いない。あいつは生きる者は一切気にかけん。誰にも未練を持たん。子どもも、犬も、年老いた奉公人も……あいつは自分みたいに冷たくて、輝く宝石しか愛さんのだ。

〝俺はあいつを愛したのか？〟ベルナールは声を上げて、自分に問いかけた。

夢から覚めたような気がした。あいつの体を……そうだ。あいつの肩、あいつの腰を、そうだ……だが売春宿のマダムの目をしたあの母親、あの悪党の夫……彼は自分の腕の中で寝る彼女をまざまざと思い浮かべ、その愛の与え方、受け容れ方を思い出した。あいつの中には乱暴で、シニカルで、貪《どん》婪《らん》で、非情な何かがあった……

彼は隣の部屋を横切った。そこに衣装戸棚があった。ドレスが何着か床に投げ出されていた。彼は足でそれを払いのけ、彼女は一番きれいなドレスを持ち出したに違いないと思った。明日か、あるいは翌月か、リスボンか、リオか、ニューヨークのナイトクラブで、彼女は優美に、何食わぬ顔をして踊るだろう。男どもが彼女に言い寄るだろう。彼女は戦闘中のフランスの過酷な生活を語り、嘆いてみせるだろう：「私たち何もかも棄てて、何もかも失くしちゃったわ……命さえ危なかったのよ……」あいつらの命、ご大切なあいつらの命か……なんで俺はあの女と出会ったのか？　なんで言うことを聞いてしまったのか？　とはいえ、彼はなおも彼女に執着した。彼女は毒のように、彼の中に浸み込んでいた。

〝美徳が応《こた》える、俺は疲れて不幸だから〟彼は悲しく思った。〝だがもし物事が片づいたら……戦争は終わるだろう。全ては元に戻るだろう。レイモン・デタンのような奴らはいつだって生き残るだろう。で俺は……〟

だめだ！　息子の死がある。直接か間接か、彼はその責めを負っていた。

彼が食堂に戻った時、連れたちは眠っていた。床に横たわる者たち、食卓を離れもせず腕に顔を伏せて、いびきをかく者たちがいた。ベッドを探す力がある者は一人としていなかった。彼も同じようにした。窓辺の絨毯の上にクッションを投げて横たわり、肘の窪みに顔を埋めた。だが眠れなかった。息子への思いが頭を離れなかった。あいつを愛するための時間、歳月をどれだけ無駄にしてしまったか……全ての時間を色恋沙汰、金儲けの夢に奪われてしまった。子どもは彼の側《そば》で大きくなった。ところがほとんど息子を見ていなかった。時折ぼんやり息子を見下ろし、思った：〝十五になったら、こいつに構ってやろう……〟それから〝十八になったら、人生を教えよう。こいつを一人前にしよう〟

彼は眠って息子の夢を見た。息子は彼を見ても、誰か分からなかった。彼が自分に近寄るままにさせていたが、それから軽く飛び退き、駆け去った。十二の時、息子はとても足が早かった……黒い髪が目に垂れていた。マルティアル・ブリュンの夢も見た。息子の遺体の上にマルティアルの小さな写真が見つかったことを知って以来、彼はしきりにマルティアルのことを考えた。何故だ？　イヴの目に、マルティアルは何を意味していたんだ？　夢の中で、彼はいきなり呟いた。〝分かるか、彼は取り立てて素晴らしい人じゃあない。彼みたいな人間はいくらでもいたんだ。見事に戦った、だが俺も……〟彼はイヴの影を、イヴの亡霊を追った。だがイヴは彼に気づかなかった。彼は静かな音を立てて金属の垣根を一跨ぎで越えた。向こう側に下りると、足が砂利に触れ、足元できしむ音がした、きしむ音が……

ベルナールは、突然目を覚まし、目を擦《こす》って、庭園の砂を踏む長靴の音を聞いた。六月の澄んだ夜の中で、彼は屋敷に近づく二人、三人、五人、十人の男どもを見た。兵士か？　彼は身を屈めた。彼らの軍服には何か異様なものがあった。直ぐには分からなかったが、突然、彼は叫びを押し殺した。緑の軍服、長靴……ドイツ兵だった、もうドイツ兵が。

彼は身を屈め、隣の男の肩を揺すり、驚いて抗議する男の口を塞ぐために手を当てた。目を覚ました男はしばらくすると事態を知り、呟いた。

「準備はできています」

「他の奴らを起こせ」ベルナールが極小《ごく》さな声で言った。

ドイツ兵たちはもう前庭にいた。フランス兵たちはなすすべもなく、不安げに待った。

「あいつら、俺たちを捕まえて、終わりにしてくれりゃいいんだ」とうとう一人が言った。「戦争は終わりだ」

しかし同胞たちは降伏を望まなかった。

「女房子どもがいるんだ、俺には！」

「うちの年寄りたちを誰が養ってくれる？」

彼らは救いを期待してベルナールを囲んだ。彼らは袋の鼠だった。この人ならこの屋敷を知っている。もう一つ出口はあるのか？

「ある、通用口が。そこから逃げよう」

だが厨房の扉の前まで来ると、ドイツ語の話声が聞こえ、彼らは食堂に戻った。ベルナールはじっくり考えた末に言った。

「家具を防壁にしてここに閉じこもろう。それから俺が奴らを撃つ。その間に、お前らは窓から外に出ろ。最初に驚く瞬間を利用して逃げるんだ。俺は撃ち続ける。奴らは全員でお前らを追わん。大勢の男が屋敷を守ってると思うからな。捕まる恐れはあるが、その時はその時だ！　他に手はない」

「あなたがやられてしまいます、中尉殿」

「かまわん」ベルナールは言った。彼は窓辺に寄り、小声で数えた：〝一、二、三〟同時に彼は敵にむかって銃を放ち、十人の同胞は屋敷から芝地に飛び降りた。ドイツ兵たちが応酬した。一人の男が撃たれて倒れた。他は森に逃げ込んだ。ベルナールは絶え間なく撃った。彼の予想通り、部隊の主力はその場に留まり、二、三人の兵士が逃亡兵の後を追った。銃弾が雨あられと窓を貫いたが、奇跡的に、ベルナールには当たらなかった。彼は撃ち続けた。何も考えなかった。遂に一種の安らぎを感じていた。

戦闘はかなり長く続いた。それが止まり、ドイツ兵たちが扉を突き破ると、彼らは壁を背にして、使えなくなった武器を足元に投げ捨て、腕を組んだベルナールを見つけた。彼は負傷していなかった。抵抗せず、降伏した。同じ晩、フォンテーヌブローの森で捕虜になった一団と一緒にされ、彼はドイツに発った。

8

不幸？　いや、彼は不幸ではなかった。捕虜仲間は、彼と同様、自分の生活を現実として見るのにまだ慣れていなかった。それはいきなり始まったように、突然、終わるかもしれない悪夢だった。扉を開ければ、有刺鉄線が外され、こう告げられるかも知れない…〝あなたたちは自由だ〟夜ごと思った…〝一日減った……〟一日過ぎれば、解放が一日近づく。一番辛いのは目覚める瞬間だった。夢の中では、故郷と家族、どこかフランス沿岸の浜辺、妻の微笑み、子どもたちの声と再会した。目覚めて見えるのは、大部屋、粗末な板壁。明け方には、ベッドの足元の携帯用の小さな祭壇の前でミサをする、囚われの司祭たちの呟きが聞こえた。修道院、兵営、寄宿舎の最悪の歳月に似ていた……四十歳で……「この年じゃきついな」ベルナールの隣の、白髪で、やつれきった顔をした男が言った。一九一四年の古参兵は解放されるという話があった。だが話ならたくさんあった。収容所の雰囲気は夢想、幻影、虚妄に適していた。口伝《くちづて》に最も奇妙なニュースが囁かれた。「あなたは帰れるんですね。運がいいなあ」若者たちがベルナールに言った。学校を出てから、ダンケルクの地獄かフランス路上の空しい逃亡以外何も知らず、今、雪原の中で二十歳を燃やし尽くす若者たちだった。帰る？　また何を見つけに？　フランスでどんなふうに迎えられるんだ、俺たち、敗北者が？　フランスはどうなった？　彼らは何も知らず、想像がつかなかった。自分たちの欲望と怒りに従って、改めて思い描いた。彼らの中の愛と憎しみは鎮まっていなかった。反対にそれは発酵し、その暴力で彼らを苦しめた。時折、夜の静寂の中で、捕虜がため息をつき、咽び泣き、知らない誰かを罵倒したり、見えない女を絶望的に呼ぶのが聞こえた。

収容所は雪原の中にあった。捕虜たちがドイツで過ごす最初の冬だった。冬と戦争に決して終わりはない、と思われた。時には雪片が力なくさっと降り、時には砂のように硬い粒がバラックの中を飛び交った。だが常に、雪、静寂、地平線の悲しく眩い白さばかり。九月以来もう地面を見ていなかった。森も、街も、山も見えなかった。辛うじて見えるいくつかの起伏、軽い窪み、白い屍衣《しい》の襞《ひだ》、それが美しい季節の草原、野原、平原なのか？　捕虜たちには分からなかった。去年の秋、収容所に着いていた。遥か彼方に光る線が鉄道か氷の張った川に見えた。彼らは長い間それを眺めた。それが生きる者たちの世界に向かうたった一本の道、たった一つの出口だった。彼らは生きていなかった。全く。機械的に生きる振りをしていた。労働し、読書し、散歩し、食べ、集まって賭け事、見世物をやった。だが彼らの一部分だけが動いていた。それ以外は辛い眠りに就き、「さあ、終わったぞ。自分の家に帰れ」と言われる祝福の日（いつ来るんだ？　いったいいつ？）まで、目覚めそうもなかった。

「いつだ？　ああ、いつだ？　いったいこの試練はいつ終わるんだ？」ベルナールはもし仲間たちの心を開《あ》けることができれば、生身に刻まれたこの言葉が見つかるはずだ、と何度も思った。だが彼らは滅多にはっきりとそれを口にしなかった。彼らには恥があった。収容所生活は、彼らを奇妙に均一にしていた。誰もがお互い似ていた。彼らはかつての自分に戻らず、明確な人格を失くしていた。かつての仕事に勤《いそ》しむ時、靴の修理屋が長靴の底を張り替える時、神父がミサをする時、教授が勉強を続けたい捕虜学生のために講義の準備をする時、あるいは、フランスから手紙や小荷物が届いた時を除いて。

そんな時、嫉妬する者は普段は暗く沈んだ顔に思わず苦しげな表情を浮かべた。恋する者は目を輝かせ、唇を半ば開いて、空間の見えない一点をじっと見つめた。パリで他人に自分の地位を奪われたと思った野心家は無言の怒りで拳《こぶし》を噛んだ。そして純朴な男たちは頷きながら小声で言った。

「女房は一人で、苦労してるみたいだ……」

あるいは

「あっちも寒いんだ、手紙に書いてあった」

あるいはさらに

「牛がいっぱい死んでる……何もかもごたついて……坊主は十か月だ。思ってもみろよ、俺はそいつを知りもしないんだ……」

すると、誰かが答えた。

「それを考えなさんな、なあ、お前さん。考えたってしょうがないぜ」

改めて各自が自分の夢想に耽った。それでも激しい口論、笑い、トランプやチェス、あるいはインテリ同士の昔の読書や芝居についての熱い議論の妨《さまた》げにはならなかった。(「『リチャード三世』のデュランを覚えてるか? 一九三〇年の夜、リュドミラ・ピトエフがな……」)だが捕虜一人一人の魂の奥底にあって、他人には譲れず、伝えられない部分は改めて眠りに就いた。そして救いの眠りを、夢を、悲痛な短かい言葉を、ほとんど機械的な、心につきまとって離れない(まだ)答えのない問いをまた見つけた。「いつだ? ああ、いつなんだ?」

長い夜が過ぎて行った。雪が降っていた。規則正しい間隔を置いて、光線が空間を照らし、有刺鉄線の小さく鋭い先端が、サボテンの森のように輝いた。

凍てついた地面に長靴のきしむ音、響きのいい大地を小銃の先で叩く音、手短かな命令、遠くの太鼓の響きが聞こえた。外は漆黒の闇ばかり。都会に住んでいた者なら去って来た街、パリの大通りの連なる照明、劇場の出入り口の大きな白い反射鏡、眩しい駅、パリの空の赤い照り返しを思う時刻だった……またしても嫌な時間、過ごしづらい時、終わっていない打ち明け話がおずおずと始まる時だった。捕虜たちは自分も、自分の家族も語らず、抽象的な口ぶりで、意図的に冷静に、私情を交えず、いつも同じテーマを巡る会話を始めた。:「結局いつ帰れるんだ? 戦争はいつ終わるんだ?」一人一人が、絶えず、こんなにも残酷な試練の意味を探し求めていた。司祭たち(収容所には数多くいた)だけが平静で、確信を持っていた:苦しみは神の御恵み。「喜びなさい、あなた方、嘆き悲しむ者たちよ」司祭たちはそう言った。だが世紀の罠にはまった男たちは理解しなかった。彼らは憤《いきどお》り、反抗し、苦しみながら、空しく、自分たちの痛苦に一つの意味を探し続けた。言うなれば、彼らはもの言わぬ壁に、拳《こぶし》を打ちつけていた。叩いてもこだまは起きなかった。

時折ベルナールは蒼ざめ、自分の目に手を当てた……

〝どうした？　亡霊でも見たのか？〟捕虜仲間の一人が彼を見て言った。

そう、一人の亡霊を……亡霊たちが姿を現す時間だった。死者たち、あるいは不在の者たち、彼らの気配が収容所を満たした。彼は泣いて許しを乞いたかった。

9

テレーズが起きた時、街はまだ闇に沈んでいた。戦争二年目の冬、寒く、雪ばかり降った。もう誰も雪かきをしなかったが、自動車が少ないので、雪は以前のように車輪に潰されず、一種黒ずんだ泥になって、通行者のくたびれた靴にしみ通り、足を凍えさせた。パリは窮乏していた。それはまだ身を潜《ひそ》め、戦争と敗北にも拘らず豊かで気楽な雰囲気を保っている街中では見えず、暗い家々の中にこっそり隠れ、貧しい食卓の周囲に場所を占めていた。労働者、農民は小市民ほど割を食わず、勤め人、ジャックラン夫人のような昔からの金利生活者が先ず収入、それから資産を失うはめになった。今彼女にはテレーズがあげられる僅かな生活費しかなかった。テレーズは捕虜の妻への手当を受け取り、昔ブリュン氏が娘の名義で貯蓄銀行に入れた何千フランかを持っていた。

ごく僅かな金で生活するのは奇跡のようなものだった。だがテレーズは来る日も来る日もその奇跡をやり遂げた。娘たちはほぼお腹いっぱい食べ、ぬくぬくと着込んでいた。夜の静けさの中で、どれだけセーターを解《ほど》いて、洗って、編み直したか、どれだけ丹念にドレスを繕《つくろ》い、下着につぎを当てたか！　唯一どうしても彼女の手に入らなかったのは石炭で、一番厳しい冬の間、子どもたちとジャックラン老夫人は冷えこむ小さなアパルトマンの中でベッドに残っていた。ジャックラン夫人は愚痴をこぼした。〝喜んであなたと代わって差し上げたいわ〟テレーズは思った。朝暗いうちから半分空《から》の店の前に長い間立ち、地下鉄に乗り、毎日アパルトマンの五階まで上って、彼女の足は痛んだ。夜、お皿を片づけ、子どもたちが眠ると、彼女はちょっぴり一息ついた。片づけたテーブルの前に坐り、両手で顔を覆い、帰還の瞬間を思い描いた：扉の向こうにベルナールの足音、あの声、あの小さく低い咳が聞こえる瞬間を。彼女がどれほど彼を愛したか！　不在も、時も、年齢も――彼女の髪は灰色になった――ベルナールの不実も、彼女が見抜いた彼の人生の全ても、何一つその愛を消せないだろう。彼女は時折、生きている夫ほど死んだ息子を思わないと、自分を責めた。だが可哀そうなイヴはもう涙と祈りしか必要とせず、一方で、ベルナールはおそらく息子が決してそうならなかったほど、彼女に多くを負っていた。何より先に、彼を生かし、可能な限りの小荷物、煙草、甘いもの、冬を越すための暖かい衣類を整えねばならなかった。新聞、書物も必要だったが、何より、離れていても、彼女が捧げるこの愛、この献身を彼に感じさせる必要があった。彼女は去った競争相手を思い出した。〝彼はあの人を忘れたかしら？　まだあの人を思っているのかしら？〟彼女はずうっと嫉妬していた：彼女の魂は嫉妬と一途《いちず》な愛で練り上げられていた。一人、小さな食事部屋の暗い片隅で、彼女は彼に書く手紙、情熱、非難、愛の叫びを込めた手紙に思いを巡らせた。だがその時、彼女の視線が暖炉の上の鏡に落ち、彼女は自分の顔、生気のない顔色、銀の泡のようになった髪の毛（パン老夫人の髪の毛だった）、そして涙でひりひりする不安そうな大きな目を見た。〝遅すぎるわ……馬鹿みたい、私はお婆さん。二十歳の時だって彼を引きとめられなかったのに〟この恥辱、無念の思いが手紙を書く彼女の手を引き止めた。手紙は、彼女の意に反し、手短かだった。〝もし彼が変わっていたら、もし試練が彼を大人にしていたら、彼は分かる。でも、同じままだったら、その時は、何になるかしら？〟彼女は思った。自分たちの困難を一切語らず、彼を安心させるように心を砕いた：〝私、困難を切り抜けました。何にも不足はないわ。お母様も子どもたちも、この悲しい時代にあって、可能な限り幸せにしています。私にとっては……〟

ここで、彼女はペンを止めた。彼女が彼に何を言えるのか？　彼女は終わった女だった。もう若さも、美しさもなかった。〝あなたのために、あなたに捧げるために、私、全てを無駄に使ってしまったわ〟彼女は時に、悲しく思った。だが、苦々しさはなかった。彼女の心に怨《うら》みはなかった。しかし彼女は幻想を持たなかった：自分は老いてしまった。もし戦争が起こらなかったら、もし死、悲しみ、労働で力と健康を損ねなかったら、何年か幸せな歳月を過ごせたでしょうけど、ベルナールが自分に戻った時……そのこと自体が、その思い出が、彼女を元気づけた：〝彼、一度は戻って来たんだわ。失ったと思っていたけど、また会えたんだわ、奇跡のようにまた彼に会えたのよ。二度目だって、そう、私が絶望した時、彼は私に戻される！〟彼女は気を取り直し、またいつもの仕事に取りかかった。中断したり再開したりしながら。繕《つくろ》い（だが明日はウールをどこで見つけるの？）、直し（これが最後の毛玉ね）、月末までに使える残ったお肉の券を計算した。使い古したスリッパを修理した。時々立ち上がってベッドにショール、オーバーを掛けに行った。実際寒さはきつかった。時折、目を凝らし過ぎて辛くなると、立ち上がってランプを消した。黒いカーテンを開けて、灯の消えた街、言いようもなく暗く静まり返った街を眺めた。冬、戦争、二つとも決して終わらない、と思われた。春、平和は決して来ないだろう。誰もいない大通り沿いの電灯は二度と灯らないだろう。この空っぽの建物は、決して命を取り戻さないだろう。ところが、パリの真ん中で、特権者たちは、戦争前とほぼ同じ暮らしを続けていた。高級レストラン、香水をつけた女たち、眩《まばゆ》い興行、たらふく食った男ども。だがこの家々の中、それぞれの屋根の下、それぞれのランプの近くに、どれほど死の悲しみが、どれほど涙が、どれほど苦い思い出が！　テレーズは指ぬきで凍った窓ガラスを無意識に軽く叩いた。まだ雪が降っていた。捕虜収容所にも、有刺鉄線にも、彼女が想像するドイツの深い森にも雪は降っていた。あの人はどうなったの？　私の囚われ人は。どんなふうにまた彼に会えるの？　そしていつ、あ、いつなの？　この戦争はいつ終わるの？

静寂の中で置時計が鳴った。テレーズはため息をつき、また仕事にとりかかった。

その間も、お金が足りなかった。二人の女は持ち物を一まとめにした。売れるものは何でも注意深く値踏みした。（パリでは貴金属、宝石類が求められていた）小さな宝石、銀のスプーン、少女の金の鎖、ベルナールのカフスボタンと腕時計、どれも少しずつ手放した。子どもたちには内緒で、戦争が始まる時に入れた宝石箱から品物を取り出した。

「子どもたちは分かり始めてるわ。あの子たちを不安がらせちゃいけないわね」お祖母さんが言った。だが彼女は直ぐに、ジュヌヴィエーヴとコレットには、引き出しをくまなく探し、震える指でロケット、指輪、食器を扱う大人たちのこんなひそひそ話、囁きほど面白いものはないことに気づいた。ブロンドのジュヌヴィエーヴは、よく笑うのびのびした性格だったが、こう繰り返しながら、嬉しそうに飛び跳ねた。

「なんて面白いの、まあ、なんて面白いの！」

宝物は全て注意深くより分けられた。色褪せたリボンを解《ほど》き、テレーズはそれを丁寧に折りたたむ作業を娘たちに任せた…何でも役にたった。一番小さな糸の切れ端、針、鉄のボタン。何もかも欠乏していた。フランスのある種の小市民の家族は、難破船の遭難者のように暮らした。カフェもチョコレートもチーズも配給になった。ペチコートのフリルから見つかったピンは掘り出し物だった。ぼろきれを節約し、古新聞を貯めこんだ。幼い者たちにとっては、それが絶えず繰り返される楽しみだった。それからテレーズはいくらか値打ちのある物を全て売った。彼女は夜、バッグに少しお金を入れて家に戻った…明日は安心。子どもたちはお腹いっぱい食べられる。彼女は働き口を探したが、いつでも病気がちのジャックラン夫人からも、まだ幼すぎる娘たちからも離れられず、仕事は全然見つからなかった。ある日、彼女は自分が昔フェルトとビロードの造花作りにかけては抜群だったことを思い出した。彼女は引き出しの底を空にして、最後の配給券で糸を買い、古い手袋を使って小さな花束を作った。すると角の帽子デザイナーがそれを買ってくれた。ありがたいわ！　女たちはいつだって装うのがお好き。きれいに装うのためのお金は欠かさなかった。彼女はこうしてなにがしか稼ぐことができた。

10

冬が終わった。まず、過ぎ去った季節の厳しさを忘れるには、太陽も光も足りないと誰もが思った。だが夏はテレーズに別の禍《わざわい》をもたらした：子どもたちが揃って百日咳に罹《かか》り、貧血になった。二人はなかなか回復しなかった。小さなアパルトマンは息が詰まった。

八月になり、子どもたちが弱っていくのを見て、テレーズは冬のオーバーを売った。十二年前に作ったキタリスのオーバーで、数少ないベルナールの贈り物の一つだった。来年の冬は、その時のこと。そんなに寒くないかも知れない？　将来をあんまり考えず、一番の緊急事に備えなくちゃ。毛皮はいい値で売れ、彼女はそれでパリから二百キロの小さな農家を借りることができた。彼女は子どもたちとジャックラン老夫人とともにそこに落ち着いた。なんという安らぎ！　小さな庭、草上のベンチ、草原を流れる小さな湧き水があった。戦争が始まって以来、ベルナールが出征して以来、息子が死んで以来、彼女は初めてほとんど自分を幸せに感じた。悲しい幸せだったが、彼女は落ち着き、安らいでいた。彼女はいっぱい働いた、ベルナールが犯した過ちを全て贖《あがな》ったと思えるくらい、自分の力を捧げ尽くした。彼女の愛は盲目ではなかった：もののよく見えた愛情こそ、最も強く、最も苦しい。彼女は痛みを、棄てられた孤独を忘れなかった。だが、心の底から、彼女はそれを許した。彼だって、彼だって苦しんだわ。彼女は彼の捕虜収容所での夜、そしてそこで彼が見る夢を想像した。彼は戻るかも知れない。でも彼の魂はどんなかしら？

〝私たち、もう人生をやり直す時じゃあないわ〟彼女は思った。〝もし二十若かったら……だけど私たちの年じゃ、もう筋道はついてる。どんな思いをしたって、その果てまで歩いて行かなきゃ。小石だらけのでこぼこ道だってしようがない。遅過ぎたってしようがないわ。硬くて苦いパンを食べましょ。しようがないわ。私たち、自分の畑に種を蒔《ま》くのが下手《へた》だったのね〟

とはいえ、彼女は自分を責めるいわれは何もないと分かっていた。だが無垢なる者が罪人の罪を贖う結婚の不思議な功徳《くどく》は認めた。しかし同時に、彼女は自信を持っていた。自分自身の努力、涙、イヴの死は無駄にならず、実を結ぶと。近い将来かしら？　自分とベルナールが死んでから、ただ子どもたちのためにかしら？　彼女には分からなかった。この思いは絶えず彼女の心を占《し》めていた。疲れた顔をして、髪が白くなった、いつも静かに微笑んでいる女。彼女の中にまだ大いなる情熱があるとは、誰も見抜けなかっただろう。ある日、彼女は古い手紙の中から、昔の写真を見つけ出した。マルティアル、子どもっぽいベルナール、ルネと彼女自身が一緒に写っていた。一九一一年か一二年の日付けに違いない。あらゆる過去、あらゆる古い思い出がどっと甦《よみがえ》った。その写真を見せようと、彼女は娘たちを呼んだ：「いらっしゃい、早くいらっしゃい。小さい時のパパを見て！」彼女の目は輝き、唇は震え、笑みが浮かんでいた。

「なんてきれいなの、ママ」幼いジュヌヴィエーヴが言った。「でもママはまだきれいね」

テレーズは鏡をちらりと見て、確かに、まだ美しさの痕跡はとどめていると思った。それから悲しく微笑んだ。残念だけど、これでも足りなかったの……実際、彼女は年をとったベルナール、自分のように変わってしまったベルナールを想像できなかった。だが、どうあろうと、彼女は彼を愛していた。

秋になった。家は十一月一日まで借りていた。テレーズは時々冬の間中、田舎に留まれるうまい手はないか考えた。ここの方がパリより暖房も食糧の補給も楽だった。だが、ベルナールが戻ったら何と言うだろう?

そうするうちに娘たちは回復していた。柵《さく》で囲った畑の中を駆け、路上で遊んだ。鳥小屋に卵を探しに行った。夜が寒くなった。朝冷たい桃を摘むと、口に入れた果汁はシャーベットのように冷たくていい香りがした。幼いコレットはダリアの花芯から蜜蜂の死骸を摘まみ上げた。初めて火を熾《おこ》した。暖炉の火はタイル貼りの小さな部屋の中で、焼けたアーモンドと煙の匂い、しつこく甘い香気を放った。野原の火は雑草を燃やし、次の収穫の準備をした。テレーズの周囲、街中で、路上で、それぞれの家の中で、一人の女が一人の捕虜の帰還を待っていた。女たちの数はとても多く、テレーズはしょっちゅう彼女たちの希望と失望の物語を聞いた（パリよりしょっちゅう。パリでは彼女は誰にも会わず、人々は食糧と高い物価の話しかしなかった）。聞き過ぎて、彼女は当初のきれいな自信を失くしてしまった。これほどの願い、これほどの愛、これほど費やした仕事……それが無駄に……ここでは、父を知らない子どもが生まれた。他の場所では、病気の老婆が捕虜になった息子と再会することなく死ぬと思っていた。また他の場所では、男たちが小さな農地を使える状態に保とうとしてへとへとになり、女たちは体を壊していた。彼女たちの若さは、きつ過ぎる仕事のためにすり減っていた。先の戦争の戦士のために、一定の恩赦が告げられた。既に戻った者たちもいた。だが他にどれだけ多くの者たちがまだ帰らぬままでいたか。人々は彼らの話をした。彼らの記憶を守った。だがそれでもやはり、少しずつ、彼らの顔立ちは記憶の中で薄れていった。死者たちの顔立ちのように。時に、人はその不在に慣れてしまった。テレーズ自身、時折、数か月前なら思いもよらなかったことを想像した……またしても彼のいない冬、次の夏も、もしかしたら……しっかり生きなきゃいけないけど。彼女はイヴが死んだ後も生きてきた。ただ一人愛した男から遠く離れて、人生を終えるかも知れない。彼女は不在の最もつらい瞬間、遂に自分の不幸に慣れてしまう瞬間にさしかかっていた。そして、その時、人はもう半分しか生きていない。実際苦しみは、まだ血を流し、息を切らした生命のものだが、今は苦しみそのものが消えてしまった、暗い諦めに席を譲って。

それはいつも通りの一日だった。朝方、少し雨が降った。子どもたちは森に栗の実を拾いに行っていた。子どもたちは木靴を履き、足先でちくちくする緑の殻を割ると、小さな投石機から溢れ出るように、つやつやした栗の実が顔を出した。森の中ではまだ茎の長いジギタリス、最後のヤマドリタケ、灰色の不気味なきのこの種族が見つかった。ジュヌヴィエーヴはそれに気をそそられた。

「これ絶対に毒なの、ママ？」

「絶対そうよ」

コレットはこっそり木靴を脱ぎ、靴下を履いた小さな足をスポンジのように柔らかい苔の上に載せた。二人の娘は木枝《こえだ》を揺すり、そこから雨水と金色の葉が軽い驟雨のように音を立てて降り注いだ。

正午になると、皆家の外にいたので、テレーズはスライスしたパンと山羊のチーズを運んでお昼にしましょう、と言った。それから主菜で同時にデザートの栗を灰の中で焼くことにした。直ぐに彼女は平たい二つの石の間で火を熾すのに成功した。子どもたちは長い間火を眺めた。昼間の炎の美しい赤褐色にうっとりしながら。

「いいわね、ママ」幼いジュヌヴィエーヴが言った。

彼女は嬉しそうにため息をもらし、母の使い古したスカートに猫のように体を擦《こす》りつけた。栗を食べてしまうと、それから皆で森の端まで、溝が刻まれ、起伏に富んだ薄紫色の広い野原が始まる場所まで探検した。広い野原はテレーズの目を惹《ひ》きつけた。何故だか言えなかったが、雨と汗がしみとおったこの肥沃な大地は、彼女に自分の人生を思い出させた。

一日丸ごとがこのじめじめした生暖かい森の中で流れて行った。木枝も、草も、枯葉も太陽と光のかけらを溜めたようだった。宏大な田園に十月の風が吹き抜ける間に。

煙の匂いがテレーズまで届いてきた。至る所に焚火、秋の浄めの薪《まき》の山があった。ようやくテレーズと娘たちが帰途に着いた時、もう陽が沈んでいた。赤く澄んだ空が明日の寒さを告げていた。烏たちが鳴いていた。疲れた小さな足に、道は遠そうだった。テレーズはとうとう下の娘を腕に抱いて、運ばなければならなかった。ぬかるんだ水たまりがピンク色にきらめいた。コレットは直ぐに母の肩の上で寝てしまった。優しいお荷物……とはいえ、お荷物だった。〝結局、この子たちを運ぶのはいつも私一人だったわ〟テレーズは悲しく思った。黄昏《たそがれ》になっていた。寒かった。彼女はひ弱で、疲れた自分を感じた。子どもたちのおしゃべりを上の空で聞き、気のない返事をした。それでも彼女は自分の考えを追い続けた。彼女の中で一種脈打つものがあった。いつでも同じ問いかけが彼女につきまとった……〝彼はいつ戻るの？〟

体の疲れか、あるいは空腹のせいか、（実際彼女は昼食の大半を子どもたちに食べさせて、ほとんど何も食べていなかった）彼女は突然、失望よりひどい何かに身を委ねた。おそらく生涯で初めて、真っ黒な絶望が彼女を満たした。そう、初めて。イヴ……彼女はその死の崇高さ、こんなに多くの若者たちが空しい犠牲になるはずがないという確信、永遠の生命への信仰に慰められてきた。だがこれほど完全な絶望、その深さ、その暗い悦楽を、彼女は決して経験したことがなかった。〝何もかも終ったわ〟彼女はそう思った。夫とまた会うことは絶対にないでしょう。それに、そもそも会ってどうなるの？　私はずっと騙《だま》されてきた。裏切られ、棄てられたのよ。息子は無駄死にしたわ。だってフランスは負けたんですもの。ベルナールがもし戻っても、若い時でさえ愛さなかった白髪の女には目もくれないでしょ。回復したら、すぐに自分の快楽に走るでしょ。ああ、正しいのは彼だとでも？……こんなに心配して、こんなに苦しんで、それが何になるの？　それで私に感謝する人なんか誰もいないわ。彼女は自分が人間にも神にも見捨てられたと思った。これほど祈って、これほど涙したけど……無駄ね……戦争はいつまでも続くでしょ。夫は私に戻らないでしょ。

彼女は本能的な祈願《きがん》のしぐさで空に向かって目を上げ、呟いた。

「もしあなたが私をお見捨てでないなら、それを私に分らせて、イエス様、一つの、たった一つのおしるしを。これ以上私を試さないで」

だが赤い空はひんやり澄んで明るく光り続けた。風がきつくなってきた。つまり、この沈黙、この無関心が彼女が願ったしるしなのか？

彼女はコレットを地面に降ろした。

「さあ、ちょっと歩いて。そこにお家が。もうだめだわ」

普段はとても優しい母の声の調子に驚いて、コレットは母を見上げ、何も言わず、俯《うつむ》いて彼女の後ろをちょこちょこ歩いた。疲れ知らずのジュヌヴィエーヴは前を走っていた。彼女たちは鈴が着けてある灰色の小さな柵を押した。優しい鈴の音が響いた。彼女たちは家に入った。テレーズは義母が頭を手で抱え、食卓の前に坐っているのを見た。

「寝てるのね」娘たちが言った。

テレーズは前に進んだ。老婦人は眠っていなかった。泣いていたのだ。涙が伝う震える顔をテレーズの方に向けた：「まあ、お母さま、どうなさったの？」

ジャックラン夫人は口ごもった：

「ベルナールが……ベルナールが……着くのよ……今夜……ここに来るの……あの子解放されたの……電報よ……十一時からあなたを待ってたのよ、あなたを！」

それに続く時間は夢のようだった。動き回り、駆け巡り、服を着て、車を探した。（駅まで何キロかあった）二人の女と子どもたちが強風が吹くプラットホームに着いた時、もう夜になっていた。星が輝き、瞬《またた》いていた。鉄道の線路がかすかに光っていた。四つの顔が地平線に向かって、歓び、疑い、不安の同じ表情を浮かべて差し出された。苦しんだ者たちには、幸福は、まず初めは、ありそうもなく思われる。

父親を忘れてしまった娘たちは、彼が優しいか、厳し過ぎないか、自分たちと遊んでくれるのか、プレゼントを買ってくれるのか考えた。ジャックラン夫人は自分が二十五年前に戻ったと思い、汽車から力強い足取り、大胆な眼差しをした若者、かつてのベルナールが現れるのを想像した。そしてテレーズは……テレーズ一人、思いも、思い出もなかった。彼女の全身が期待と愛そのものだった。

汽車の音が、風に運ばれるざわめきのように、聞こえてきた。それからきつい金属音が混じった。車輪が鉄橋を撃ちつけた。とうとう、列車の轟音と煙。乗客たちが降りた……バスケットを持った女たち……子どもたち……

〝ああ、彼はどこ？　ベルナールはどこなの？　夢だったの……〟

それから、彼女のごく間近で、一つの声：

「もう僕が分からないのか？　テレーズ」

彼女は目を上げた。そう、彼女は彼が分からなかった。蒼ざめ、深く落ち窪んだ目をして、重い足取りで自分に近づき、自分を抱きしめたこの男が。

「ベルナール」彼女は呟いた。夫の唇が自分の頰に当てられるのを感じた時、初めて、それが本当に彼であることを理解した。彼女の目に涙が溢《あふ》れた。

同じように彼女は理解した。（彼女には一目で十分だった、一つのため息、ベルナールが彼女にキスしながら洩らした短かい嗚咽）彼が変わり、大人になり、さらに優れた男として戻ったこと、そして、遂に、彼女のもの、彼女一人のものになったことを彼女は理解した。

完

一九四二年

訳者あとがき

イレーヌ・ネミロフスキーは一九四二年七月十三日、疎開先であるフランス、ブルゴーニュ地方の小村イシー＝レヴェックで憲兵隊に拘束され、推定によれば同年八月十九日、移送先のドイツ占領地、ポーランド、アウシュヴィッツ強制収容所内でチフスに罹患し、落命している。享年三十九歳。

ナチスドイツ軍がフランスに侵攻した一九四〇年以降を彼女の早過ぎる晩年とすれば、この二年余りの晩年には、恐ろしく濃密な時間が流れていた。ユダヤ人に対する迫害が強まるなか、彼女のフランスへの帰化申請は拒否され、カトリックへの改宗も功を奏さず、フランス文化に貢献してきたという自負を踏みにじられたばかりか、生命すら脅かされていく。ユダヤ人の著作も出版も許されない状況下で、ペンで家族を支える彼女にとって、経済的な不安、逼迫《ひっぱく》も深刻の度を増していった。

しかし、窮状が深まり、刊行が困難になる中、それに抵抗し、睨み返すように、彼女の筆力は最高潮に達する。

「現代の芸術を他の時代の芸術と分かつのは、私たちが今ここにある瞬間を彫刻にし、焦眉の問題を扱っていることだと、私は思う」（一九四二　作家ノート）

「私は暗闇の中で生きている。暗がりに慣れた目は極度に繊細になるものだ」（一九四二　短篇「火事」）

こうした作家としての矜持《きょうじ》が彼女を支えていた。

「チェホフの生涯」、「この世の富」（既刊）、「血の熱」（既刊）、本書「秋の火」、さらに未完の大作「フランス組曲」（既刊）は、折り重なるように、いずれもこの時期に執筆された。それに別名、あるいは匿名で発表された相当数の短篇が加わる。彼女の作家としての引き出しには膨大な人間とその物語がぎっしり詰まっており、状況の圧迫で点火されたように、次々と作品が生み出された。特筆すべきは、それらの作品が同工異曲ではなく、それぞれが極めて固有の性格を持っていることである。

本書「秋の火」は「血の熱」に次ぎ、「フランス組曲」第二部「ドルチェ」と並行して、四一年後半から四二年前半にかけて執筆されたと思われる。正に「燃えたぎる溶岩の上」（一九四二　作家ノート）での執筆である。四十二年三月、彼女は四〇年に書いた「この世の富」の創作ノートを再読し、フランス人への「生真面目でちょっと皮肉な愛情」という自身の書き込みを見つけて愕然とする。そして即座に日付け入りで書き記す。「憎しみと軽蔑」。僅か二年の間で、彼女のフランスへの思いはここまで変貌していた。

「この世の富」と「秋の火」はともに、第一次世界大戦前から、第二次世界大戦中の市民家庭を題材とする年代記である。だが、前者が、ウィットと、フランス市民へのシンパシーに溢れているのに対し、後者の描き出す世界は限りなく苦い。前者ののびやかな社会観照は後者では狭まり、代わって主人公二人の内面へのアプローチが深まっている。両作品の主人公、「この世の富」のピエールと「秋の火」のベルナールは、ともに二度の大戦を経験するが、両者の人生の歩みは全く異なっている。一方は地方ブルジョワの御曹司、一方はパリの小市民家庭の息子であり、二人には十歳ほどの年の差がある。ピエールは家庭も職業もある大人として第一次大戦に出征するが、ベルナールは全く純真な少年として出征する。ピエールが兵士の父親として第二次大戦を迎えるのに対し、ベルナールは自身再び現役の兵士として出征する。両次大戦は両者に等しく苛酷な運命を課するが、ピエールの市民的価値観は鍛えられ、揺るがないのに対し、ベルナールは根底的な価値観の転覆、内面の崩壊を経験する。イレーヌは第二次大戦開戦時におけるフランスの無残な敗退は、第一次大戦後の社会の退廃に起因すると見ていたようである。ベルナールはその歴史認識を一身に背負った存在であり、荒廃を生きるのみならず、決して逃れられない罪障を背負ってしまう。

「神はいるのか？　いるんだ。神が俺を罰するんだから」

これは、常に人間を冷厳に描き出してきたイレーヌの作品の中でも、ほとんど聞くことがない悲痛な叫びである。妻のテレーズは一途に彼を愛しぬくが、一方で常に冷静な彼の批判者である。「彼には人格がないの」「あなたは小市民だからあんな人たちに驚いちゃうのよ」

彼女は堅固な市民的モラルを持つ一種したたかな生活者だが、うち続く試練は、遂には、彼女を絶望の淵に追いやる。彼女は終章で神に願う。

「もしあなたが私をお見捨てでないなら、それを私に分からせて……これ以上私を試さないで」

人生の苦しみの極点で、二人はそれぞれ逆説的に神に出会い、不在の神に問いかける。

「これほど完全な絶望、その深さ、その暗い悦楽を、彼女は決して経験したことがなかった」

ここで「悦楽」（délectation）という言葉が些《いささ》か唐突に出現する。何故「真っ黒な絶望」の中で彼女は「悦楽」を感じたのか？　本書ではベルナールの人生に即して快楽（plaisir）という言葉が頻出する。

ここで使われる「悦楽」とは、この快楽と対極をなす、この世の苦楽からの解脱《げだつ》、仏教でいう快楽《けらく》に近いのではないか？　当否はおき、この時の彼女の心境は、合理的解釈を受け付けない、一種の宗教性を帯びているように思われる。

　こうしたテレーズの心は、おそらく、そのまま作者イレーヌの心である。この時期、「苦さ、疲労、嫌悪の絶頂」（一九四二　出版社アルバン・ミシェルの編集者アンドレ・サバチエへの手紙）にまで追い詰められた彼女は、未完の「フランス組曲」の出版は死後になると覚悟しても、本作の出版にはぎりぎりの希望を抱いていたようである。本作では〝ユダヤ〟の問題は一切顔を出さない。フランス人名の出版なら、可能かも知れない。彼女は娘たちの世話係、ジュリー・デュモの名前を借りて出版することを望んだ。一九四二年五月、最後まで信頼していたアンドレ・サバチエに彼女はこのように書き送っている。「私は今、これ以上の望みを持っていません。私は信じます。ただ一つ可能なことは、ジュリーの本（秋の火）をあなたができる限り早く出版してくださることだと。そうすれば多くの扉が開かれるでしょうし、いくつかの困難が取り除かれるでしょう」

　しかし、サバチエの懸命な努力にもかかわらず、本書がアルバン・ミシェルから出版されたのは彼女の死の十五年後、一九五七年のことである。結果として、生前の彼女に、いかなる扉も開かれることはなかった。本作のエピローグで作家がベルナールとテレーズに贈ったようなプレゼントを、運命は彼女に贈らなかった。しかし、作家と運命の闘争はその後も続く。作家の「絶えざる生成」（一九四二　作家ノート）は最後まで止むことなく、「フランス組曲」の執筆は拘留の直前まで続けられる。そして、六十二年後の二〇〇四年、その刊行を契機として、作家として彼女の復権は見事に果たされたのだ。

本訳に当たってはLe Livre de Poche版Irène Némirovsky Œuvres Complètes所収の*Les Feux de l'automne*をテキストに、Vintage社発行サンドラ・スミス訳の*The Fires of Autumn*をサブテキストとしました。

本作の価値をしっかり受け止め、刊行に導かれた未知谷社主　飯島徹さん、熱心な編集に当っていただいた同社の伊藤伸恵さん、いつもながら美しい写真を表紙にご提供いただいたみやこうせいさんに心から感謝いたします。

二〇一九年　ようやく春めいた四月に

芝　盛行

Irène Némirovsky (1903～1942)

ロシア帝国キエフ生まれ。革命時パリに亡命。1929年「ダヴィッド・ゴルデル」で文壇デビュー。大評判を呼び、アンリ・ド・レニエらから絶讃を浴びた。このデビュー作はジュリアン・デュヴィヴィエによって映画化、彼にとっての第一回トーキー作品でもある。34年、ナチスドイツの侵攻によりユダヤ人迫害が強まり、以降、危機の中で長篇小説を次々に執筆するも、42年にアウシュヴィッツ収容所にて死去。2004年、遺品から発見された未完の大作「フランス組曲」が刊行され、約40ヶ国で翻訳、世界中で大きな反響を巻き起こし、現在も旧作の再版や未発表作の刊行が続いている。

しばもりゆき

1950年生まれ。早稲田大学第一文学部卒。訳業に、『秋の雪』『ダヴィッド・ゴルデル』『クリロフ事件』『この世の富』『アダ』『血の熱』『処女たち』『孤独のワイン』（イレーヌ・ネミロフスキー、未知谷）、ジョン・アップダイク「ザ・プロ」、P．G．ウッドハウス「カスバートの一撃」、リング・ラードナー「ミスター・フリスビー」、J．K．バングス「幻のカード」、イーサン・ケイニン「私達がお互いを知る年」を紹介した英米ゴルフ小説ベスト５（「新潮」2000年）。2008年以降、イレーヌ・ネミロフスキーの翻訳に取り組む。

秋《あき》の火《ひ》

二〇一九年六月二十日印刷
二〇一九年七月 十 日発行

著者 イレーヌ・ネミロフスキー
訳者 芝盛行
発行者 飯島徹
発行所 未知谷
東京都千代田区神田猿楽町二・五・九
〒一〇一・〇〇六四
Tel.03-5281-3751／Fax.03-5281-3752
［振替］00130-4-653627

組版 柏木薫
印刷 ディグ
製本 難波製本

Printed in Japan
Publisher Michitani Co. Ltd., Tokyo
ISBN978-4-89642-581-9 C0097